Killen McNeill stammt aus Nordirland. Er studierte Germanistik, war in den Jahren 1973/74 Austauschstudent in Erlangen und zog dann nach Franken. Seit 1976 arbeitet er als Fachlehrer für Englisch an der Haupt- bzw. Mittelschule Scheinfeld. 2001 erschien sein erster, auf Englisch geschriebener Roman *Trains & Boats & Planes*. Sein Kurzkrimi »Pfarrers Kinder, Müllers Vieh« wurde 2012 als Siegergeschichte der Jury im Wettbewerb um den Fränkischen Krimipreis ausgezeichnet. 2013 erschien bei ars vivendi sein Roman *Am Schattenufer*, 2015 folgte *Am Strom*, 2019 sein erster Kriminalroman, *Hassberg*.

Killen McNeill

Der falsche Feldhase

Frankenkrimi

ars vivendi

Danksagung des Autors

Einen großen Dank wieder einmal an Dr. Felicitas Igel für das sorgfältige, stilsichere Lektorat.

Originalausgabe

1. Auflage Oktober 2020
© 2020 by ars vivendi verlag
GmbH & Co. KG, Bauhof 1,
90556 Cadolzburg
Alle Rechte vorbehalten
www.arsvivendi.com

Lektorat: Dr. Felicitas Igel
Umschlaggestaltung: FYFF, Nürnberg
Motivauswahl: ars vivendi
Covermotiv: © Fotomontage nach dem Aquarell »Feldhase« (1502)
von Albrecht Dürer
Druck: CPI books GmbH, Leck
Gedruckt auf holzfreiem Werkdruckpapier
der Papierfabrik Arctic Paper

Printed in Germany

ISBN 978-3-7472-0188-6

Der falsche Feldhase

NNMH

Erster Teil

Der Feldhase von Albrecht Dürer

30. April 2019
Die Zeit ist reif

Die Zeit ist nie reif, deinem Ehemann, mit dem du seit über vierzig Jahren verheiratet bist, zu sagen, dass du ihn verlassen willst. Die Zeit ist überreif bis verfault, eine Birne, die seit Wochen im Sonnenlicht am Fenster liegt. Und sie kann nur noch fauliger werden.

Also besser spät als nie.

»Ambro?«, sagt Dorothea.

Ambrosius Siebenhaar, 69. Da sitzt er am Frühstückstisch und blättert die heutige Ausgabe der *Fränkischen Landeszeitung* durch. *Atemberaubende Dummheit* steht auf der Titelseite, und, etwas kleiner darunter: *Österreichischer Vizekanzler redet sich um Kopf und Kragen*. Aber Ambrosius hat noch keinen Artikel zu Ende gelesen, er blättert rasch weiter. Er trägt ein graues, mit Ölfarben beflecktes Sweatshirt und schiebt die fein behaarten Unterarme nach vorne. Ihr Muskelspiel beim Umblättern wirkt auf Doro immer noch erotisierend. Sein Bauchgewölbe ist unter dem Tisch verborgen, das graue Knäuel seines Pferdeschwanzes auf der rechten Schulter ruht wie eine eingeschlafene Katze, die wachen grauen Augen sind ganz begierig auf die Zeitung gerichtet. Gut schaut er aus für sein Alter. Mit seiner Hakennase, den tief sitzenden Augen unter den buschigen Augenbrauen, dem Grübchen im Kinn, den vertikalen Falten in den Wangen. Wie ein alter, stolzer Raubvogel.

»Ambro?«

»Ja?«

»Hörst du mir zu?«

»Gleich, Doro, gleich.«

Der Tisch ist eine alte Hobelbank, die Ambrosius vor fünfunddreißig Jahren einem Bauern aus Kornhöfstadt abgeschwatzt hat. Seit fünfunddreißig Jahren sitzt Dorothea an der Seite mit dem nutzlosen Schraubstock und haut sich die Schienbeine an der Querplanke des Untergestells an. Das passiert Ambrosius nicht, weil er die Planke abgebaut hat. Auf seiner Seite halt. *Auf einer Seite muss sie ja bleiben, Doro, wegen der Statik. Weil sonst die Bank zusammenfällt.*

»Ah. Es steht drin«, sagt er zufrieden mit seiner kieseligen Stimme.

»Was?«

»Wolfram-von-Eschenbach-Preisträger 2019 Ambrosius Siebenhaar. Ha, horch zu: ... *ein Künstler auf vielen Gebieten; Malerei, Karikatur, Grafik und Bildhauerei. Endlich wird seine Kunst erkannt als das, was sie schon immer war: unverwechselbar, prägnant, verstörend in ihrer Intensität und zugleich letztendlich zutiefst tröstend. Seit Jahren verzichtet er auf Pinsel, arbeitet ausschließlich mit Händen und Fingern. Seine Bilder sind mehr wie Skulpturen, fast dreidimensional, deren Kraft und Aussage, wie das Leben selbst, sich erst aus der Ferne erahnen lässt.* Na? Ist das nichts? Da blickt doch mal eine durch, oder?«

»Könnte fast von dir sein.«

»Das ist von mir! Also, mehr oder weniger. So gut wie. Das junge Ding hat ja alles mitgeschrieben.«

»Aha. So langsam fügt sich ja alles für dich.«

»Läuft ganz gut, ja, kann man sagen. Ehrenpreis der Stadt Burgbernbach. Titelmotive auf dem *Spiegel*. Anfrage vom *Economist*. Ausstellungen in München, Frankfurt und Berlin. In der engeren Auswahl für die Gestaltung des Jugendstilsaals im Hauptbahnhof Nürnberg. Nicht schlecht für einen disziplinlosen Farbsetzer. Tja. Meine Zeit ist eben reif.«

Disziplinloser Farbsetzer, aha. So hatte ihn seinerzeit der Kunstlehrer des örtlichen Gymnasiums in seiner Funktion als Kunstkritiker der *Fränkischen Landeszeitung* tituliert. Vor fünfundzwanzig Jahren. Der Stachel sitzt noch tief. Aber Ambrosius hat recht: Seine Zeit ist reif. Nach den vielen langen Jahren als Kneipier, Möbelrestaurator, Hausmaler, Grafiker, Zeichner, Porträtist von Bürgermeistern, Pfarrern und Rektoren – Jahren, in denen Dorothea die Stadtbücherei in Burgbernbach geleitet, den Großteil ihrer gemeinsamen Einkünfte verdient und nebenbei noch zwei Kinder großgezogen und den Haushalt geführt hat – heimst Ambrosius endlich den Ruhm ein, den er schon immer für sich beansprucht hat.

Wenn die Zeit für Ambrosius reif ist, kann sie für Dorothea auch reif sein. Wenn er jetzt endlich gutes Geld verdient, muss sie nicht mehr für ihn sorgen wie für ein drittes Kind, muss nicht mehr immer nur mit dem Wohnmobil nach Italien fahren, nicht ständig hinter Ambrosius aufräumen, nicht mehr nur auf Rolling-Stones-Konzerte gehen, nicht mehr in einem als Holzstoß getarnten Auto fahren, nicht mehr auf seinen unbequemen restaurierten Möbeln sitzen. Sie kann endlich auf sich selbst schauen. Die Gitarre wieder herausholen. Nach Irland fahren. Abnehmen?

»Ambrosius, jetzt hör endlich zu.«

»Klar doch, liebe Thea.« Er lässt die Zeitung sinken und lenkt seinen Blick auf sie.

Jetzt nicht schwach werden. Nur weil ihn der Zeitungsbericht milde gestimmt und er »Thea« gesagt hat. Er sagt entweder Doro oder Thea zu ihr, manchmal auch Dorothea. »Doro« ist für den Alltag, für Fernsehabende, fürs Einkaufen und wenn sie für ihn etwas suchen soll: Brille, Schlüssel oder Geldbeutel. »Dorothea« hält sie auf Armlänge, ist für Zeiten, wenn er eingeschnappt oder sauer auf sie ist, wenn sie mit irgendwelchen Unannehmlichkeiten in seine bequeme, bunte Fantasiewelt einbricht. Mit Rechnungen, Versicherungen, Sachen für die Steuer. Mit dem Leben. »Thea« wird immer rarer, ist immer mehr der Vergangenheit verhaftet, immer legendenumwobener, fast nicht mehr wahr, wie Schnee im Winter. »Thea« ist fürs Bett.

»Ich habe mir Gedanken über unseren Lebensabend gemacht«, sagt sie. »Über meinen Lebensabend.«

»Über deinen Lebensabend?«

Das Telefon klingelt. »Ja, über meinen Lebensabend. Ich habe mir gedacht, dass wir eine Auszeit brauchen.«

»Wie meinst du das? Ich kann jetzt nicht in Urlaub fahren. Es passiert gerade so viel.«

Das Telefon klingelt erneut. Dorothea spricht lauter. »Ich meine eine Auszeit voneinander.«

»Willst du zu deiner Mutter fahren?«

»Meine Mutter ist tot. Seit sieben Jahren.«

»Ach ja.«

Das Telefon klingelt zum dritten Mal. Ambrosius wirft Dorothea noch einen fragenden Blick zu, dann sagt er: »Ich geh ran. Es könnte jemand Wichtiges sein.«

»Siebenhaar«, meldet er sich. Dann hört er eine ganze Zeit lang zu. Sein Gesicht nimmt die langgezogenen, ausdruckslosen, verbarrikadierten Züge an, die es bei Unannehmlichkeiten trägt. Es ist sein Dorothea-Gesicht.

»Ich weiß überhaupt nicht, wovon Sie sprechen«, sagt er nach einer Weile.

Dann: »Das ist sicher gut gemeint, aber Ihr Lob steht mir nicht zu. Damit habe ich nichts zu tun.«

»So, meinen Sie.«

»Aha. Interessant.«

»Nein, das ist nichts für mich.«

»Nein, das mache ich bestimmt nicht.«

»Tun Sie das ruhig. Sie werden schon sehen, wie weit Sie kommen.« Dann drückt er das Gespräch weg und steht auf.

»Was ist los?«, fragt Dorothea. »Wer war denn das?«

»Wir müssen nach Nürnberg«, sagt Ambrosius. »Sofort. Ich erkläre dir alles im Auto.«

August von Rottberg legt wieder auf und betrachtet das Schachspiel, das er gerade auf seinem Tablet gegen einen Computer führt. Das Gespräch ist nicht so gut gelaufen, wie er gehofft hatte. Die Menschen halt. Immer wieder der Schwachpunkt. Müssen sie so unberechenbar sein? Dabei ist es alles nur eine Frage der Vernunft, und alle hätten etwas davon. Aber so ist es wohl: Man plant jahrelang voraus, denkt an jedes Detail, und anstatt richtig zuzuhören, stellt sich der Kerl einfach quer. Das ist ja gerade so, als dürften die Schachfiguren bei den Zügen mitreden. *Ach, nee, ich gehe nicht auf A5, das sehe ich gar nicht ein, ich schaue mal lieber, wie es mir auf C3 gefällt.*

Na gut. Der Kerl muss trotzdem zur Vernunft gebracht werden. Wenn Reden nicht hilft, hat man ja noch andere Möglichkeiten. Man sorgt vor. Mit Weitblick.

Er greift noch mal zum Telefon und wählt. »Samo, der Mann, von dem ich erzählt habe, stellt sich dumm. Ich vermute, er fährt gerade nach Nürnberg. Zum Albrecht-Dürer-Haus. Wahrscheinlich will er seine Spuren verwischen. Er wird wohl versuchen, ein Bild aus dem Haus zu stehlen. Im vierten Stock. Warte da auf ihn, fotografiere ihn dabei und halte ihn danach draußen auf und nimm ihm das Bild ab.

Und, Samo, noch was. Ich weiß, das ist nicht seine einzige Fälschung. Ich kenne wenigstens noch eine weitere. Schau, dass du möglichst viel dazu herausfindest. Wir brauchen wohl etwas Druck ... Nein, nicht doch. Nicht wie damals. Wenigstens nicht gleich. Ja, genau. Stufe 1. Und halte dir die nächsten Tage frei, man weiß nie. Ja, eine Woche reicht, auf jeden Fall. Ein paar Tage, denke ich, mehr nicht. Wann kommt die nächste Lieferung? Klar, schaffst du locker.«

So. Und jetzt? Er spürt so einen unangenehmen Druck im Kopf, der in Schmerzen ausarten könnte, wenn er nichts dagegen unternimmt. Er beschließt, eine Kundenrezension auf amazon über *Was zählt in der Kunst* zu schreiben und den Schwachkopf von Autor so richtig in die Pfanne zu hauen. Danach wird er sich wieder besser fühlen.

Ambrosius und Dorothea rattern in ihrer Ente Richtung Nürnberg. Der Citroën 2CV hat verschiedene Inkarnationen durchlebt. Zuerst hat Ambrosius das Auto als die übliche Blumenwiese bemalt, später als Baguette, dann als Polizeiauto mit dem Schriftzug *Polente* auf den Türen, und, seit letztem Jahr, als Holzstoß. Von der Seite schaut der Betrachter auf die runden, gelben Schnittflächen, ebenso auf den Radkappen, von vorne und hinten auf die aufeinandergestapelten Stämme mit abblätternder Rinde. Der 3-D-Effekt ist verblüffend, das muss selbst Dorothea zugeben. Aber sonst ist sie von dem Ding nur genervt. Vor vierzig Jahren, als Ambro das Auto kaufte, ging so eine Ente noch als kauzig-originell durch, künstlerisch eben, aber inzwischen ist sie wie ein Witz, den man schon zu oft gehört hat. Oder als würde man immer noch Schlaghosen und gestreifte Pullis tragen. Bei Ambrosius' Ente im Holzstoß-Look kommt noch dazu, dass jeder eine besonders witzige Bemerkung machen will. Meistens in der Art: *Ach, ein Auto ist das? Gerade wollte ich es aufladen und zu Hause verschüren.*

»Du hast *was*, Ambro?«, fragt Dorothea. »Eine Dürer-Kohlezeichnung gefälscht?«

»Nicht direkt gefälscht.«

»Indirekt gefälscht?«

Ambrosius hebt die rechte Hand vom Lenkrad und dreht sie um, sodass die offene Handfläche wie ein Friedensangebot in Richtung Dorothea zeigt. »Von meiner Seite aus gesehen war es in erster Linie mehr so eine Hommage an Dürer«, sagt er. »Eine Ehrerweisung.«

»War das auch dem klar, der es gekauft hat?«

»Nicht so direkt. Ich habe aber nie gesagt, dass es von Dürer ist.«

»Aber auch nicht, dass es von dir ist.«

Er greift wieder zum Lenkrad. »Mein Gott, Dorothea, im Leben ist halt nicht alles immer schwarz-weiß!«

»Alles vielleicht nicht, Kohlezeichnungen aber schon. Hast du Dürers Logo, dieses Ding, dieses kleinere D, das im großen Pagoda-Haus A wohnt, auch gefälscht? Oder sollte ich fragen: Hast du Dürers Monogramm ebenfalls die Ehre erwiesen?«

»Ach Gott, es ist so lange her. Ich glaube, da ist irgendetwas drauf, so etwas Schemenhaftes, das man so interpretieren könnte. Wenn man wollte.« Jetzt fuchtelt Ambrosius eher vage mit seiner rechten Hand, wie wenn er etwas verscheuchen will.

»Natürlich. Wenn man wollte.«

»Genau. Die Ecke war angerissen.«

»Von dir wahrscheinlich. Oder hast du das Blatt so angerissen gekauft?«

»Mein Gott, nein, ich hab's so angerissen.«

Dorothea hält sich an der Schlaufe oberhalb ihrer Tür fest. »Etz bleib halt hinten. Du kannst den Laster eh nicht bergauf überholen.«

»Kann ich doch.« Ambrosius greift wieder mit beiden Händen ins Lenkrad, als wollte er es zu sich ziehen. Der Motor heult gequält auf.

»Du siehst doch nichts.«

»*Du* siehst vielleicht nichts. *Ich* seh genug.«

»Oh Gott.« Dorothea schnappt nach Luft.

Ein entgegenkommendes Auto blinkt auf.

»Oh Gott.«

Das Auto kommt näher.

»Ja, soll ich vielleicht dem Laster bis Nürnberg hinterherfahren?«, sagt Ambro und schert vor dem Laster ein. Der Lasterfahrer hupt, der Autofahrer zeigt ihm den Vogel.

»Ja, ist schon recht«, sagt Ambro. »Alles im grünen Bereich.«

»Das habe ich nie begriffen«, sagt Doro. »Wenn du so fahren willst, warum kaufst du dann keinen BMW?«

»Schaue ich aus wie ein Bonzenarsch?«

Dorothea deutet auf ein Aufhebungsschild. »Da war Tempo 70.«

»Jetzt nicht mehr«, sagt Ambrosius. »Wer fährt hier, du oder ich?«

Der April war bisher verregnet und kühl, heute wechseln sich Regenwolken und blauer Himmel ab. Aber vom versengenden Sommer 2018 zeugen ganze Leichen von Fichtenstämmen, die aufgestapelt links und rechts am Straßenrand liegen. Ihre erkrankten, sterbenden oder schon verstorbenen Verwandten leuchten rot-gelb in den Wäldern wie verrostete, ausrangierte Maschinen in einer stillgelegten Industriesiedlung.

»Also das Monogramm ist drauf in irgendeiner Form, aha«, sagt Dorothea. »Und wie ist es da drauf gekommen?«

»Du kannst ganz schön penetrant sein, weißt du das? Das war, das war 1982 oder so, wir haben gerade das Haus gekauft, Hochzinsphase, kannst dich vielleicht erinnern. Neuneinhalb Prozent Zinsen haben wir bezahlt. Du hast gerade Benjamin bekommen und konntest nicht arbeiten ...«

»So schnell wie ich hat keine Frau nach einer Geburt wieder gearbeitet.«

»Gut, aber da hast du eben nicht gearbeitet«, sagt Ambrosius. »Weißt du noch, wie der Sparkassendirektor mich zu sich zitiert hat? Nein, das weißt du nicht, erniedrigend war das. Drei Monate Zeit hat er mir gegeben. Schau dir den Deppen da an. Da kann man doch nicht überholen.«

»Lass ihn«, beschwichtigt Dorothea. »Der fährt eben einen BMW. Warte mal. 1982. Benjamins Geburt. Da haben wir doch die Kneipe gehabt. *Hinkelstein*. Die ist doch gut gegangen. Die war jeden Abend voll. Die hat richtig Kohle gebracht. Aber du hast gesagt, die nimmt dir die ganze Kraft zum Malen.«

»Hat ja auch gestimmt.«

»Du hast gesagt, die Kneipe nimmt dir die ganze Kraft zum Malen, und hast sie aufgegeben. Und hast dann drei Monate lang nicht gemalt, sondern einen Dürer gefälscht.«

»Ich habe einen Dürer gezeichnet.«

»Mensch, Ambro. Du übersiehst da eine Kleinigkeit. Nur ein Dürer kann einen Dürer zeichnen. Also nur jemand mit dem Namen Dürer. Wenn andere Menschen, die anders heißen, zum Beispiel Ambrosius Siebenhaar, wenn die ein Bild zeichnen, dann ist das kein Dürer, sondern höchstens ein Siebenhaar. Und wenn solche Leute so tun, als ob das eine Dürer-Zeichnung wäre, ist es trotzdem immer noch keine Dürer-Zeichnung, sondern eine Dürer-Fälschung.«

»Mein Gott. Du kannst einen mit deiner Logik erschlagen.«

»Weich mir nicht aus. Du hast es für Geld verkauft. Und jetzt hängt es im Dürer-Haus.«

»Moment mal. Langsam.« Ambrosius hebt einen Zeigefinger. »Das stimmt so nicht ganz. Ich habe es nicht an das Dürer-Haus verkauft.«

»Sondern an wen?«

»Das willst du nicht wissen, Doro.«

»Doch.«

»An den Pettkus.«

Dorothea schlägt mit ihren Handflächen auf ihre ausladenden Oberschenkel. »Das gibt's doch nicht. Ihr habt ja nicht mal miteinander geredet.«

»Damals schon. Da hatte er noch nichts für die Zeitung geschrieben.«

»Da vorne ist eine Baustelle. Die Ampel ist gelb.«

Ambrosius gibt Gas. »Gelb ist mir grün genug.« Der Motor heult auf.

»Jetzt ist sie aber rot.«

»Ach was.«

Godehard Pettkus war eben der Kunstlehrer am Burgbernbacher Gymnasium, der Ambrosius vor fünfundzwanzig Jahren einen disziplinlosen Farbsetzer schimpfte. Das war bei Ambros erster und letzter Bilderausstellung im Burgbernbacher Schloss. Danach waren die zwei einander spinnefeind: Es ging um die Kunst, um das Leben, um die Welt. Um alles. Für Ambrosius war der Pettkus kein Künstler, sondern ein Beamtenpinsel, der seine Seele für ein gutes Gehalt und eine gesicherte Pension an den Staat verkauft hat. Für den Pettkus war Ambrosius' Leben als Künstler eine ständige Erinnerung an den eigenen Ausverkauf; eine Mahnung.

Ambrosius und Dorothea rumpeln als Nachsatz, als schon fast vergessene Nachgeburt, durch die Baustelle.

»Der da vorne will losfahren«, sagt Dorothea. »Er hat bestimmt schon Grün.«

»Der soll halt warten. Ja, genau, du mich auch.«

»Hast du es dem Pettkus als Dürer verkauft?«

»Nein, natürlich nicht. Ich habe ihn selbst darauf kommen lassen.« Ambrosius nickt zufrieden. »Das ist ja gerade der Clou. Du musst die Leute immer denken lassen, dass sie die Schlauen sind. Dass sie dich übers Ohr hauen können.«

»Das klingt so, wie wenn du das öfters gemacht hättest.«

»Jetzt lass mich doch mal ausreden, Doro. Ich hab damals gesagt, die Gräfin wäre etwas in Geldnot und hätte mich gebeten, wenn ich schon im Schloss bin, ob ich nicht mal ihre Bibliothek durchforsten könnte, ob da etwas dabei wäre, was man verkaufen könnte.«

»Und hat sie das? Lass mich raten. Nicht direkt, gell?«

»Fast. Ich kann mich gerne mal umschauen, hat sie gesagt. Oder so ähnlich. Und das habe ich getan. Und weißt du, was ich gefunden habe? Einen uralten Papierstapel. Jahrhunderte alt. Das heißt, aus Lumpen hergestellt und nicht gechlort. Optimal.«

»Und was hast du dem Pettkus erzählt?«, bohrt Dorothea nach.

»Na, da hätte ich eben in einem Buch aus dem 16. Jahrhundert, und zwar war das *Reineke Fuchs*, zweite Auflage 1545, ich weiß es noch genau, das habe ich auch tatsächlich gefunden, egal, da wäre eine Zeichnung drinnen gewesen ...«

»... die aber tatsächlich nicht drinnen war«, ergänzt sie.

»... wäre eine Zeichnung drinnen gewesen, und ob er Interesse daran hätte. Ich hab's ihm gezeigt, und da konnte man richtig zusehen, wie er denkt, wie die Mühle anläuft«, Ambrosius macht eine kreisende Bewegung mit dem Zeigefinger neben seiner Schläfe. »Er hat sich so richtig die Hände gerieben. Also mehr so innerlich.«

»Für wie viel hast du es verkauft?«

»Achthundert Mark«, sagt Ambrosius. »War ein Haufen Kohle damals. Das waren die Zinsen für ein halbes Jahr. Kohle für Kohle. Ha.«

»Da hast du dir aber auch innerlich die Hände gerieben. Hast du der Gräfin was davon gegeben?«

»Jetzt spinnst aber, Dorothea. Denk mal nach. Das Bild war ja von mir.«

»Ach so, ja. Stimmt. Ich bin ja so dumm.« Dorothea patscht sich an die Stirn.

»Na ja, und dann kam es irgendwie zum Diehl.«

»Zu was für einem Deal?«

»Nicht *Deal*, Dichl«, betont Ambrosius.

»Sag ich doch.«

»Ich meine nicht das Geschäft, *Deal*, sondern den Menschen Diehl.«

»Verstehe ich nicht.«

»Mensch, Doro, Diehl. Karl Diehl. Der Pettkus muss irgendwann das Bild dem Diehl untergejubelt haben. Von der Rüstungsfirma Diehl. Haben Zwangsarbeiter im Zweiten Weltkrieg zu Tode geschunden und dafür nach dem Krieg halb Nürnberg wiederaufgebaut.«

»Ach, der. Freund von Franz Josef Strauß.«

»Genau. Amigo. Der hat ja alles an sich gerissen, an dem der Dürer nur vielleicht mal geschnüffelt hat. Und der hat seine Sammlung dem Dürer-Haus gestiftet, und seitdem ist das Bild in einem Portfolio im Nebenzimmer. Es wird Albrecht Dürer nur zugeschrieben. Mit ziemlicher Sicherheit zugeschrieben. Es gilt als vorläufige Studie für seinen Feldhasen.«

»Und was willst du jetzt machen?«

»Klauen, natürlich.«

»Du spinnst.«

»Überleg doch mal, Doro. Es gibt nur die eine Möglichkeit.«

»Wie wäre das: Du gehst hin und sagst ›Oh, was ist denn das hier? Das ist ja von mir. Wie kommt das denn da hinein?‹«, sagt Dorothea.

»Und das angedeutete Monogramm?«

»Ich denke, das ist angerissen?«

»Das ist so angerissen, dass oben so ein ganz kleines bisschen das Dach vom A rausschaut, und links die Spitze vom Fuß vom A. Ich musste erst das Monogramm zeichnen und dann wegreißen. Was meinst, wie schwer das hinzukriegen war.«

»Ach Gottla. Du Armer.«

»Nee.« Ambrosius schüttelt den Kopf. »Das muss weg. Sonst kann ich meine ganze schöne Zukunft vergessen. Sonst stehe ich als Fälscher da. Wir gehen unauffällig in das Haus ...«

»Unauffällig. Das hättest du früher sagen können. Schau uns doch an.«

»Was? So laufen wir doch immer rum.«

Ambrosius hat seine imposante Figur in einen Lodenmantel drapiert, Westernreitstiefel angezogen, und auf dem Kopf trägt er einen australischen Bushwacker-Lederhut. Dorothea war schon immer fast so groß wie er, und seit der

Geburt der Kinder ist sie richtig in die Breite gegangen. Sie geht spielerisch-offensiv damit um, schminkt sorgfältig ihre großen Augen und ihr faltenarmes Gesicht, aus dem das Mädchen oder sogar das Kind, das sie war, noch herausschaut. Sie trägt am liebsten bunte Patchwork-Überwürfe, so wie auch heute, und ihr grün gefärbter Pagenschnitt lugt unter einem rosaroten Schlapphut hervor, aus dem sich seitlich eine riesige Pfauenfeder reckt. In ihrer alten Ente sind die beiden derart eng in die Vordersitze eingepfercht, dass sie wahrscheinlich auch unangeschnallt unversehrt einen Überschlag überleben könnten.

»Na ja«, sagt Ambrosius. »Vielleicht können wir die Hüte weglassen.«

»Ach so. Dann wäre die Sache ja geritzt. Aber wer war das eigentlich, der dich vorhin angerufen hat?«

»Das weiß ich nicht. Er hat seinen Namen nicht gesagt.«

»War es ein Deutscher?«

»Ich denke schon. Hat so eine komische, tiefe, rumpelnde Stimme gehabt, wie so ein Hollywood-Action-Star. Oder ein deutscher Werbesprecher. Wie wenn er sich das antrainiert hätte.«

Sie kommen auf die Südwesttangente. Ambrosius bleibt links.

»Und woher weiß dieser Kerl, dass die Zeichnung eine Fälschung ist?«, fragt Dorothea.

»Das weiß ich auch nicht. Ich habe ja alles abgestritten. Hast ja gehört. Aber warte mal. Wir brauchen das Bild gar nicht zu klauen. Also schon mitnehmen ...«

»Ach so, bloß mitnehmen, nicht klauen. Dann bin ich ja erleichtert.«

»Lass mich mal ausreden, Doro. Also mitnehmen, aber nicht irgendwie mit dem Bild unterm Arm oder in der Unterhose aus dem Haus marschieren. Wir müssen nur die Grafik im Haus entsorgen. Genau.«

»Wie denn?«

»Ganz einfach. Zerreißen und ins Klo runterspülen. Vor Ort noch.«

»Aha. Warum es nicht gleich ordnungsgemäß dem Altpapier zufügen?«

»Jetzt bleib halt ernst, Dorothea.«

»Weißt, Ambro, das hier ist wirklich kein BMW.«

»Ja und?«

»Du könntest mal rechts rüber.«

»Die fahren alle so langsam.«

»Nicht so viel langsamer.«

»Ich hab's eilig. Den noch. So. Ja, schönen Dank auch.«

»Und wenn das Bild weg ist, dann bist du aus dem Schneider? Dann kann der Typ dich nicht anzeigen?«

»Ach so«, sagt Ambrosius, beißt sich auf die Unterlippe und trommelt mit den Fingern auf das Lenkrad. »Das habe ich dir noch gar nicht gesagt. Er will mich gar nicht anzeigen.«

»Nicht? Was will er dann?«

»Er war so richtig begeistert von meiner Kunst, verstehst du? So begeistert, wie noch niemand es war. Er hat gesagt, so perfekt hat noch niemand Dürers Dings nachgemacht. Seine Handschrift halt. Ach, ja, ›Duktus‹ hat er gesagt, genau. Er hat von meinem Fell so was von geschwärmt.«

»Von deinem Fell? Du hast doch gar kein Fell.«

»Von dem Fell von meinem Hasen natürlich. So richtig knuffig, hat er gesagt.«

»Ach so.«

»Ja. Also, er wollte mich nicht anzeigen. Im Gegenteil. Er wollte, dass ich weitermache. Dass ich noch andere Bilder fälsche, er hätte da Verbindungen, er könnte sie in Museen und Galerien unterbringen. Er wollte mit mir richtig ins Geschäft kommen. Er wollte, dass wir uns das Geld teilen. Wir könnten richtig reich werden, hat er gemeint. Ach ja.« Er seufzt.

Dorothea betrachtet ihn. Er hat den rechten Mundwinkel nach oben angehoben. Irgendwie resigniert. Nachtrauernd. »Sag mal, Ambro. Wenn du nicht kurz vor dem Durchbruch stehen würdest ... Ich meine, wenn du jetzt nicht genug Geld auf legale Weise verdienen könntest ...«

»Ja?«

»Würdest du mitmachen?«

Er schaut zu ihr hinüber und schüttelt kurz mit seinem großen Kopf. »Weiß ich nicht, Doro.«

»Aha. Und warum bin ich überhaupt dabei?«

»Na ja. Weißt du, wir müssen zu zweit sein. Einer lenkt ab, und einer klaut das Bild und entsorgt es.«

»Gut. Kann ich mir aussuchen, was ich mache? Dann lenke ich ab.«

»Das ist nicht so gut, Doro.«

»Irgendwie habe ich mir schon gedacht, dass du das sagst.«

Samo

Samo Krasniqi, 34, aus Saranda im Süden Albaniens, wartet im Tiergärtnertor, das zum Tiergärtnerplatz in Nürnberg führt. Es regnet, aber hier steht er im Trockenen und kann den ganzen Platz überblicken, vor allem den Eingang zum Dürer-Haus. Er tippt in sein Smartphone, aber nur zur Tarnung. Er ist ganz unauffällig angezogen, auf den ersten Blick, aber teuer auf den zweiten. Am liebsten kleidet er sich mit Klamotten, die deutlich sagen, wie sie heißen, damit es auch der Letzte kapiert. Heute trägt er ein schwarzes Burberry-Sweatshirt, Dsquared2-Jeans, Sneakers von Dolce & Gabbana und eine Prada-Baseballkappe, nach hinten gedreht. Überall steht das Logo drauf; alles Originalware, nichts Gefaktes, das ist ihm wichtig. Samo hat die gedrungene Figur, den rasierten Schädel, das kartoffelige Gesicht, die krumme Nase und die Schultern des Mittelgewichtsboxers, der er in seiner Freizeit ist. Boxen betrachtet er aber als reinen Sport, in seinem Tagesgeschäft ist es ineffizient, ein Luxus, eine unnötige Großtuerei. Das Messer, das er in der Gesäßtasche trägt, ist viel sinnvoller und schneller.

»Mensch, Ambro, tu mal langsam«, keucht Dorothea Ambrosius hinterher. »Es nützt ja nichts, wenn du vor mir da bist. Wir gehen zu zweit rein, hab ich gedacht.«

Ambrosius hastet weiter die Albrecht-Dürer-Straße hinauf. Die beiden haben die Ente im Parkhaus in der Schustergasse geparkt und schieben sich bergauf in Richtung Albrecht-Dürer-Haus.

»Bleib mal stehen, Herrschaftszeiten«, ruft Dorothea.

Ambrosius bleibt stehen. »Du könntest schon etwas mehr für deine Kondition tun«, sagt er. »Andere Frauen in deinem Alter ...«

»Ein Wort noch, und du kannst deinen beschissenen Hasen selber holen und ins Klo spülen.«

»Nicht so laut, Doro. Wir sind gleich da.«

»Außerdem bringt es gar nichts, wenn nur ich nicht auffalle.«

Wie sie nach Nürnberg hineingefahren sind, hat es noch geregnet; jetzt hört es langsam auf, und die Sonne kommt heraus. Dorothea hat ihre Kopfbedeckung im Auto gelassen, aber Ambrosius hat nicht nur seinen Bushwacker-Hut noch auf, er hat auch eine Wrap-Around-Sonnenbrille aufgesetzt.

»Weißt du, Doro, wegen dem Bild heute in der Zeitung.«

»Also. Wir gehen ins Haus. Und dann?«

»Die Exponate der Diehl-Stiftung sind im vierten Stock. Im dritten ist eine Druckerstube eingerichtet, und darüber, im Dachgeschoss, ist die Ausstellung. Auf dem Tisch liegt eine Mappe, die kann man durchblättern, und in der ist irgendwo der Hase.«

»Woher weißt du das so genau?«

»Das hat mir der Typ alles am Telefon erzählt.«

»Und was ist, wenn ich den echten Hasen von Dürer erwische und ins Klo spüle? Das wäre schon ein ziemlich spektakulärer Fehler, oder? Da würden wir dann auch berühmt werden.«

»Doro, bleib ernsthaft. Du kannst den echten Hasen von Dürer gar nicht erwischen, weil er in Wien ist, in der Albertina. Mensch. Das weiß man doch.«

»Ja, tut mir leid. Und sind die Bilder nicht irgendwie gesichert? Mit Alarm und so? Ich will mich nicht wie in dem Film da von der Decke abseilen müssen.«

»Ach ja«, Ambrosius lacht kurz auf. »*Topkapi*. Der war gut. Der Tom Cruise hat das nachgemacht im ersten *Mission Impossible*. Nee, das brauchst du nicht.« Er schaut sie an. Dann bricht er in ein noch größeres Gelächter aus. »Mensch, Doro. Das ginge auch gar nicht.«

»Vorsicht.«

Er zieht sie zu sich, immer noch lachend, und ihre Stirnen berühren sich. Wie zwei tapsige Bären stehen sie da, bereit zum Tanz, mitten auf der Albrecht-Dürer-Straße.

»Mensch, Doro, ich stell mir das vor«, sagt er. »Wie ich dich abseile. Das wäre doch ein Bild.« Er rubbelt an ihren Armen.

»Sehr lustig.« In der Umarmung riecht Ambro genau wie früher; nach Farbe, Holz, Tabak und Schweiß. Wann haben sie das letzte Mal miteinander geschlafen?

Sie treten auseinander.

»Also, die Bilder an der Wand sind gesichert, aber die in der Mappe nicht«, sagt er. »Wie gesagt, das sind Studien. Du musst halt schauen, dass du allein im Zimmer bist.«

»Gut, dass du das sagst. Ich hätte sonst vor irgendwelchen Schulklassen oder Kreuzfahrtgruppen das Bild in meine Unterhose gesteckt. Sind da keine Kameras?«

»Das weiß ich nicht.«

»Das weißt du nicht. Aha.« Dorothea stemmt die Fäuste in die Hüften. »Du schickst mich da rein, um für dich die Kartoffeln aus dem Feuer zu holen, und weißt nicht, ob ich in Handschellen wieder rauskomme und für ein paar Jahre hinter Gittern verschwinde.«

»Jetzt mach mal nicht so auf dramatisch. Weißt du was, ich geh jetzt vor, schaue mir die Lage direkt bei der Kasse an, und komme dann wieder.«

Samo ist ein kleiner Fisch, aber er will ein Hai werden. Vor fünf Jahren ist er nach Deutschland gekommen, nach Lörrach. Sein Clan hat ihn dahin geschickt. Das Dreiländereck liegt strategisch günstig, um die Schweiz, Frankreich und Deutschland mit Heroin zu versorgen, das von Afghanistan über die Türkei und dann über die Balkanroute von Samos Clan begleitet wird. Er ist ein Läufer, also am Ende der Kette, er streckt das Heroin mit Paracetamol-Pulver und bringt die Ware von Lörrach zu den Dealern in den größeren Städten, unter anderem nach Nürnberg. Zwischen den Drogenlieferungen, die alle zwei, drei Wochen ankommen, hat er Zeit, anderweitig Geld zu verdienen. Sein Clan mischt auch bei gefakter Markenkleidung mit, deswegen weiß er, wie man zwischen echter Markenware und Fälscherware an den Nähten unterscheidet. Bei Kunstfälschungen ist der Clan auch im Geschäft, bevorzugt solchen aus der russischen Avantgarde-Szene. Von daher kennt er den von Rottberg. Der hat ihm ein Handy gegeben, extra für ihre Anrufe. Samo darf das Handy nicht für andere Gespräche benutzen.

Eigentlich heißt Samo inzwischen Isuf, er muss seinen Namen alle drei Monate ändern, weil seine Aufenthaltsgenehmigung dann immer wieder ausläuft. Ein neuer Name kostet in Albanien 50 Euro, das übernimmt der Clan. Samo muss sich nur merken, wie er jeweils heißt, damit er die richtige Antwort gibt, wenn die Polizei ihn kontrolliert. Tarik, Luan und Kushtrim hat er schon durch.

Ah, da kommt er schon, das muss er sein, der Typ, den er abpassen soll. Ein Riesenkerl mit einem Pferdeschwanz erscheint vor dem Dürer-Haus und geht hinein. Samo wird ihm ein paar Minuten geben und ihm dann folgen.

Drei Schüler aus dem Johannes-Scharrer-Gymnasium schlendern über den Tiergärtnerplatz, dessen Pflastersteine vom letzten Regen glänzen. Sie biegen in das Tiergärtnertor ab. Zwischen zwei kleineren Jungs, die Samos Größe haben, ragt ein hochgewachsener, schlaksiger Kerl empor, mit Rucksack in der rechten Hand und einer lässigen, über die linke Augenbraue hängenden Haartolle. Er trägt ebenfalls eine Baseballkappe, aber mit dem Schirm nach vorne, irgendwas Billiges, wahrscheinlich von Aldi. Die Jungs schubsen sich und kichern. »Ey Mann!«, ruft der Lange mit blökender Stimme Samo zu. »Du hast deine Kappe verkehrt rum auf!«

Die anderen zwei lachen.

Zwei Seelen kämpfen in Samos Brust. Die eine Seele sagt: Du sollst hier nicht auffallen. Kein Ärger mit der Polizei. Du hast einen Auftrag zu erfüllen. *Ju duhet të jetoni në Gjermani si një inxhinier në montim,* haben sie ihm beigebracht. Du sollst in Deutschland leben wie ein Ingenieur auf Montage.

Die andere Seele sagt: Wenn du dir das gefallen lässt, spricht es sich herum, dann kannst du gleich mit deinem eingekniffenen Schwanz und deinen Zwergeneiern nach Saranda zurückkehren. So haben sie es ihm ebenfalls beigebracht. Es ist ein ganz kurzer Kampf zwischen den beiden Seelen, den die zweite gewinnt. Samo schiebt die Jungs zur Seite, die ihn vom schlaksigen Typen trennen, stoppt mit seinem Schädel knapp einen Zentimeter vor dessen Nase und fragt: »Was hast du gesagt, du Wichser?«

Das Lachen auf dem Gesicht des Jungen will sich in irgendeine Ecke verkrümeln, und der Junge versucht, es aufzuhalten. »Deine Kappe. Die ist verkehrt rum«, sagt er mit einer Stimme, die nun zwischen zwei Oktaven oszilliert.

Samo schlägt ihm mit der flachen Hand ins Gesicht und rammt ihm das Knie in die Eier. Dadurch sackt sein Kopf auf

Samos Höhe herunter. Er nimmt die Kappe des Jungen ab und setzt sie ihm verkehrt herum auf. Dann dreht er ihn mit beiden Händen ein paarmal um die eigene Achse und versetzt ihm einen kräftigen Tritt in den Hintern, sodass er einige Schritte torkelt und schließlich mitsamt seinem Rucksack kopfüber auf den Boden fällt. Die anderen Jungs helfen ihm schweigend aufzustehen und stützen ihn beim Weitergehen.

»Arschloch«, ruft ihm Samo hinterher. »*Ta quifsha nonen*«, fick deine Mutter, und wendet sich wieder dem Geschehen auf dem Dürer-Platz zu. Er ist mit sich ganz zufrieden. Das war doch fast gewaltfrei. Ingenieur auf Montage, genau.

Ambrosius ist wieder da, in der Albrecht-Dürer-Straße. Er trägt eine Jutetasche. Darauf steht: Du willst dürr sein? Albrecht war Dürer. »Also, Doro, es ist so«, beginnt er atemlos. »Da sind im Raum hinter der Kasse Monitore, auf denen zu sehen ist, was los ist in jedem Zimmer, aber es ist nur ein Mann da, und wenn der an der Kasse ist, kann er nicht gleichzeitig die Monitore überwachen.«

»Und weiter?«

»Wir müssen eine Zeit ausmachen, gib mal dein Smartphone.« Ambrosius hält das Handy neben seine Armbanduhr. »Ja genau, die zeigen beide dieselbe Zeit an, also 11.54 Uhr. Du gehst jetzt rein, ich warte hier draußen, und um sagen wir 12.30 Uhr bist du im vierten Stock. Da bin ich parallel unten an der Kasse. Um 12.32 Uhr verwickle ich den an der Kasse in ein Gespräch, und du fängst an, die Mappe auf dem Tisch zu durchsuchen.«

»Wie lange habe ich Zeit?«

»Wie lange kann ich jemanden in ein Gespräch verwickeln?«

»Lange.«

»Sagen wir fünf Minuten. Bis 12.37 Uhr musst du das Bild aus der Mappe genommen und da drin versteckt haben.« Er reicht ihr die Tasche. Die ist so schwer, dass sie Dorotheas Hand nach unten zieht.

»Was ist denn da drin?«, fragt sie.

»Irgendein Katalog«, sagt Ambrosius. »Hat nichts gekostet. Du steckst das Bild da rein, gehst aufs Klo, zerreißt es, und spülst es runter. Fertig.«

»Schmarrn«, sagt Dorothea. »Man darf bestimmt keine Taschen da rumtragen. Die muss man sicher abgeben.«

Ambrosius rubbelt an seiner Nase. »Ach so. Dann gibst sie halt ab und holst sie nachher wieder.«

»Aha. Und das Bild? Wo tue ich das hin?«

»Steckst es irgendwo ein. Platz hast ja.«

»Das ist also der Plan.«

Ambrosius nickt.

»Da kann so viel schiefgehen, Ambro. Es braucht bloß eine Schlange an der Kasse zu sein oder oben im vierten Stock schon jemand an der Mappe stehen.«

»Freilich kann was schiefgehen. Es wird aber gut gehen. Vertrau mir.«

»Und wenn ich es in den fünf Minuten nicht schaffe?«

»Dann, dann, dann ist alles im Eimer. Dann bin ich verratzt und verloren. Dann ist das mein persönliches Tschernobyl, Fukushima, mein Tsunami und meine Götterdämmerung.«

»Ach, Ambro, meinst du nicht, wir sollten ... du solltest einfach alles zugeben? Noch haben wir nichts verbrochen. Also nicht direkt, um es in deinen Worten auszudrücken. Ich habe irgendwie das Gefühl, dass alles anders wird, wenn ich die Schwelle übertrete.«

Ambrosius seufzt. »Mag sein, ja. Aber wenn du die Schwelle nicht übertrittst, wird auf jeden Fall alles anders.«
»Dann probieren wir es wohl.«
»Ja.«
»Was ich dir heute früh sagen wollte, Ambro ...«
»Was?«
»Kann warten.«

Wie lange hat der Wichser Samo abgelenkt? Zwei, drei Minuten höchstens. Der komische Vogel mit dem Pferdeschwanz wird noch länger im Museum sein. Samo überquert den Platz in Richtung Dürer-Haus. Eine große dicke Frau kommt um die Ecke. Sie trägt eine schwere Tasche, und ihre bunten Kleider flattern im Wind wie ein Segelschiff. Er folgt ihr ins Museum.

12.02 Uhr. Dorothea hat die Tasche an der Kasse abgegeben, die Karte gekauft und schwebt im Museum immer höher, wie ein bunter Ballon, den es weiter und weiter nach oben zieht. Für sie, in ihrem Körper, fühlt es sich aber eher so an, als wäre sie ein schwer beladener Zeppelin, der nur mühsam aufsteigt. Sie will nicht schnurstracks in den vierten Stock gehen, also täuscht sie Interesse an verschiedenen Ausstellungsstücken vor: der Küche, den Möbeln, dem Studio. Es ist nicht viel los im Haus; außer ihr ist nur noch ein Mann unterwegs, der überhaupt kein Interesse an irgendwelchen Exponaten zeigt, sondern die Treppen rauf und runter geht und in alle Ecken schaut, als ob er etwas sucht. Oder jemanden.

Wo ist der Kerl bloß?, fragt sich Samo. Der von Rottberg hat gesagt, Samo soll auf ihn aufpassen, er wird bestimmt versuchen, im vierten Stock ein Bild zu klauen. Samo soll ihn, wenn möglich, dabei fotografieren und ihm draußen dann das geklaute Bild abnehmen. Wie, das überlässt er Samo. Das dürfte kein Problem sein. Der Kerl ist groß, aber uralt, schlaff und völlig aus der Form. Die Großen sind sowieso leichte Beute, weil sie überhaupt nicht daran gewöhnt sind, sich körperlich durchzusetzen. Stufe 1 wird reichen. Ingenieur auf Montage. Außerdem sind die Deutschen es gewöhnt, Dinge ohne Weiteres zu bekommen. Drum stellen sie sich auch immer schön hinten an und gehen ganz ruhig und sorglos ohne Schmiergeld auf die Ämter, weil auch der Letzte in der Reihe etwas abkriegen wird. Bei Samo ist das anders. Die meisten Dinge, die er braucht, bekommt er nicht einfach so, die muss er sich nehmen. Das Leben, der Staat oder die Gesellschaft hat ihm noch nie etwas geschenkt. Die Familie schon. Nur auf die Familie kann man zählen, nur die Familie zählt.

Aber der Kerl ist nicht hier. Das gibt's doch nicht! Samo hat schon überall gesucht. Kann der schon wieder weg sein? Ach, natürlich. Auf dem Klo muss er sein. Samo saust die Treppe hinunter, die Frau kommt ihm entgegen, als sie keuchend zum vierten Stock hinaufsteigt.

12.26 Uhr. Dorothea erreicht das Dachgeschoss. Sie ist außer Atem und muss sich kurz an die Wand lehnen. Hier oben ist sonst niemand. Perfekt. Sie schaut sich um. Da muss es sein, im Erker drüben steht ein Tisch mit einer Mappe drauf. Sie schleppt sich dorthin. Die Mappe ist aufgeklappt. Lose Blätter liegen darin, gut ausgeleuchtet vom Licht, das durch die Erkerfenster ins Zimmer fällt. Sie dreht sich nach hinten. Ja, da oben an der Decke ist eine Kamera angebracht. Dorothea geht vor zum Erkerfenster und schaut hinunter. Ambrosius ist kurz davor, das Museum zu betreten. Er schaut hoch zu ihr und winkt, Dorothea schaut zu ihm hinunter. Sie will die Hand zum Gruß heben und macht es doch nicht. Die Kamera.

Dorothea läuft im Uhrzeigersinn durch den Raum und schaut die Bilder an den Wänden an. Sie schaut sie an, nimmt sie aber nicht wahr. Sie kann sich nicht darauf konzentrieren, fasst sie als Farbzusammenstellungen auf, als abstrakte Kunst, obwohl sie gegenständlicher nicht sein könnten. Sie denkt schon an die Mappe. Von unten kommen keine Geräusche, es ist immer noch niemand sonst im Haus. Ein unfassbares Glück! Das Schicksal meint es gut mit ihnen, Ambro und Doro. Ja, bitte, nur weiter so, liebes Schicksal. Dieses eine Mal.

12.32 Uhr. Dorothea beginnt die Mappe durchzublättern. Sie wundert sich, dass ihre Hände nicht zittern. Aquarelle, Zeichnungen, Drucke. Alles in riesigen Klarsichtfolien, davon wusste Ambrosius anscheinend nichts. Ritter auf Pferden, Tiere, nackte Menschen, Landschaften, biblische Szenen, Kinder. Wieso konnte Dürer keine Kinder malen? Schauen aus wie Greise. Hunde, Vögel, Affen, Hase, Hund. Halt, zurück. Hase.

Da ist es ja. Schwarz-weiß. Dorothea atmet durch. Das war ja einfach. Genau, knuffiges Fell. Das Papier ist sogar mit braunen Flecken pigmentiert. Aber da ist überhaupt kein Monogramm zu sehen. Die untere Papierseite ist unregelmäßig, wirkt jedoch nicht angerissen. Dorothea blättert weiter. Rehbock, Käuzchen, wieder überproportionierte Kinderköpfe, Hase. Hase. Ein zweiter Hase. Mein Gott, Ambro, du Trottel. Dorothea blättert schnell weiter durch. Kein Hase mehr. Zwei Hasen, das ist schon ein Hase zu viel. Sie blättert zurück. Welcher Hase ist der Richtige? Oder sind beide richtig? Hat Ambro zwei Fälschungen gemacht? Wie ein scheinbar einfacher Auftrag sich auf einmal zur komplizierten Entscheidung auswachsen kann! Einmal ist Dorothea als sechsjähriges Kind von ihrer Mutter zum Metzger geschickt worden. Sie sollte 500 Gramm Aufschnitt kaufen, und hat 1 DM mitbekommen. »Ist das genug?«, hat sie gefragt. »Mehr als genug«, sagte ihre Mutter. »Und dass du mir das Wechselgeld heimbringst.«

Beim Metzger brachte Doro ihren Wunsch vor.

Er lehnte sich über die Theke zu ihr herunter und fragte: »Einfacher Aufschnitt oder mit Bierschinken oder mit Bierschinken und Salami?«

Panik brach in Doro aus, und Tränen schossen in ihre Augen. »Weiß ich nicht«, sagte sie.

»Dann machen wir mit Bierschinken, aber ohne Salami, gell?« Und etwas später sagte er: »Das macht eine Mark und neun Pfennige.«

Jetzt heulte Doro tatsächlich.

»Wie viel hast denn dabei?«, fragte der Metzger.

Doro zeigte ihm die Mark.

»Dann nehmen wir halt die«, sagte er und nahm sie.

Zu Hause wurde Doro von ihrer Mutter dann fürchterlich geschimpft, weil sie den teuren Aufschnitt genommen und kein Wechselgeld zurückgebracht hatte, sodass sie drei Jahre lang nicht mehr zum Metzger gegangen ist.

So fühlt es sich jetzt an. Nein, es fühlt sich jetzt tausendmal schlimmer an.

Also, welcher Hase?

12.32 Uhr. Auch hier unten ist nichts los. Ambrosius ist der einzige Kunde im Laden. Er geht zur Kasse. »Entschuldigen

Sie«, ruft er dem Mann zu, der im abgetrennten Teil vor den Monitoren sitzt.

Der Mann steht von seinem Platz auf und kommt nach vorne. Er wird ein paar Jahre jünger als Ambrosius sein. Seine dunklen, langen Haare liegen nostalgisch gekämmt und von Haarcreme glänzend über seiner Glatze wie ein nasses Kleidungsstück aus der Waschmaschine, das trocknen soll, und sein Rautenpulli ist ebenfalls aus den Siebzigerjahren.

»Welches Buch über Dürer können Sie empfehlen?«, fragt Ambrosius.

»Das kommt ganz darauf an«, sagt der Kassierer. »Was Sie wollen.«

Bingo. Ambrosius muss ein breites Lächeln unterdrücken. Das ist genau die Antwort, die Ambrosius braucht. Und genau der Typ.

»Wie meinen Sie das, was ich will?«, fragt er, stützt sich mit beiden Ellbogen auf die Theke und fixiert den Mann mit seinem Blick.

»Wollen Sie nur eine Biografie, wollen Sie ein Werksverzeichnis, wollen Sie beides, wollen Sie viel Geld ausgeben oder wenig?«

Perfekt. »So genau habe ich mir das nicht überlegt.«

»Na, dann überlegen Sie genau und dann kommen Sie wieder.« Der Mann dreht sich weg.

Scheiße. Jetzt hat Ambrosius den Bogen überspannt. »Warten Sie mal«, sagt er. »Wenn ich schon so einen Experten wie Sie zur Hand habe, dann muss ich das doch ausnutzen. Also, ich will eine Biografie, mit Bildern drin, und Geld spielt keine Rolle.«

Der Mann dreht sich wieder um. »Na also. Da sind wir doch schon einen großen Schritt weiter. Da gab es zum Beispiel zur großen Dürer-Ausstellung in der Albertina ein Begleitbuch von Christof Metzger.«

»Aha. Haben Sie es da?«

12.35 Uhr zeigt Dorotheas Smartphone. Zwei Minuten noch. Welcher Hase? Oder beide? Oder keiner davon? Moment, das Monogramm von Dürer. Unten, auf dem zweiten Bild, da ist die rechte Ecke angerissen, genauso wie Ambrosius es beschrieben hat. Nur ist die Ecke ganz herausgerissen, vom Monogramm ist gar nichts zu sehen. Schnell blättert sie zurück zum ersten Hasen. Da ist nichts herausgerissen, die Seite ist nur unten unregelmäßig. Und der Strich ist irgendwie heller als auf der späteren Seite, mehr grau als schwarz. Eine Tuschzeichnung oder sowas. Auf jeden Fall keine Kohlezeichnung.

Also muss es der zweite Hase sein.

12.38 Uhr. »Sie müssen wissen, Dürer war der Scheidepunkt. Vor ihm galten Maler in Deutschland als Handwerker und nicht als Künstler«, erklärt der Kassierer.

»So? Da hat sich nicht viel daran geändert«, sagt Ambrosius.

Er hört Schritte auf der Treppe, dreht sich um und schaut direkt in die blassblauen Augen eines kleinen, kahlköpfigen Kerls. Er starrt Ambrosius mit einem intensiven, verstörenden Blick an, als ob er ihn kennt. Dann tauchen auf der Treppe hinter ihm zwei verschiedenfarbige Stiefeletten auf, eine grün, eine rot. Ganz vorsichtig, etwas wackelig steigen sie die Stufen hinab. Dorothea. Immer mehr von ihr kommt ins Blickfeld, rot-braune, grün-blaue, gelb-orange Felder. Es ist wie ein Patchwork-Vorhang, der auf eine Theaterbühne fällt. Ambrosius meint, ein Knistern zu vernehmen, wie von Plastik. Zum Schluss kommt Doros Kopf, der Ambrosius unmerklich zunickt.

»Sind Sie wohl aus der Branche?«, fragt der Kassierer.

»Was?«, entgegnet Ambrosius.

»Weil Sie gesagt haben, da hat sich nicht viel geändert.«

Scheiße. Zu viel verraten. »Nee. Ich bin Maler. Also, ich streiche Flächen an. Wände und so. Halt immer nur in einer Farbe. In Blau, Rot, was die Leute wollen.«

»Aha. Interessant. Monochromie. Kasimir Malewitsch. Ad Reinhardt.«

»Nee, nee. Nicht so. Ich bin einfacher Anstreicher. Wohnzimmer, Küchen, Schlafzimmer.«

»Ach so.«

Aus dem Augenwinkel sieht Ambrosius, wie Dorothea sich in Richtung Toiletten bewegt, begleitet von diesem merkwürdigen Knistern und mit einem eigenartigen Gang, als ob sie gleich Durchfall bekommt oder etwas zwischen ihre Beine gesteckt hat. Das ist gut. Dann hat sie etwas zwischen ihre Beine gesteckt. Und Ambrosius muss vor ihr hier raus.

»Also, wollen Sie das Buch kaufen?«, fragt der Kassierer.

»Danke, wollt mich nur informieren.«

»Bei amazon ist es auch nicht billiger. Und die Versandwege und die Umwelt.«

»Ja, nee. Danke.« Ambrosius muss weg, und er muss einen überzeugenden Schluss für das Gespräch finden. Es fällt ihm aber keiner ein. Also dreht er sich um und geht.

»Ihnen auch einen schönen Tag«, ruft der Kassierer ihm hinterher und brummelt dann, als er sich wieder zu seinen Monitoren begibt, vor sich hin: »Komischer Kerl. Monochromie. Ha.«

In der Damentoilette holt Dorothea das Bild zwischen ihren Schenkeln hervor. Sie zieht es aus der Plastikhülle, legt es auf die Kloschüssel, holt ihr Smartphone heraus und fotografiert es. Die Klarsichthülle schiebt sie unter ihren Mantel. Dann verstaut sie das Handy, nimmt das Blatt und reißt es in zwei Stücke. Es ist unglaublich laut, ein Nilpferdfurz, der alle anderen Geräusche verdrängt, sodass Dorothea ein paar Sekunden wartet, bis sie es wagt weiterzumachen. Hoffentlich ist inzwischen nicht noch jemand in die Toilette gekommen? Nein, offenbar nicht. Ob man das im Kassierraum hört? Es hilft nichts, sie kann das Bild jetzt nicht mehr zusammenkleben. Augen zu und durch. Oder vielmehr Ohren zu und durch. Als sie das Blatt in der akustischen Enge der Kabine nach und nach in kleine Stücke reißt, hört sich das gefühlt noch lauter an als vorhin. Wie wenn das Nilpferd lange unter Darmverschluss litt und jetzt endlich Erlösung findet. Alle Schnipsel in die Schüssel und spülen. Das aufgeschwemmte Papier verstopft den Abfluss, und das aufgestaute Wasser droht über den Rand zu fließen und Hasenschnitzel im gesamten Raum zu verteilen. Dann gibt etwas nach, und das Wasser verschwindet. Aber nicht alle Papierfetzen. Noch mal spülen. Und noch mal. Ein tropfnasses Hasenohr schwimmt als letztes Zeugnis in der Schüssel. Dorothea muss warten, bis der Spülkasten wieder voll ist. So. Und weg. *Ambrosius, ich bin gespannt, wie du das jemals wiedergutmachen willst.*

Hände waschen und raus.

Der Vorraum ist leer, nur der Mann an der Kasse sitzt an seinen Monitoren. Er schaut zu ihr her, als sie den Raum durchschreitet, und sie schaut weg. Jetzt nicht die Nerven verlieren. Sie hat die Türklinke in der Hand, als er ruft: »Entschuldigen Sie!«

Weitergehen, sie ist fast draußen. Hinter ihr knarzt ein Stuhl, der Mann steht auf. Jetzt nicht umdrehen. »Entschuldigen Sie!« Schnelle Schritte hinter ihr. Eine Hand an der Schulter. Sie dreht sich um. Du willst Dürr sein? Albrecht war Dürer, steht vor ihren Augen. »Ihre Tasche.«

»Ach so, ja, vielen Dank.« Dorothea nimmt die Tasche, die ihren Arm sofort wieder nach unten zieht.

»Uff«, sagt sie. »Bisschen schwer.«

»Kann doch Ihr Mann tragen. Das ist doch Ihr Mann, der gerade vorhin hinausgegangen ist?« »Danke Ihnen.«

»Schönen Tag noch.«

»Ihnen auch.«

Dann ist sie draußen. Jetzt aber schnell zum Auto zurück. Doch wo ist Ambro? Sie lässt ihren Blick über den Tiergärtnerplatz wandern. Von der Töpferei am Dürerhaus über die dahinter liegende Stadtmauer, das Tiergärtnertor, die *Café Bar Wanderer*, die Burg, das Gasthaus *Zum Albrecht Dürer Haus*, das *Augustiner Zur Schranke*, das früher das *Schlenkerla* war. Ein Panorama aus Sandstein und Fachwerk, das sich seit Dürers Lebzeiten kaum verändert hat. Könnte eine Stadtansicht des Künstlers sein. Fehlt bloß das Monogramm. Aber irgendeine Spur von Ambrosius war doch im Gesamtbild. Ihr Unterbewusstsein spült etwas nach oben. Ein Zitat von ihm. Sein Monogramm. Genau. Ambrosius signiert seine Bilder seit Jahren mit einem Logo aus zwei Stiefelsohlen, deren Spitzen oben aneinanderlehnen und somit ein A bilden. Das ist auch das, was Dorothea von Ambrosius sieht, nach dem Frühstück, wenn er die Füße auf den Esstisch legt und die Zeitung liest. Und das hat Doro irgendwo gerade gesehen. Sie lässt ihren Blick noch mal über den Platz wandern, auf der Suche nach den Stiefeln. Da sind sie, drüben im Tiergärtnertor! Liegend, mit den Spitzen nach oben. Wie Dorothea hinschaut, bewegen sich die Spitzen zueinander und dann wieder voneinander weg. Und über seinen Stiefeln bewegt sich diesmal keine gräulich-weiße Zeitung, sondern etwas Schwarzes. Mit einem kahl rasierten Schädel und einer Kappe drauf. Etwas, das definitiv nicht zu Ambro gehört. Dorothea läuft hin, die Jutetasche schwingend, und das Bild enträtselt sich. Ambrosius liegt am Boden, auf dem Rücken, und der Mann, der vorhin im Dürer-Haus war, hockt auf ihm. Er hat sich nach vorne über Ambros Gesicht gebeugt, und er flüstert eindringlich. Als Dorothea die beiden erreicht, dreht sich der Mann zur Seite und sagt: »Kumpel von mir. Alles in Ordnung. Ist wieder besoffen. Ist schlimm. Immer besoffen.« Er patscht Ambrosius mit der rechten Hand ins Gesicht. Die linke hält er geballt an Ambros Hals, aber Dorothea sieht etwas silbrig Glänzendes aus seiner Faust hervorblitzen. Ein Messer.

Sie holt mit der schweren Jutetasche in einem weiten Bogen aus und trifft den Mann mit einer solchen Wucht an der rechten Schläfe, dass es ihn von Ambrosius' Oberkörper schleudert und er mit der linken Seite seines Kopfes und einem stumpfen Laut gegen die Steinwand knallt. Der Mann stöhnt und sinkt bewusstlos auf dem Boden zusammen.

Ambrosius rappelt sich hoch, steht mühsam auf. Seine Haare haben sich aus dem Pferdeschwanz befreit und fallen über seine Schulter, wie damals in den Siebzigerjahren, sein Gesicht ist an den Wangen aufgeschürft, und der Schreck sitzt in seinen Augen.

»Glaubstes«, sagt er und schnauft tief. »Der Zwerg da hat mich tatsächlich von hinten angegriffen. Glaubstes, früher hätt so einer keine Chance bei mir gehabt.«

»Willst ihn anzeigen?«, fragt Dorothea.

»Geht nicht«, sagt er. »Den hat der Anrufer von heut früh geschickt. Komm, wir müssen hier weg.«

»Sollen wir nicht einen Krankenwagen rufen?«

»Der wird schon wieder. Vielleicht früher, als uns lieb ist.«

»Dann will ich nicht mehr unbedingt hier sein.«

»Eben. Also los.«

Sie laufen über den Tiergärtnertorplatz.

»Was hätte der Typ mit dir gemacht, wenn ich nicht dazwischengegangen wäre?«, fragt Dorothea.

»Abgestochen. Vielleicht.«

»Um Gottes willen. Und den hat der Typ von heute früh auf dich angesetzt?«

»Hat er gesagt, ja.«

»Was wollte er denn überhaupt?«

Ambrosius fährt mit der Hand über den Mund. Inzwischen sind sie wieder auf der Höhe des Albrecht-Dürer-Hauses. »Eins nach dem anderen«, sagt er. »Jetzt schauen wir, dass wir an dem Museum vorbeikommen, ohne dass der Typ da drinnen rauskommt und uns eine Szene macht.«

»Mensch, Ambrosius, was hast du uns da bloß eingebrockt!«

»Schau nicht hin. Ganz normal vorbeilaufen. Wir sind zwei Touristen. Ach, schön ist es hier, guck mal da oben. Siehst du, schon vorbei. Hast du das Bild zerstört?«

»Ich habe auf jeden Fall eins davon zerstört.«

Ambrosius schaut sie konsterniert an. »Irgendeins?«

»Nicht irgendeins. Eins mit einem Hasen, natürlich. Da waren aber zwei drin.«

»Scheiße.«

»Genau.«

Samo fährt mit der Hand über seinen Kopf. *Punë muti*, Scheiße! Er bekommt eine Riesenbeule. Die fette Schlampe in dem Orientteppich! Dass die zu dem Mann gehört, hat er nicht gewusst. Er holt sein Handy heraus und tippt.

»Ja?«

»Ich bin's. Samo.«

»Natürlich bist du's, Samo. Wer sonst, über diese Handynummer? Hast du es?«

»Nein. Klein Problem.«

»Was denn?«

»Frau war dabei. Hab ich nicht gewusst. Hat mich von hinten geschlagen. Die Schlampe.«

»Eine Frau.«

»Große Frau.«

»Aha.«

»Nix aha. Ich krieg den. Und die Schlampe auch. Aber du hast gesagt, der hat noch andere falsche Bilder gemacht. Das stimmt, hat er unter Messer zugegeben.«

»Hast du ihn verletzt?«

»Nur ein bisschen. Stufe 1.«

»Aha. Und wo sind die anderen Bilder?«

»Weiß ich nicht, er hat nur die Maler gesagt, und dann kam die fette Schlampe. Du hast mir nicht gesagt, dass so eine fette Schlampe ist auch dabei.«

»Hab ich auch nicht gewusst. Also, welche Maler?«

»Alte Maler. Keine Ahnung. Zwei Maler.«

»Ja, ja, aber welche?«

»Sag Namen. Dann fällt mir ein.«

»Jetzt sprich endlich. Ist es das Bild?« Dorothea hält Ambrosius ihr Smartphone mit dem Foto des Hasen hin, und er mustert es schon seit einer Ewigkeit mit einem entgeisterten Gesichtsausdruck, ohne sich zu äußern. Sie laufen zügig und sind schon fast am Parkhaus.

»Mein Gott«, sagt er. »Das gibt es doch nicht.«

»Ambro! Ist es dein Bild, oder ist dein Bild immer noch in der Mappe drin, und alles war umsonst?«

»Schau dir die hintere Pfote an«, sagt er. »Grottenschlecht.«

»Ambro!«

Ambrosius' rechtes Knie sackt auf einmal weg, und er stolpert, Dorothea fängt ihn auf.

»Da ist er mir reingegrätscht, das kleine Arschloch«, keucht er. »Freilich ist es von mir. Das Bild. Das ist ja das Entsetzliche. Dass es so grottenschlecht ist.«

Dorothea seufzt und steckt das Smartphone weg. Sie sind nun am Kassenautomaten angekommen, und Dorothea schiebt den Parkschein hinein, dann wirft sie das Kleingeld ein. »Noch mal zu dem Typen. Was hat er jetzt genau von dir gewollt?«

»Ja, Doro, da muss ich dir wohl etwas sagen«, sagt Ambrosius hinter ihr.

»Ich muss dir auch was sagen«, sagt Dorothea, ohne sich umzudrehen.

»Wegen deinem Lebensabend?«

»Genau.«

»Lass mich zuerst«, sagt Ambrosius.

»Warum immer du zuerst?«

Sie gehen weiter ins Parkhaus.

Ambrosius legt eine Hand auf ihre Schulter. »Dieses eine Mal noch. Bitte.«

»Also, sag schon.«

»Wir können nicht heimfahren.«

Dorothea bleibt stehen. »Warum nicht?«

»Wir müssen erst noch was erledigen.«

»Was erledigen?«

»Weißt du noch, Doro, wie du heute früh gesagt hast: ›Das klingt so, wie wenn du das öfters gemacht hättest‹?«

»Oh nein.«

Samo hört nur ein Schnaufen am anderen Ende der Leitung, wie ferne Wellen. Der Mann scheint zu überlegen. »Mmh«, sagt er nach einer Weile mit seiner komischen tiefen Stimme, und dann: »Cranach?«

»Ja. Der.«

»Der Ältere oder der Jüngere?«

»Hä?«

»Wurscht. Renaissance oder später?«

»Nein. Kein René.«

»Giovanni Battista Tiepolo?«

»Ist das Deutscher? Klingt nicht wie Deutscher. Klingt wie Pizzasorte. Nein. Der nicht.«

»Altdorfer?«

»Nein, nix Dorf. Aber Moment, einer mit einem Wald oder so.«

»Grünewald?«

»Ja, der.«

»Und wo die Bilder sind, weißt du nicht.«

»Da kam die fette Schlampe mit der Tasche. War ein Stein drin. Ich schwör. Die krieg ich noch.«

»Die fahren bestimmt dahin, wo die Bilder sind, und versuchen, alles zu vertuschen. Pass auf, Samo. Du musst ihnen hinterherfahren. Die haben bestimmt im Parkhaus am Hauptmarkt geparkt. Wann sind die weg?«

»Vor fünf Minuten.«

»Dann läufst du jetzt los. Wo steht dein Auto?«

»Auf dem Weinmarkt.«

»Dann kommen die an dir vorbei, und du fährst ihnen hinterher. Du kannst ihr Auto nicht verfehlen, das ist so eine alte Ente.«

»Wie Ente? Ente wie Vogel?«

»Ein Citroën 2CV. So ein kleines, altes Auto wie ein Rasenmäher. Du kannst es nicht übersehen. Der Typ hat es mit Baumstämmen bemalt.«

»Mit was?«

»Mit Bäumen. Wie ein Wald.«

»Warum fahren so ein Scheißauto?«

»Das spielt jetzt keine Rolle. Du fährst ihnen hinterher und passt auf, wo sie hingehen. Hast du einen Autotracker dabei?«

»Immer, Chef.«

»Okay, dann schaust du, dass du das Ding möglichst schnell anbringst, damit du sie nicht aus den Augen verlierst. Dann rufst du mich wieder an. Die Aktion kann ein paar Tage dauern. Hast du Sachen für unterwegs im Auto dabei?«

»Immer. Aber das kostet extra. Fünfhundert Euro am Tag.«

»Ist schon recht.«

»Und zweihundert für Tracker.«

»Ja, ja.«

»Aber jetzt nix mehr Stufe 1. Stufe 3.«

»Stufe 2.«

»Zwei und halb.«

»Gut, zweieinhalb.«

Ambrosius und Dorothea fahren aus dem Parkhaus.

»Also, Ambro, jetzt mal ehrlich«, sagt Dorothea. »Wie viele Bilder noch?«

»Kommt darauf an.«

»Nix kommt darauf an. Wie viele Bilder hast du noch gefälscht?«

»Eins oder zwei.«

»Also zwei.«

»Mmh.«

»Zwei, Ambro, ja?«

»Gut, zwei.«

»Nicht drei oder vier?«

»Na-hein. Zwei, ehrlich.«

»Und wo sind die?«

»Das eine ist in der Fränkischen Schweiz, und das andere ist in Würzburg. Bei Würzburg.«

»Weißt du, Ambrosius, ich glaube, wir gehen wirklich besser zur Polizei und beichten alles. Das wird das Einfachste sein. Der Typ da hätte dich umbringen können. Das ist es nicht wert. Bevor wir noch zwei Bilder klauen müssen …«

»Wir müssen sie nicht klauen. Das waren private Geschenke. Das erste ist bei meinem Bruder, und das hole ich mir einfach wieder.«

»Warum schenkst du deinem Bruder ein gefälschtes Bild?«

Ambrosius fuchtelt ungeduldig mit der rechten Hand in der Luft herum. »Das erkläre ich dir später.«

»Aber wenn der Typ von heute früh den Typen von heute Nachmittag auf uns gehetzt hat, dann ist es ihm ziemlich ernst. Der schreckt doch vor nichts zurück.«

»Wenn wir aber jetzt zur Polizei gehen, dann komm ich ins Gefängnis wegen Fälscherei. Und du vielleicht auch, wegen, was weiß ich, wegen Körperverletzung, Diebstahl oder Zerstörung eines Kunstwerks, such es dir aus. Wir müssen vorher die anderen Bilder holen, damit man uns nichts anhängen kann. Dann gehen wir zur Polizei, versprochen.«

»Und was ist mit dem zweiten Typen?«

»Den sind wir los. Hilfst du mir, Thea? Dieses eine Mal noch. Bitte.«

»Mensch, Ambro, du Hornochs. Das schaffen wir aber nicht an einem Tag. Wir werden wohl übernachten müssen.«

»Du wolltest doch sowieso einen Kurzurlaub machen.«

»Ja, aber eigentlich mit Gepäck. Oder wenigstens mit Unterwäsche und Zahnbürste und so. Können wir erst einmal nach Hause fahren und ein paar Sachen packen? Außerdem ist heute mein Skype-Tag mit Benjamin und Lisa und Tobi in Kalgoorlie. Und morgen kommt Miriam von der Galicien-Rundreise zurück nach Santiago, da wollte ich auch mit ihr skypen.«

»Schick halt ein Ding, eine WhatsApp.«

Dorothea seufzt. »Dann fahr mal da vorne rechts rein. Da sind allerhand Geschäfte, da können wir uns mit dem Nötigsten eindecken.«

»*Bir bothe*! Arschloch!«, ruft Samo in seinem schwarzen VW Golf GTI, als der scheppernde, stinkende Holzstoß von einem Scheißauto vor ihm plötzlich abbremst und rechts abbiegt. Er fährt ihm auf den Parkplatz vor den Supermärkten und Ramschläden nach, hält eine Reihe dahinter und wartet, bis sie im AWG verschwinden. Dann holt er den Autotracker aus dem Handschuhfach, steigt aus, nähert sich möglichst unauffällig der Ente und befestigt das magnetische Gerät am Unterboden auf Höhe der Beifahrertür. Zurück in seinem Auto schaltet er sein Smartphone ein. Google Maps zeigt ihm den Standort des Trackers zehn Meter vor ihm. *Gjeniale*!

Provenienz eines Psychopathen

Der siebzigjährige Dr. August von Rottberg sitzt in seinem barocken Arbeitszimmer in Schloss Weihersbach und schaut aus dem Fenster zum See, der das Schloss umgibt. Gerade ist ein Regenschauer über den See gepeitscht, und das Schwanenpaar, das seine Runden darin dreht, hat die Köpfe eingezogen. Nun aber strahlt alles wieder in der Sonne, und die Schwäne paddeln majestätisch-gelassen dem rechten Ufer zu, dahinter erhebt sich der lindgrüne Mischwald, und im Hintergrund sind die sanften Wellen des Steigerwalds zu sehen, gespickt mit den roten Dächern von Weilern und Kirchtürmen. Auf der anderen Seite des Sees geht eine Frau in Gummistiefeln und gelbem Friesennerz spazieren. Sicher seine Frau Sophie. Was ihr auch immer einfällt, um ihre Tage auszufüllen. Eine fränkische Idylle, ein Dürer-Aquarell, eine Allegorie wovon? Scheiß drauf, für solche Überlegungen hat Dr. von Rottberg jetzt keine Zeit. Er muss nachdenken.

Sein Gesicht ist bäuerlich-quadratisch wie seine Figur, und seine Augen liegen unter buschigen Augenbrauen weit zurückgesetzt in ihren Höhlen, wie Raubtiere, die im Unterholz lauern. Sein Mund zieht sich an den Winkeln leicht nach oben. Trügerisch. Denn es ist kein Lächeln, es ist der Gesichtsausdruck, den er vor sechzig Jahren als Voreinstellung gewählt hat. Seit fünfundfünfzig Jahren hat er keinen Grund mehr gesehen, ihn zu verändern. Dr. August von Rottberg wurde am 19.8.1948 als erstes Kind von Adolf und Liesl Albrecht in Reichelshofen bei Rothenburg ob der Tauber geboren, und aus Mangel an Ideen nach seinem

Geburtsmonat August genannt. In seiner jetzigen Erscheinungsform hat er mit dem Gustl Albrecht, der er hätte werden können, so viel gemein wie ein Schmetterling mit der Raupe, aus der er hervorgegangen ist, also nichts. Sein Vater war Bierfahrer bei der Landwehr-Bräu und dachte sich nicht viel bei der Namensgebung. Männer in der Familie trugen immer Vornamen mit A, und Adolf war schwer aus der Mode gekommen.

So strebte die vordere Hälfte des Namens nach Höherem, und die hintere Hälfte war fränkisch geerdet. Sein Leben hätte also so oder so verlaufen können, aber die Aspirationen seiner Mutter waren das Zünglein an der Waage. Sie war Flüchtling aus Ostpreußen und hatte im Dritten Reich als Küchenmädchen im adligen Haushalt der Dohna-Schlobittens auf Schloss Capustigall gearbeitet. In den letzten Monaten vor dem Zusammenbruch im Januar 1945 hatte sie sich unsterblich, aber vergeblich in Maximilian, den Sohn des Grafen, verliebt, ihre Tagträume von einer gemeinsamen Zukunft halfen ihr über die Schrecken der Flucht hinweg und trösteten sie angesichts der harten Realität ihres Daseins in Franken. Mit der Zeit übertrug sie die Visionen einer goldenen Zukunft auf ihren Sohn. Wenn schon nicht aus ihr, dann sollte aus August etwas Besseres werden. Gustl durfte ihn keiner nennen, nicht mal sein Vater. Als Kind kleidete sie ihn schon wie einen kleinen Erwachsenen, Jeans, Turnschuhe und T-Shirt kamen nicht infrage, sein Haarschnitt trotzte den schmierigen Tollen der Elvis-Ära – und erst recht der darauf folgenden Beatles-Frisur, zeugte vielmehr vom eindeutigen Bekenntnis zum Fassonschnitt, den er heute noch trägt. Hochdeutsch statt Fränkisch, statt Fußball beim SV Reichelshofen Malen nach Zahlen zu Hause; evangelische Jugend statt Saufen bei der Freiwilligen

Feuerwehr, und Zeltlager mit den Pfadfindern im Taubertal statt Feiern mit den Ortsburschen auf Kirchweih. Latein statt Englisch auf dem Reichsstadt-Gymnasium in Rothenburg, Abitur 1967, Universität Konstanz, Studium der Kunstgeschichte, Philosophie und Romanistik. Mitglied in der Studentenverbindung Corps Saxonia statt Engagement in der APO. Staatsexamen 1972, promoviert 1976. Dann absolvierte er noch einen Rhetorik-Kurs, bei dem er lernte, seine Quiekstimme um eine Oktave zu senken. Aber immer noch hieß er Dr. August Albrecht, immer noch strebte er nur mit dem Oberkörper, mit dem Namensanfang, nach Höherem, während sein Rumpf, sein Familienname, im Sumpf steckte. Dann lernte er auf einem Stiftungsfest des Corps Saxonia in Konstanz Sophie von Rottberg kennen, aus dem Adelsgeschlecht der von Rottbergs aus Landsberg am Lech. Sie war mit ihrem Vater Max, einem Alten Herren, angereist. Für Augusts Zwecke schien sie optimal geeignet; unscheinbar und schüchtern. Sie wirkte, als ob sie froh wäre, überhaupt wahrgenommen zu werden. August umwarb sie, heiratete sie, nahm ihren Namen an, und die Verwandlung war komplett. Ob er selbst jemals etwas anderes aus sich machen wollte als seine Mutter und wann die Mühlen dieser Transformation die letzten Reste von Empathie in ihm zermalmten oder ob er gänzlich ohne Empathie auf die Welt gekommen war, ist nicht mehr festzustellen.

Nur einmal drohte ein Besucher aus seiner Vergangenheit beim Aufbau des Bildes zu stören, das von Rottberg von sich zu vollenden gedachte. Es war auf dem Stiftungsfest in Konstanz, zwischen dem Begrüßungsabend am Freitag, an dem August Sophie zum ersten Mal sah, und dem Stiftungsfestball am Samstag, auf dem er sie zum Tanz auffordern wollte. Beim Sektfrühstück im Konzil am Samstagvormittag kam an der Theke ein junger Kerl auf ihn zu. »Endlich ein bekanntes Gesicht«, sagte dieser. Er war schlaksig, pickelig und mit seinen langen Haaren so gar nicht der typische Corps-Student. Heiner Hartl hieß er. Es stellte sich heraus, dass er auf dem Gymnasium in Rothenburg eine Klasse unter August gewesen war. Nun war er ein neuer Student in Konstanz. Er tat so, als ob er und August in Rothenburg die dicksten Freunde gewesen wären, was nicht stimmte, weil August auf dem Gymnasium, wie auch später an der Uni, oder überhaupt in seinem ganzen Leben, nie einen Freund gehabt hat. Es war Heiners Pech, dass er just zu diesem Zeitpunkt in Augusts Leben auftauchte; er hätte bestimmt bald gemerkt, dass August kein Interesse an einer Freundschaft mit ihm hatte, und ihn in Ruhe gelassen, aber leider nicht schnell genug für August. Denn dieses Wochenende war eine besonders heikle Phase in Augusts Verwandlungsprojekt, und Augusts Herkunft, seine wirkliche Provenienz, sollte an dem Abend beim Ball keine Rolle spielen. »Hast du schon das Aufnahmeritual bestanden?«, raunte er in Heiners Ohr, gerade laut genug, um das Stimmengewirr im Konzil zu übertönen.

»Welches Aufnahmeritual?«, antwortete dieser verunsichert.

»Mmh«, grübelte August. »Das ist keine einfache Sache, wenn man unvorbereitet damit konfrontiert wird. Ach, weißt du was, ich helfe dir.« Er klopfte Heiner auf die Schulter. »Das üben wir heute Abend. Wir treffen uns um 17 Uhr am Münster. Aber erzähl keinem was davon. Ich darf dir das eigentlich gar nicht verraten.«

Dass Heiner niemandem davon erzählen sollte, hatte natürlich auch damit zu tun, dass es kein Aufnahmeritual für das Corps Saxonia gab. Das entsprang ganz Augusts Fantasie in diesem Moment, bunt und hübsch wie ein Zwerghuhnei, darauf war er stolz. Ab dann war die Sache relativ einfach. August wusste, wie alle Corps-Mitglieder, dass die Kasse für den Turm des Münsters ab 17 Uhr unbesetzt war, weil der Kassierer um diese Zeit seinen Posten verließ, um seinen ersten Schoppen im *Weinglöckle* zu sich zu nehmen. Um die Zeit konnte man umsonst, und was für August viel wichtiger war, unbemerkt auf den Turm steigen. Es klappte alles; niemand saß an der Kasse, August nahm den Stuhl des Kassierers mit, weil er wusste, dass das Geländer auf dem Turm brusthoch war. Oben befand sich sonst niemand, und der Blick war wirklich atemberaubend. Die Altstadt, der Bodensee, sogar die fernen, schneebedeckten Alpen in der Schweiz konnte man sehen. Gerade fuhr eine Fähre von Meersburg in den Hafen. Alles unter einem strahlend blauen Himmel. Eigentlich ein Geschenk, dass es das Letzte war, was der arme Heiner sehen sollte.

»Danke, August, dass du mir das zeigst!« Es war fast rührend, wie dankbar Heiner für Augusts Zuwendung war. »Hat das Aufnahmeritual mit dem Stuhl zu tun?«

»Genau. Grundsätzlich ist das gut zu machen«, sagte August. »Nur wenn man nicht damit rechnet, scheitert man mitunter; das ist schon manchem passiert. Also, ich stelle den Stuhl hier an der Brüstung auf. Du musst dich draufstellen, zuerst nach unten schauen, dann in den Himmel, dann wieder nach unten. Du darfst dabei nicht wackeln. Man wird deine Knie genau beobachten, und beim kleinsten Zittern bist du durchgefallen. Mehr ist es gar nicht. Aber du musst mir versprechen, dass du niemandem erzählst, dass ich dir das vorher verraten habe. Du musst ganz überrascht tun.« *Nicht so überrascht, wie du es gleich sein wirst*, dachte sich August.

»Na, das werde ich wohl schaffen«, sagte Heiner.

August stellte den Stuhl hin, und Heiner stieg darauf.

»So, jetzt nach unten schauen«, sagte August. Er hielt sich dabei im Hintergrund auf, sodass ihn von unten keiner sehen konnte. Heiner schaute ganz wagemutig in die Tiefe, vierzig Meter hinab zu den Sonnenschirmen auf dem Münsterplatz, zu den Autos und den Menschen.

»Gut gemacht«, sagte August. »Und jetzt in die Höhe schauen.«

»Na«, sagte Heiner, »ich muss schon zugeben, das ist doch nicht so einfach. Ich glaube, ich steige lieber ab.«

»Kannst du machen. Aber dann kannst die Mitgliedschaft im Corps vergessen. Komm, sei kein Feigling.«

»Hältst du den Stuhl auch wirklich fest?«

»Klar«, sagte August. »Ich halte ihn ganz fest.« Tatsächlich hielt er ihn hinten an den beiden Knäufen. Immer noch niemand sonst hier oben. Er wandte sich kurz um. Auch keiner am Zugang zur Plattform. Bis zu diesem Moment hätte August einen Rückzieher machen und alles als Jugendstreich abtun können.

»Also gut«, sagte Heiner und drehte den Kopf ganz langsam nach oben.

August kippte den Stuhl nach vorne.

Heiner schrie kurz auf, »Mensch, August!«, und versuchte, nach rechts zu fallen statt vornüber. August ließ den Stuhl los und stieß ihm mit beiden Händen in den Rücken. Heiner knallte mit den Knien auf die Brüstung, wedelte mit den Armen. Kurz sah es aus, als würde er sein Gleichgewicht wiedergewinnen und nach hinten auf die Plattform fallen, und August musste ihn noch einmal schubsen, bis er endlich lautlos und immer noch mit den Armen wedelnd nach unten stürzte.

Bevor Heiner aufschlug, hatte August sich schon von der Brüstung weggedreht. Den Stuhl ließ er stehen. Er hastete zum Südausgang hinaus, damit er nicht an der Leiche vorbeimusste.

»Selbstmord aus Einsamkeit«, hieß es in den Zeitungen, und im Corps rief man die Mitglieder auf, sich doch besser um neue Studenten zu kümmern.

Ab da war der Weg für August frei. Verbindungen aus dem Corps verhalfen ihm zu ersten Rezensionen bei der *FAZ* und der *Süddeutschen Zeitung*, zu ersten Kunstexpertisen für das Germanische Nationalmuseum in Nürnberg, die Alte Pinakothek in München und die Albertina in Wien. Dann wagte er den großen Schritt; die Herausgabe der Zeitschrift *Alte Meister*.

Seit den Neunzigerjahren ist er nun der unumstrittene Experte im süddeutschen Raum für Kunstwerke aus dem Mittelalter und der Renaissance. Über die Jahre hat er die Verwaltung über die Werkkataloge von Albrecht Dürer, Lucas Cranach und Matthias Grünewald diskret an sich gezogen. An ihn wendet man sich, wenn es darum geht, ob bisher unbekannte Werke echt sind oder Fälschungen. Und sein Urteil ist so unerbittlich wie in einer mittelalterlichen Darstellung des Jüngsten Gerichts von Stefan Lochner, Hieronymus Bosch oder Marx Reichlich, mit August von Rottberg persönlich als Jesus-Figur; hebt er die rechte Hand, wird das Werk von Engeln begleitet in den künstlerischen und materiellen Himmel gehoben; hebt er die Linke, purzelt es jammernd und von Teufeln mit Mistgabeln malträtiert in die ewige Verdammnis.

Auf diesem Kunstexpertengipfel hat nur einer Platz, und beim Aufstieg dorthin hat ihm auch nur einer jemals Konkurrenz gemacht: Professor Dr. Martin Derra von der

Staatsgalerie im Schloss Johannisburg, Aschaffenburg, der ebenfalls gerne von der *Süddeutschen Zeitung* um Gastbeiträge gebeten wurde. Er war ein netter, zugänglicher Altachtundsechziger mit langen grauen Haaren und John-Lennon-Brille. Die beiden Kunstexperten lernten sich in der Tagungsstätte Wildbad bei Rothenburg ob der Tauber bei einem Seminar über Lucas Cranach den Jüngeren kennen, dessen Leitung sie sich teilten. Natürlich kam Derra bei den anwesenden Damen viel besser an als von Rottberg, und bei einer besonders; einer hübschen Dame aus Erlangen. Von Rottberg war nicht romantisch bedingt neidisch auf Derra, berufsbedingt aber sehr wohl. Denn im Kulturbereich tummeln sich seit eh und je überwiegend Frauen; man kommt an ihnen gar nicht vorbei, und dass Derra in Fällen, wo Frauen zu entscheiden hatten, immer den Vorzug bekommen würde, war klar und konnte von August so nicht hingenommen werden. Im Lauf der Woche in Wildbad entwickelte sich zwischen Derra und der Dame eine Romanze oder eher eine Affäre, weil beide ja Eheringe trugen. Sie waren wohl geübt in solchen Dingen, andere bemerkten nichts davon. Nur von Rottberg bekam alles mit, da er das Zimmer neben Derra hatte. Er lernte auch ihre Geheimsprache: Wenn die Dame die Nacht bei Dr. Derra verbringen wollte, klebte sie mit Tesafilm eine Mon-Chéri-Praline an seine Zimmertür.

Also beschaffte sich von Rottberg von seinen Lörracher Kontakten Strychnin, spritzte es in eine Mon-Chéri-Praline, fuhr damit nachts bis Aschaffenburg und klebte sie an den Scheibenwischer von Derras Jaguar vor seiner Villa in der Stiftsgasse. Es war nicht gesagt, dass die Aktion klappen würde, aber von Rottberg hatte Glück. Derra vermutete wohl eine Botschaft von seiner Geliebten, aß die Praline und liegt seitdem im Wachkoma.

Damit war der Weg wieder frei für von Rottberg. Er erklomm den Gipfel und blickte nicht zurück. Erst recht nicht auf seine Herkunft, die Eltern in Reichelshofen, die er seit seinem Abitur nie mehr besuchte. Seine Mutter starb schon vor dreißig Jahren; seinen Aufstieg in den gesellschaftlichen Olymp konnte sie nur aus der Ferne verfolgen. Zu seiner Hochzeit hat er sie nicht eingeladen. Trotzdem blieb sie stolz auf ihren Sohn. Sein Vater lebte noch bis 2003. Ihm machte das Verschwinden des Sohnes aus seinem Leben gar nicht so viel aus. Schließlich konnte der alte Adolf sich an die mysteriösen Umstände um den plötzlichen Kindstod von Augusts kleiner Schwester Helena erinnern, die 1956 als Nachzüglerin geboren und nur ein halbes Jahr alt wurde. Wie der achtjährige August seine kleine Schwester immer so komisch anstarrte. So intensiv, so schweigsam. Einmal hat Adolf ihn erwischt, als er seiner Schwester mit einer Stecknadel in den Kopf pikste.

Adolf war es, der Helena tot in ihrem Bett fand. Er und seine Frau Liesl waren nur kurz nach Rothenburg zum Einkaufen gefahren und hatten August und Helena eine Stunde lang alleine gelassen. Helena atmete nicht mehr und war blau angelaufen, aber noch warm. Auf Adolfs Schrei hin ist Liesl ins Zimmer gekommen und hat das Kissen, das zwei Meter vom Bett entfernt auf dem Boden lag, einfach wieder hineingelegt. Das Wissen nahm Adolf mit ins Grab; mit seiner Frau hat er nie darüber gesprochen. Die kleine Helena strampelte schon und warf mit Sachen, aber ein Kissen so weit zu schleudern, das hätte sie nicht geschafft.

Seine Expertisen lässt August sich fürstlich bezahlen; Tausende von Euro können fällig werden. Kauft eine Galerie ein Werk aufgrund seiner Expertise, sind wiederum Zehn-

oder gar Hunderttausende als Provision vom Kunsthändler fällig. Theoretisch (und praktisch) verdient er bei jeder positiven Begutachtung doppelt. Er ist Anwalt und Richter in einer Person, und er verdient nur, wenn der Angeklagte freigesprochen wird. Das darf aber nur in den seltensten Fällen sein, damit sein Ruf erhalten bleibt. Wenn er ein Werk in den Katalog des jeweiligen Künstlers aufnimmt, dann fotografiert er es und schreibt hinten auf das Foto: *Das abgebildete Werk wird in das von mir verantwortete Werkverzeichnis aufgenommen. Dr. A. von Rottberg.*

Es läuft also gut für ihn. Aber nicht so gut, wie es laufen müsste. Das Schloss ist teuer. Es ist von einem See umgeben, nur von einer Seite über eine Steinbrücke zugänglich, und das Wasser hat seit Jahrhunderten an den Grundmauern gefressen und ist die Wände hochgezogen. Die Sanierung und Isolierung hat Millionen gekostet. Das aber war die Voraussetzung für sein Lebensprojekt: das bedeutendste Museum für Renaissancekunst Süddeutschlands in Schloss Weihersbach einzurichten. Es kostet Überzeugungskraft, dass ihm staatliche Museen und Galerien ihre Schätze anvertrauen, weil die Aufbewahrungsmöglichkeiten im Schloss Weihersbach optimal sind. Und es kostet vor allem Geld für Sicherheitssysteme, für Klimaanlagen. Und für Neuanschaffungen. Spärliche, gut dosierte. Glaubwürdige. So wie die Vorstudie zum Feldhasen, angeblich von Dürer, die er bei der Durchsicht von Karl Diehls Sammlung gesehen hat. Das Bild zeugte von außerordentlicher Könnerschaft. So perfekt, dass es echt hätte sein können. So perfekt wie das angebliche Skizzenbuch von Kandinsky, das er damals für das Staatsarchiv der Bayerischen Kunst in Rothenburg begutachtet hat. Sein Instinkt hat ihn damals das Skizzenbuch für echt erklären lassen, obwohl ihm klar war, dass es gefälscht sein musste. Da waren Studien drin für zwei Bilder: *Alte Stadt I* und *Alte Stadt II*. *Alte Stadt I* wurde von Kandinsky nie fertiggestellt. Die Vorstudie dafür jedoch zeigte eine Ansicht vom Burggarten aus, und von Rottberg wusste von seinem Studium her, dass Kandinsky für das erste Bild die gleiche Perspektive wie für *Alte Stadt II* gewählt hatte. Der einzige Unterschied bestand darin, dass auf dem ersten Bild keine Frauenfigur war. Also musste das Skizzenbuch eine Fälschung sein, und trotzdem sorgte von Rottberg dafür, dass der Freistaat Bayern zwanzigtausend Mark dafür blechte. Warum? Weil von Rottberg sich gedacht hat, den Typen, der so etwas beherrscht, kann er brauchen. Irgendwann.

Beim Hasenbild hat ihn nur etwas an der hinteren Pfote gestört, der Winkel, in dem sie an der Flanke des Hasen saß, war ein My zu weit geöffnet. Aber nicht seine Kunstexpertise führte ihn zu der Erkenntnis, dass es sich um eine Fälschung handeln musste, sondern lediglich eine Ahnung. Und wenn der Siebenhaar nicht so panisch reagiert hätte, wäre von Rottberg sich immer noch nicht sicher. Solche Werke braucht er, nicht viele, aber immer wieder mal eins. Und den Mann, der so etwas kann, den braucht er auch. Freiwillig – oder mit Gewalt.

Die Provenienz des Bildes herauszufinden war aufwendiger, als die Expertise zu verfassen. An den Diehl verkauft hat es ein vermessener Kunstlehrer eines Gymnasiums in Franken, so einer, der sich einbildet, nach acht Semestern Studium mit ihm, Dr. August von Rottberg, mithalten zu können. Das Ärgerlichste bei dem Gespräch war, ihm in seiner Ignoranz dauernd recht geben zu müssen, ihn für seinen Kunstverstand und auch noch für sein eigenes jämmerliches Gekleckse loben zu müssen, das an allen Wänden seiner versifften Bude hing. Weil ja das Hasenbild echt sein sollte. Da versandete die Spur aber trotzdem, weil der Wichtigtuer sich weigerte, zu sagen, von wem er das Bild hatte.

Von Rottberg wartete ein paar Wochen, dann hetzte er Samo auf den aufgeblasenen Kerl. Samo wiederum kennt er seit einem Flirt mit Fälschungen von Werken der russischen Avantgarde, die über verschlungene Wege von Albanien nach Deutschland gekommen sind. Von Rottberg ließ schnell die Finger davon; nicht sein Revier, der Markt zu überschwemmt, alles zu riskant. Aber den Kontakt zu Samo hat er aufrechterhalten.

Dass Samo so hart mit dem Gymnasiallehrer umgehen würde, das hat von Rottberg ja nicht ahnen können. Wenigstens hat der Kerl den Namen herausgerückt, bevor der Herztod ihn ereilte. Pettkus' Kontakte zu Strichjungen in Nürnberg waren natürlich ein Glücksfall, weil sie auf eine falsche Fährte führten und die Misshandlungen im Gesicht erklärten. Samo nahm alles Geld und sämtliche Wertsachen mit und hinterließ keine Spuren. Ein Profi halt.

Seitdem hat Dr. August von Rottberg das System mit den Stufen eingeführt. Es muss ja nicht gleich Stufe 3 sein, mit Stufe 1 steigt man ein, dann sieht man weiter.

Und inzwischen ist er sich sicher, dass es Siebenhaar war, der das Skizzenbuch von Kandinsky gefälscht hat.

Zweiter Teil

Adam und Eva im Paradies von
Lucas Cranach dem Älteren

Vinzenz

Dorothea legt ihr Smartphone weg. »Wir fahren zu deinem Bruder nach Betzenstein, oder?«, fragt sie. Sie hat gerade ihrem Sohn Benjamin geschrieben, dass sie später als geplant mit ihm, seiner Frau Lisa und ihrem geliebten Enkelkind Tobi skypen werde. Er arbeitet für die Allianz-Versicherung in Kalgoorlie, Australien, und da ist es sechs Stunden später. Danach hat sie ihrer Tochter Miriam, die in der Touristikbranche in Nordspanien arbeitet, geschrieben und ihre Skype-Session ebenfalls verschoben.

»Hab ich doch gesagt«, sagt Ambrosius.

»Hast du nicht. Nicht so direkt, um es mit deinen Worten auszudrücken.«

»Also gut. Wir fahren zu meinem Bruder nach Betzenstein.«

Sie sind im Knoblauchsland unterwegs. Endlose Reihen von grün-dunkelroten Salatköpfen haben auf den Feldern zwischen den Ortschaften Stellung bezogen, ordentlich in Reih und Glied wie Soldaten.

»Sollen wir ihn nicht vorher anrufen?«, fragt Dorothea.

»Ach was. Er ist doch immer zu Hause. Wo soll er sonst sein?« Ambrosius trommelt auf das Lenkrad. Er ist mit anderen Gedanken beschäftigt. »Weißt du, was komisch ist? Das Dürer-Haus ist eine einzige Sammlung von Fälschungen. Da ist ein ganzer Raum voll davon.« Er nickt bestätigend. »Bloß heißen die Kopien. Da ist kein einziges echtes Bild drin.«

»Ja, ja, Ambro«, sagt Dorothea. »Hättest du deinen Hasen eine Kopie genannt, wäre es ja auch in Ordnung gewesen.«

Ambrosius versinkt wieder in ein grüblerisches Schweigen. Die Autobahn führt durch einen jungen, frischen, lindgrünen Wald.

»Es liegt uns halt im Blut«, sagt Ambrosius.

»Was liegt wem im Blut?«, fragt Dorothea.

»Das Fälschen liegt uns Betzensteinern im Blut.«

»Ich bin auch aus Betzenstein, und mir liegt es nicht im Blut«, merkt Dorothea an.

Ambrosius hebt den Zeigefinger vom Lenkrad. »Betzensteins berühmtester Sohn war Fälscher. Abraham Wolfgang Küfner. Zuerst fälschte er Münzen, dann lieh er sich von der Stadt Nürnberg das Selbstbildnis Albrecht Dürers aus dem Jahre 1500 aus und fälschte es.«

»Das sind gerade mal zwei«, sagt Dorothea.

Ambrosius schaut irritiert. »Zwei was?«

»Zwei Fälscher aus Betzenstein. Du und der Küfner.«

Ambrosius winkt ab. »Und seine Fälschung war so gut, dass es keiner merkte! Ha! Also gab er die Fälschung als Original zurück und verkaufte das Original nach München. Seitdem haben's die Bayern und geben es nicht mehr her. Und der Söder lässt sich zur Umbenennung des Flughafens Nürnberg in Albrecht-Dürer-Flughafen vor dem falschen Dürer fotografieren, und keiner regt sich auf.«

»Vielleicht hätten wir einfach warten sollen, bis der Söder sich mit deinem Hasen fotografieren lässt«, sagt Dorothea.

Ambrosius lacht. »Vielleicht.«

Die Ente schüttelt den Wald ab, und die Landschaft öffnet sich.

»Ach schau, Ambro. Wie schön.«

Sie sind bei Kalchreuth, und die Kirschblüte breitet sich über die Obstwiesen aus. Die Bäume erinnern Dorothea zu dieser Jahreszeit immer an fröhliche, tanzende Mädchen in duftigen Baumwollkleidern mit weißen Girlanden im Haar. Die hellen Blüten nehmen den Wiesen die ganze Schwere und verleihen ihnen eine schwebende Leichtigkeit. Als ob alles hinauf in den Himmel strebt.

Dorothea merkt, wie auch ihre Stimmung sich aufhellt. Jetzt fühlt es sich doch an wie Urlaub.

»Wann waren wir das letzte Mal da?«, fragt Ambrosius.

»Ewig her. Muss zum fünfzigsten Geburtstag von Vinzenz gewesen sein. Wo er mit der Dings, der Edith, zusammen war. Den Sechzigsten hat er gar nicht gefeiert.«

»Ich finde immer, das hier ist der schönste Weg in die Fränkische Schweiz«, sinniert Ambrosius, und deutet durch die Frontscheibe auf die Landschaft. »Weißt, nicht so übertrieben wie im Trubachtal oder Wiesenttal. Bescheidener. Weite Wiesen, sanfte Hügel. Langt doch. Nicht gleich aus allen Kanonen schießen und ... und angeben mit Burgen und Wasserfällen und Felsen und was weiß ich, Höhlen und Druidenhainen. Mehr als ein Schnitzel kann man nicht essen, hat mein Vater immer gesagt. Ach ja. Weißt du noch, wie wir das erste Mal in den Urlaub gefahren sind, ohne zu wissen, wo es hingeht?«

»Wir haben schon gewusst, wo es hingeht«, sagt Dorothea. »Du hast gewusst, es geht nach Südtirol, und ich habe gewusst, es geht nach Südfrankreich.«

Beide lachen. Ambrosius reicht hinüber und tätschelt Dorotheas Hand. »Und wo ist es hingegangen?«, fragt er.

»Sag bloß, du kannst dich nicht mehr erinnern. Unser erster Urlaub. Also wirklich!«

»Natürlich erinnere ich mich.«

»Dann sag's.«

»Nach Berchtesgaden.«

»Ambro!«

»Spaß. In die Wachau. Klar erinnere ich mich. Wegen Mariandl-andl-andl. Paul Hörbiger und Hans Moser.«

»Ja.« Dorothea holt tief Luft. »War doch schön, oder?«

»Toll war es. Meinst du, es gibt noch diese Heurigenterrassen hoch über der Donau?«

»Sicher gibt's die noch.«

»Warum waren wir eigentlich nie mehr dort?«, fragt Ambrosius.

»Weil wir immer nach Italien gefahren sind.«

»Echt?«

»Ja.«

»Mmh. Vielleicht sollten wir wieder mal in die Wachau fahren.«

Dorothea sagt nichts.

»Schau, da links«, sagt Ambrosius. »Siehst du das Schloss? Aus dem Nordfenster hat Dürer ein Aquarell vom Dorf gemalt. Ganz dezent, weißt, Wiesen, paar Hügel, keine schwindelnden Höhen oder rauschenden Katarakte.«

»Ich schaue schon nach links. Schau du lieber auf deine Straße. Da vorne steht ein Laster.«

»Hab ich schon gesehen.« Ambrosius bremst gerade rechtzeitig ab, dann fährt er daran vorbei. »Der Dürer ist eben auch keiner, der mit der Tür gleich ins Haus fällt.«

»Ich will von Dürer nichts mehr hören.«

»Gut. Mit dem Dürer sind wir auch fertig.«

»Und mit wem haben wir es jetzt zu tun?«

»Cranach. Der Ältere.«

»Toll. Dürer, Cranach. Mensch, Ambro. Darunter machst du's wohl nicht.«

»Man hat ja schließlich seinen Stolz.«

»Und mit welchem Bild?«

»*Adam und Eva im Paradies.*«

»Ach nee«, sagt Dorothea. »Das hast du doch deinem Bruder zu seinem Fünfzigsten geschenkt. Hast du ihm etwa nicht gesagt, dass es von dir ist? Warte mal, nicht direkt, gell?«

Sie fahren aus Kalchreuth hinaus. Die Landschaft öffnet sich noch weiter. In der Ferne werden flache, bewaldete Bergrücken sichtbar, lang gezogen wie eine verstreute Wildschweinrotte.

»Ich wollte halt schauen, ob er mir das abnimmt«, erklärt Ambrosius. »Ich hab gesagt, ich hätt's bei der Gräfin gefunden. Wenn *Vinzenz* glaubt, dass es von Cranach sein könnte, dann glaubt es jeder, verstehst?«

»Da hab ich Modell dafür gesessen, gell?«

»Gestanden eher.« Ambrosius lacht. »Mit einem Apfel in der rechten Hand.«

»Ja. Ewig. Ich war Eva, und du warst Adam.«

»Da haben wir einen Riesenstreit gehabt. Du hast tagelang nicht mehr mit mir gesprochen.«

»Stimmt. Kein Wunder, dass wir einen Riesenstreit hatten. Du hast mich mit einem so kleinen Busen gemalt. Und mit so dicken Hüften. Unverschämt war das.«

»Jetzt fang nicht wieder damit an, Doro. Das musste so sein, weil das Original ja auch so war, das hab ich dir tausendmal erklärt. Schon damals.«

»Aber dich selbst als Adam hast mit einem Riesenpimmel gemalt, viel größer als in Wirklichkeit.«

»Das habe ich doch mit einem Blatt übermalt.«

»Genau. Aber das Blatt war auch viel größer als im Original. Alter Angeber. Und ich hab gesagt: Zu was brauchst du mich als Modell, wenn du mich eh nicht so malst, wie ich bin? Dann hättest gleich das Original kopieren können. Gut, die dicken Hüften mögen angehen, aber du hättest wenigstens meinen schönen Busen so malen können, wie er ist. Oder war. Ambrosius und Dorothea im Paradies.«

»Ich wollt dich halt wieder mal nackig sehen.« Er kneift ihr ins Knie.

»Haha. Meinst, dein Bruder hat das gecheckt, dass ich das bin?«

»Niemals. Er kennt doch deinen Busen, oder? Fast so gut wie ich, möcht ich sagen. Kann doch nicht die Doro sein, wird er sich gesagt haben, mit so einem kleinen Busen. Gut, die Hüfte, wird er gedacht haben, die haut hin, aber der Busen, nee. Kannst eigentlich froh sein, dass ich dir so kleine Brüste gemalt habe.«

»Es reicht, Ambro.«

Bevor Dorothea mit Ambrosius zusammenkam, ist sie mit seinem Bruder Vinzenz gegangen. Vinzenz hatte danach schon noch andere Freundinnen, hat aber nie geheiratet und lebt schon immer alleine. Dorothea hat ihr schlechtes Gewissen ihm gegenüber nie verwunden.

»Aber wenn das Bild bei Vinzenz ist, dann ist doch alles in Ordnung«, sagt sie.

»Ja, schon, trotzdem will ich es wiederhaben.«

»Du hast es ihm doch geschenkt.«

»Ja. Ich will aber nicht, dass es irgendwie in Umlauf kommt. Das wird er schon einsehen.«

»Du hast ihm schon immer alles weggenommen, wenn du gemeint hast, es steht dir zu.« *So wie mich zum Beispiel. Und du hast ihm alles überlassen, was dich nicht interessiert hat, ob er es wollte oder nicht. So wie den Hof.*

»Ach, Doro, jetzt gib mir nicht die alleinige Schuld. Du wolltest doch auch, dass wir ein Paar sind.«

»Ich weiß. Trotzdem war es schwierig für ihn.«

»Das ist doch ewig her.«

Stimmt. Vor fast fünfzig Jahren hat Dorothea Vinzenz gesagt, dass sie nun mit seinem Bruder zusammen sei.

»Er hätt halt nicht aufs Klo gehen dürfen«, schiebt Ambrosius mit einem trockenen Lachen nach. Es ist der alte Witz, mit dem er der Geschichte jedes Mal das Gift zu entziehen versucht. Aber der Witz ist wie seine Ente; er hat Dorotheas Geduld überstrapaziert.

»Wenn er nur eine Frau hätte, die auf ihn aufpasst«, sagt Dorothea. »Er ist auch nicht mehr der Jüngste.«

»Es hat ja genug gegeben. Keine war ihm gut genug«, sagt Ambrosius. Nach einer Weile fügt er an: »Und wenn er eine hätte, würde es dir auch nicht passen.«

»Das stimmt nicht«, sagt Dorothea. Und fragt sich, ob es vielleicht doch stimmt.

Links erscheint Gräfenberg. »Fahren wir durch Gräfenberg«, sagt sie.

»Gut.« Ambrosius blinkt, bremst und biegt ab.

Und schon ist es da, das alte Gefühl der Geborgenheit, das es für Dorothea nur in der Fränkischen Schweiz gibt, in den engen Tälern und in Städten wie Gräfenberg, Pottenstein und Betzenstein, wo sie aufgewachsen ist. Das Gefühl, dass die Landschaft sich über sie beugt und sie vor der Welt beschützt.

Es ist nicht mehr weit nach Betzenstein, und der alte Siebenhaarbauernhof, wo Ambrosius' Bruder Vinzenz immer noch lebt, liegt diesseits des Ortes. Ambrosius und er sind sich sehr nahe; Dorothea kennt keine Brüder, die sich so gut verstehen und so sehr mögen. Und ausgerechnet diese beiden hat sie für einige Jahre entzweit. Dorothea und Vinzenz waren in derselben Realschulklasse in Pegnitz und sind miteinander gegangen, seit sie fünfzehn waren. Drei

Jahre lang. Genau die drei Jahre, die Ambrosius älter war als Vinzenz, und genau die drei Jahre, in denen Ambrosius die Kunstakademie besuchte. Vinzenz schaute zu Ambrosius auf. Was er für tolle Bilder malte, welch skurrile Figuren er schnitzte; wie er Autos reparieren, Möbel renovieren und selbst bauen konnte. Wie lustig er war. »Warte, bis du Ambro kennenlernst«, hat er immer zu Dorothea gesagt. »Du wirst ihn lieben.«

Und er hatte recht. Schon beim ersten Mal, als sie Ambrosius sah, kurz nach seiner Rückkehr von der Hochschule, verliebte sie sich. In seine entschlossenen, flinken Bewegungen. In seine Arme und in seinen schnellen, abwägenden Blick, mit dem er sie musterte. Dorothea war gekommen, um Vinzenz in der Mühle der Siebenhaars bei Betzenstein zu besuchen. Sie traf Ambrosius im Hof an, wo er gerade dabei war, aus Orgelpfeifen einen Schrank zu bauen.

Wie herzzerreißend stolz Vinzenz damals war, ihr seinen großen Bruder endlich vorstellen zu können. Zu dritt fuhren sie dann in Ambrosius' Käfer zum *Pretzfelder Keller*, und Ambrosius gefiel es offensichtlich, dass Dorothea drei, vier Bier trinken konnte.

Irgendwann ging Vinzenz auf die Toilette. Da schlug Ambrosius zu wie der große Raubvogel, der er damals schon war. »Was hältst davon, wenn wir eine Motorradtour miteinander machen?«, fragte er, sobald Vinzenz um die Ecke verschwunden war.

»Nur wir zwei?«, antwortete sie.

»Freilich nur wir zwei. Oder kennst du ein Motorrad, wo drei drauf passen?«

Es folgten drei euphorische, aber auch quälende Wochen, in denen Dorothea erkannte, dass das mit Vinzenz Freundschaft war, Zuneigung, Respekt und Verbundenheit, aber nicht das, was sie für Ambrosius empfand, nämlich Liebe. Es Vinzenz zu sagen war das Schwierigste, was sie bis dahin in ihrem Leben tun musste. Auch das hat Ambrosius ihr überlassen.

»Hast du mit ihm geschlafen?«, fragte Vinzenz, und als sie die Frage bejahte, ist er wortlos gegangen.

Sieben Jahre später heirateten Ambrosius und Dorothea. Da war er achtundzwanzig und sie fünfundzwanzig. Sie mussten so lange warten, weil Ambrosius darauf bestand, dass sein Bruder sein Trauzeuge sein sollte, und Vinzenz hatte inzwischen seine Schreinerlehre abgebrochen und war zur See gefahren.

Als er heimkehrte, war er bereit, den Hof zu Hause zu übernehmen und auch Ambrosius' Trauzeuge zu sein. Aber er war ein anderer geworden.

»Wir sind da.« Ambrosius biegt links von der Straße ab, fährt vorsichtig über den grob betonierten Buckel gleich bei der Einfahrt, bevor der Weg zum Hof ins Tal hinabführt. Der Auspuff der Ente setzt krachend auf und schleift kurz am Boden. Irgendwas bleibt scheppernd hinter ihnen liegen. »Scheiße. Die Einfahrt hat er immer noch nicht gemacht, der alte Schlamperer«, sagt Ambro.

Sie fahren den steilen Weg hinunter, linker Hand erscheint unten der Hof, der von der Straße aus nicht zu sehen ist, dahinter eine grüne Wiese, der Bach mit der Holzbrücke darüber, dann kommt der Wald. Das war Dorotheas Weg von Betzenstein hierher, durch den Wald und über die Brücke. Zuerst wegen Vinzenz, dann wegen Ambrosius. Dorothea spürt die innerliche Anspannung, die sie immer erfasst, bevor sie Vinzenz sieht. Nicht, dass er ihr jemals auch nur den Hauch eines Vorwurfs gemacht hätte. Sie haben auch nie wieder eine private Unterhaltung unter vier Augen geführt, seit jenem Freitagnachmittag im Sommer 1972.

Sie fahren in den Hof. Überall liegt Unrat: Reifen, ein verrosteter Bulldog, Fässer, ein Haufen alter Dachziegel, Holzplanken. Der Anblick löst ein flaues Gefühl in Dorotheas Magen aus. Vinzenz passt nicht auf sich auf.

Ambrosius steigt aus, geht in die Knie und schaut unter das Auto. »Alles noch da«, sagt er.

Eine hagere Gestalt kommt aus der Scheune.

»Da ist er«, sagt Dorothea.

»Bruderherz! Dorothea!« Vinzenz fängt an zu laufen. Unrasiert, in Blaumann und Gummistiefeln. Aber strahlend und mit offenen Armen. Dorothea schaut zu, wie Ambrosius und Vinzenz sich umarmen. Ambrosius senkt dabei sein Kinn tief über Vinzenz' Schulter und lächelt wie eine vollgefressene Katze. Sie schwenken einander hin und her, einmal erscheint Ambrosius' Gesicht, einmal das von Vinzenz. Kleiner als Ambrosius war Vinzenz schon immer, aber er ist dünn geworden; die Umarmung sieht aus wie ein ungleicher Kampf. Ungepflegte, lange graue Haare hat er, und Krähenfüße seitlich der Augen. Aber auch ein Lachen im Gesicht. Beide Brüder halten die Augen geschlossen und strahlen.

Wenn ihr euch so freut, euch zu sehen, warum macht ihr das nicht öfter? Ach so, ja, wegen mir. Dorothea steigt aus dem Auto. Bildet sie sich das ein, oder ist die Ente in die Höhe gegangen? Wie sie wohl aussieht?

Vinzenz kommt auf sie zu.

»Vinzenz. Schön, dich zu sehen.«

Sie umarmen sich. Er riecht ungewaschen.

»Dorothea. Gut schaust du aus.«

»Ach, lüg doch nicht. Ich hab zugenommen, ich weiß schon.«

Dorothea. Doro hat er seit damals nicht mehr zu ihr gesagt. Und diese Zurückhaltung bei der Umarmung, diese paar Millimeter Nähe, die fehlen und die sich nie mehr zwischen ihnen schließen werden.

»Was verschafft mir die Ehre?«, fragt Vinzenz, als er sich aus der Umarmung löst. »Habt ihr kein Telefon? Wenn ich's gewusst hätt, hätt ich mich doch fein gemacht.«

»Ach, das hat sich ganz spontan ergeben«, sagt Ambrosius. »Wir waren gerade in der Nähe.«

»Kommt rein, kommt rein.«

Die Malfabrik

In der Küche sieht es immer noch so aus wie vor fünfzig Jahren. Der Vater hatte sie damals eingerichtet, alles eigenhändig geschreinert. Links die Zeile mit Spülbecken, Herd, Waschmaschine, kein Geschirrspüler. In der Mitte der Esstisch, an dem Dorothea damals oft zusammen mit Vinzenz ihre Hausaufgaben gemacht hat. Rechts der Holzofen vor der geweißelten Wand. An der Wand das Ölbild *Ein Schiff auf dem Meer*, mit dem alles anfing. Nur war es damals ordentlicher. Viel ordentlicher, sieht Dorothea beim zweiten Blick. Das dreckige Geschirr, das in der Spüle steht und sich um sie herum türmt, ist von mehr als einer Mahlzeit. Frau Siebenhaar war ja auch die Einzige in der Familie, die sich für so etwas Prosaisches wie Putzen oder einen normalen Tagesablauf interessierte. Sie muss sich damals täglich gefragt haben, wie ihre Familie so ausarten konnte. Der alte Siebenhaar, Gustav, hatte bis Mitte der Sechzigerjahre einen typischen Bauernhof für die Gegend; einen kleinen Mischbetrieb mit Kühen, Schweinen und Ackerbau. Es ging ihm wie allen seinen Nachbarn: Er war, wie es schien, mit seinem Leben zufrieden, und nichts deutete darauf hin, dass sich daran jemals etwas ändern würde. Dann brach an Weihnachten 1964 die Kunst in sein Leben ein, in Form eines Malen-nach-Zahlen-Kastens, so ähnlich wie bei Dr. von Rottberg, nur nicht von der Mutter gesteuert, sondern von auswärts kommend. Es war ein Geschenk von Gustavs Schwester Maria aus Amerika für seinen Sohn Ambrosius, ihren Neffen also. *Paint by Numbers* stand vorne drauf, und auf der Verpackung war ein Segelschiff auf dem

Meer abgebildet; seine roten Segel von der untergehenden Sonne von hinten durchleuchtet, und das Meer vom Licht gold-weiß durchfurcht wie ein gepflügter Acker.

Ambrosius ignorierte es natürlich komplett, wie es sich für einen vierzehnjährigen Buben gehörte, aber Gustav fühlte sich immer mehr von dem Bild angezogen, bis er eines Sonntagnachmittags in der guten Stube die Schachtel aufmachte, die Leinwand auspackte und zu malen anfing. Von da an war es um ihn geschehen. Er konnte kaum den Feierabend abwarten, um sich über ein neues Bild herzumachen. Er malte alles, was Spielwaren Hengelein in Betzenstein so auf Lager hatte: *Die alte Mühle, Herbstspaziergang, Drollige Kätzchen, Alte Dampflok.* Mit der Zeit emanzipierte Gustav sich von den Zahlen und widmete sich den alten Meistern. *Mona Lisa, Der Mann mit dem Goldhelm, Der Wanderer über dem Nebelmeer, Der Bücherwurm, Der arme Poet, Die Heimkehr der Jäger, Die Nachtwache, Der lachende Kavalier.* Später malte er die Fotografien in den Raiffeisenbank-Kalendern nach. Der alte Siebenhaar sah keinen Sinn darin, selbst irgendwelche Motive in der Landschaft oder in Innenräumen zu suchen, wenn genug andere sich schon die Arbeit gemacht hatten. Und seine Kunstakzeptanz hörte mit dem Impressionismus auf, mit der Moderne konnte er nichts anfangen. »So ein Gekleckse kann ein jeder«, sagte er beim Anblick eines Picasso, Chagall, oder Kandinsky. Allenfalls Dalí ließ er noch gelten.

Er brachte das Tagwerk am Hof so schnell wie möglich hinter sich, damit er sich seiner Leidenschaft widmen konnte. Er betrieb nur noch Ackerbau, verkaufte die Kühe und funktionierte den Stall, der rechts an die Küche angebaut war, zum Atelier um. Die Außenwand auf der rechten Seite durchbrach er und baute drei Fenster ein, die fast die ganze

Stalllänge einnahmen und den Raum mit Licht fluteten. Nun steckte er seine Söhne mit der Begeisterung an. Bald standen sie zu dritt im ehemaligen Stall und fertigten ihre Kopien der alten Meister an. Frau Siebenhaar wäre fast verzweifelt, hätte sich nicht ab Mitte der Sechzigerjahre eine Möglichkeit aufgetan, mit den Bildern gutes Geld zu verdienen. Möbelhäuser waren überall im Entstehen, und ergänzend zu ihren Wohnzimmerschränken und Sitzecken wollten die Leute in einem Aufwasch Bilder für die Wand kaufen, am liebsten Ölbilder, die alpine Landschaften zeigten.

Die Favoriten waren:

1. *Röhrender Hirsch im Hochgebirge* von Moritz Müller
2. *Gebirgige Waldlandschaft mit reißendem Bach* von George Jabin
3. *Der Wetterstein* von Georg Wegener

Mit der Zeit spezialisierten sich die Männer. Drei Staffeleien standen nebeneinander. Gustav, links stehend, war für den Landschaftshintergrund zuständig, also Himmel, Berge, Wiesen und Wege, Ambrosius, in der Mitte, für Wasser, Schnee und Wälder, und Vinzenz, rechts, für Tiere, Häuser und Menschen. An einem Nachmittag konnten sie auf diese Art und Weise vier Bilder schaffen. Sobald Vinzenz mit dem vierten Bild fertig war, hörten die drei auf. Somit konnte die Arbeit am nächsten Tag nahtlos weitergehen; Gustav begann mit einer leeren oder gerade erst angefangenen Leinwand, Ambrosius mit einem fertigen Hintergrund und Vinzenz mit einem zu zwei Dritteln fertigen Bild. Ein McKinsey-Experte hätte den Ablauf nicht besser durchtakten können. Pro Bild bekam Gustav vierzig Mark. Das war richtig gutes Geld damals. Eine Zeit lang kamen die drei Siebenhaar-Männer mit den Aufträgen von Möbel Neubert in Hirschaid und Möbel Geyer in Bamberg kaum nach.

Einmal suchte Dorothea die drei Männer im Atelier auf; sie gab vor, Vinzenz sehen zu wollen, in Wirklichkeit war es Ambrosius, und als sie die Freude der beiden Brüder wahrnahm, bei Vinzenz offen strahlend, bei Ambrosius versteckt und ein wenig verschmitzt, kam sie sich ganz schäbig vor. Das Bild von der Szene, das sie seither in ihrer Erinnerung trägt, müsste *Die Malfabrik* heißen und zeigt aus der Zentralperspektive gesehen auf der linken Seite drei Männerrücken, von Gustav über Ambrosius bis Vinzenz zum Fluchtpunkt hin kleiner werdend, alle drei seitlich beleuchtet durch die großen Fenster rechts im Raum. Um den Fluchtpunkt herum stapeln sich die fertigen Bilder; auf den Staffeleien verfolgt man die verschiedenen Stadien ihres Werdens, von ein paar vereinzelten Farbklecksen links auf Gustavs Staffelei bis zum fast fertigen Werk auf der Staffelei von Vinzenz. Das Erinnerungsbild strahlt Konzentration, das Streben nach Vollkommenheit, Harmonie und Glück aus. Aber auch bei diesem Bild ist sich Dorothea nicht sicher, ob es echt ist oder eine trügerische Schöpfung ihres schlechten Gewissens, ein Paradies mit drei Adams kurz vor der Vertreibung, die sie, als Eva, vorangetrieben hat.

»Setzt euch hin. Wartet mal, ich räume kurz auf.« Vinzenz sammelt die umherliegenden Zeitschriften und Zeitungen, *Art, Cinema, Akustik Gitarre*, den *Fränkischen Tag*, die *Nordbayerischen Nachrichten*, den *Gong*, zu einem Stapel zusammen, schaut sich nach einer Ablage um, geht hinaus, es rumst, er kommt mit leeren Händen wieder herein.

»Wir wollen nicht stören«, sagt Dorothea.

»Ihr stört doch nicht. Ihr seid doch Familie. Kommt, setzt euch hin.«

Die Rücklehne von Dorotheas Stuhl schiebt sich knarzend nach hinten, als sie Platz nimmt. »Oh Gott«, sagt sie.

»Musst wohl doch abnehmen«, sagt Ambrosius.

»Ach was«, sagt Vinzenz. »Das ist der Stuhl. Der geht auseinander. Muss ich mal leimen. Das vergisst man, wenn man alleine ist und immer auf demselben Stuhl sitzt. Komm, Dorothea, tauschen wir. Nicht, dass was passiert.«

Ambrosius bleibt sitzen. Es folgt ein kurzer, ungelenker Stuhltausch zwischen Dorothea und Vinzenz, dann sitzen wieder alle drei.

»Und, großer Bruder, Wolfram-von-Eschenbach-Preisträger, ha!«, sagt Vinzenz und klopft Ambrosius auf die Schulter. »Das ist ja toll, Mensch! Hab ich heute erst gelesen. Herzlichen Glückwunsch! Hab ich's net immer gesagt!« Seine Freude ist echt.

»Na ja«, sagt Ambrosius.

»Wollt ihr was trinken? Bier? Oder Wein, Dorothea? Einen Wein müssert ich auch dahaben. Irgendwo. Moment amol.«

»Mach dir keine Umstände, Vinzenz«, sagt Dorothea. »Wir wollen nicht lange bleiben, gell, Ambro?«

»Jetzt bleibt ihr aber scho a weng, wenn ihr scho den weiten Weg hinter euch habt«, sagt Vinzenz. »Das könnt ihr jetzt net machen, wenn ihr alle paar Jahr zu mir herauskommt, dass ihr dann gleich wieder fahrt. Wisst ihr was? Heut hat der *Pretzfelder Keller* auf, zum ersten Mal im Jahr, da gehen wir hin, und ihr übernachtet bei mir. Und jetzt hol ich uns mal einen Birnenschnaps, einen selbst gemachten.«

»Eigentlich wollte ich das Bild holen und gleich wieder abhauen«, sagt Ambrosius, sobald Vinzenz draußen in der Speisekammer ist, »aber das können wir jetzt nicht bringen. Er freut sich so.«

»Ist doch klar«, sagt Dorothea. »Du freust dich doch auch. Tun wir ihm halt den Gefallen und bleiben da.«

Vinzenz erscheint wieder mit einer Schnapsflasche und drei Gläsern.

»Wir bleiben da, Brüderchen«, sagt Ambrosius. »Und gehen auf den Keller.«

»Machen wir die alte Rundtour«, sagt Dorothea. »Über Pottenstein hin und über Egloffstein zurück.«

Vinzenz schaut sie an und lächelt. »Genau«, sagt er. »Wie früher.«

Hä? Wo sind die hin verschwunden, der alte schlaffe Hippie und seine fette Schlampe? Laut Autotracker müsste Samo sie überholt haben, aber da war kein Auto am Straßenrand. Er hält an, dreht um und fährt die Strecke zurück. Dort, wo der Autotracker den Standort angibt, ist eine Einfahrt, da müssen sie hineingefahren sein. Samo überlegt. Wenn er ihnen nachfährt, landet er ziemlich sicher in einer Sackgasse. Wo er dann auf das stehende Scheißauto stößt, was war das gleich wieder für ein Vogel? Was zum Essen. Hähnchen oder so was. Was, wenn die zwei ihn sehen? Bisher hat er den Eindruck, dass die überhaupt nicht checken, dass er ihnen folgt. Besser, es bleibt so. Besser, er bleibt hier oben. Der Autotracker wird ihn informieren, wenn sie wieder losfahren. Er dreht noch mal um, fährt ein Stückchen weiter um die Ecke und parkt.

Bei der Fahrt zum *Pretzfelder Keller* in Vinzenz' Lada über Pottenstein und das Wiesenttal holt die Fränkische Schweiz alles nach, woran Ambrosius sie bisher gehindert hat; Burgen, Täler, Bäche, Felsvorsprünge, Höhlen. Bei Pretzfeld tänzeln wieder die Kirschbäume. Dorothea sitzt auf dem Rücksitz und schaut hinaus. Die Gegend kennt sie wie ihre Westentasche. Ein Palimpsest von Erinnerungen an Hunderte von Ausflügen mit Vinzenz zu Fuß oder auf dem Fahrrad, an Picknicks an der Wiesent, am Walberla und an den Sintersrufen im Lillachtal, überschrieben von Erinnerungen an Motorradausflüge und Kellerbesuche mit Ambrosius. Gut, dass sie weggezogen sind, Ambrosius und sie, denkt sich Dorothea. Es ist die schönste Gegend, die sie kennt, aber sie mussten sie Vinzenz überlassen, das war nur fair.

»War das schon immer so anstrengend?«, fragt Dorothea auf dem Weg vom Parkplatz zum Keller.

»Nee«, sagt Ambrosius. »Die haben den Wald höhergelegt.«

»Depp«, sagt Dorothea.

Es ist noch etwas frisch, und auf dem *Pretzfelder Keller* ist nicht viel los, die meisten Leute sitzen an den Bänken und Tischen in der Nähe des Ausschanks. Vinzenz steuert auf eine Bank zu, die am äußersten rechten Rand steht.

»So weit außen«, sagt Ambrosius.

»Dorothea sitzt doch immer gerne hier«, sagt Vinzenz. »Stimmt's? Mit Blick auf das Walberla.«

»Stimmt«, sagt sie.

Vinzenz bringt ein Tablett mit drei Halben Bier, Sülze mit Musik, viererlei Käsesorten und drei Tellern mit Besteck. Er verteilt alles. Die Rücken seiner Hände sind mit Farbflecken besprenkelt.

»Du malst ja noch«, sagt Dorothea.

»Immer wieder. Liegt mir halt im Blut. Na dann, prost.« Er hebt seinen Krug. »Schön, dass ihr da seid.«

Sie stoßen an.

»Na, Bruderherz«, sagt Vinzenz. »Was malst du denn allerweil? Wie sagt man unter euch Künstlern: immer noch gegenständlich?«

21.30 Uhr. *Punë muti!* Das Hähnchenauto ist immer noch, wo es war. Die zwei Arschlöcher werden wohl hierbleiben. Wahrscheinlich bei irgendeinem *handikapat*, Behinderten, der hier in dieser Arschlochlandschaft wohnt. Wie kann man hier bloß leben, wenn man keine Kuh ist? Samo hasst das Land, vor allem das Land in Deutschland. Hier fällt man nur auf, wenn man irgendwas von irgendeinem will. Hier kann er nicht mal im Hotel übernachten, ohne dass sich irgendein *budalla* Gedanken über ihn macht. Er wird wohl im Auto schlafen müssen.

Das wird ihm jemand teuer bezahlen.

Dorothea hat Vinzenz ihr Smartphone gegeben, und er schaut sich die Fotos von Ambrosius' letzten Bildern an, die sie darauf gespeichert hat. Er dreht das Handy quer. »Ah ja. Das Bild war heute in der *NN*, aber da hat man nicht viel gesehen. Und das malst du alles mit Fingern und Händen? Wahnsinn.«

»Das ist eine ganze Serie aus dem Piemont«, sagt Ambrosius. »Mach's mal größer. Ja. Schau dir mal die Furchen im Acker an. Die vorderen hab ich mit der Faust gezogen, die mittleren mit dem Daumen und die hinteren mit den anderen Fingern. Siehst du die letzte Furche da, kurz vor dem Weinberg? Mit dem Fingernagel.«

»Toll. Fast mehr eine Skulptur als ein Gemälde.« Vinzenz gibt Dorothea das Smartphone wieder.

»Auf jeden Fall ist er von oben bis unten mit Farbe besudelt, wenn er fertig ist«, sagt Dorothea. »Aber die Bilder haben eingeschlagen wie eine Bombe. Nächsten Monat ist die Ausstellungseröffnung beim Würth in Künzelsau.«

»Und er hat gleich ein paar gekauft«, sagt Ambrosius und reibt sich die Hände. »Ach ja.«

»Und du, Vinzenz? Was malst denn du?«, fragt Dorothea. Vinzenz winkt ab. »Na ja, so dies und das. Da komm ich nimmer raus. Das steckt halt in uns drin.«

»Und was?«, fragt Dorothea.

»Ach. Nichts Besonderes. Kann ich euch nachher zeigen.«

»Hast du noch das Atelier?«

»Ja, freilich.«

»Ich muss mal wohin«, sagt Ambrosius und geht in Richtung Toilette.

Jetzt sitzen sie genauso da wie vor fünfzig Jahren, Vinzenz ihr gegenüber mit dem Rücken zum Wald, und das Walberla erhebt sich seitlich von ihnen.

»Ach ja«, sagt Vinzenz. Er legt die Hände in den Nacken, lehnt den Kopf zurück und schaut über das Tal mit seinen blühenden Kirschbäumen zum Walberla, das sich von seiner bewaldeten Seite zeigt. Er will wohl vorbeugen, damit das Gespräch keine persönliche Wende nimmt. So war das eigentlich immer, seitdem Dorothea sich von ihm getrennt hat.

Aber heute will Dorothea sich nicht damit abfinden. »Hast du eigentlich eine Freundin?«, fragt sie.

»Nee.« Vinzenz schaut kurz zu ihr hin, lacht verlegen und blickt wieder in die Ferne. »Bei mir hält es keine aus. Ist auch kein Wunder. Der Bauernhof, und dann noch die Malerei. Müsste eine ganz Besondere sein.«

»Wär schon ganz schön, so im Alter, oder?«

»Tja. Ich komme schon zurecht. Muss ja. Ich werd mich nicht mehr ändern. Und bei euch? Alles in Ordnung?«

»Nicht so.«

»Oh«, sagt Vinzenz. Dann, weil Dorothea nichts weiter hinzufügt, sagt er fast unwillig und in die Ferne schauend:

»Das tut mir leid. Ist irgendwas passiert?« Plötzlich setzt er sich aufrecht hin, als ob ihm gerade etwas eingefallen wäre, und schaut Dorothea an, halb besorgt, halb ängstlich. »Ist da ... jemand?«

»Nee«, sagt sie. »Für mich nicht. Der Ambro ... Da war schon immer wieder was. Du kennst ihn ja. Aber das ist schon lange her. Die Zeit ist halt passiert. Die lange Zeit.«

»Und was willst du machen?«

»Eigentlich will ich ihn verlassen.«

»So schlimm?« Vinzenz lehnt sich nach vorne über den gelb gestrichenen Tisch.

»Ich denke, jetzt könnten wir es gerade noch so einrichten, bevor wir zu alt sind. Und der Zeitpunkt ist gut. Jetzt braucht er mich nicht mehr. Wenn ich's jetzt nicht schaffe, dann nie.«

»Mmh.« Vinzenz schüttelt den Kopf. »Das überrascht mich jetzt. Hast du es ihm schon gesagt?«

»Nein. Ich wollte, aber wir müssen vorher noch was anderes klären.«

»Seid ihr deswegen unterwegs?«

»Ja.«

»Aha.« Vinzenz nickt und nimmt einen Schluck. Sein Blick senkt sich auf den Biertisch. »Weißt du, wann wir das letzte Mal hier gesessen sind?«

»Weiß ich.«

»Am 14. Mai 1971 war das.«

»Oh Gott. So genau weißt du das noch.«

Vinzenz schaut immer noch auf den Tisch. »Und am 1. Juni hast du mir gesagt, dass Ambrosius die Liebe deines Lebens ist.«

»Hat ja auch gestimmt.«

»Und jetzt stimmt's nicht mehr?«

»Ich glaube, das gibt's nicht. Die Liebe eines Lebens.«

Jetzt schaut Vinzenz wieder zu Dorothea hoch. »Für mich gibt's die«, sagt er.

»Hab ich was verpasst?« Ambrosius setzt sich wieder hin. »Man soll hier ja besser nicht aufs Klo gehen, hab ich gehört. Kann gefährlich sein.«

Bei der Rückfahrt im Lada schweigen alle drei. Die Dunkelheit hat die Welt verschluckt, bis auf das, was die Scheinwerfer zeigen; Bäume, Mittelstreifen, Leitpfosten, entgegenkommende Autos. Auf einmal lacht Dorothea auf dem Rücksitz auf.

»Was ist denn so lustig?«, fragt Ambrosius.

»Nichts«, antwortet sie. Sie kann es den beiden nicht erzählen. Sie hat sich daran erinnert, wie sie damals mit Vinzenz Fahrradtouren machte und was das für ein Hochgefühl war, die Strecke von Obertrubach bis Pretzfeld hinunterzufahren. Und wie das Hochgefühl einherging mit dem Bewusstsein, dass man das schöne, unbeschwerte Talabwärtsfahren unweigerlich würde büßen müssen, auf dem Heimweg bergauf strampelnd. Ob Vinzenz sich auch daran erinnert? Dann, als sie mit Ambrosius auf seinem Motorrad unterwegs war, war das Problem wie weggewischt. *Das kann es doch nicht gewesen sein, oder?* Über diesen Gedanken hat sie gelacht.

Nee, da war viel mehr. Da war das Gefühl der absoluten Geborgenheit, gepaart mit Abenteuer und dem Reiz des Verbotenen, als sie sich von hinten an Ambrosius klammerte, da war das Muskelspiel seines Rückens beim Kurvenfahren, da war sein (damals) harter Bauch ... Sie lacht noch mal.

»Was ist denn los? Jetzt sag halt schon!«, sagt Ambrosius.

»Lachst du über uns?«, fragt Vinzenz.

»Nee. Nichts«, sagt Dorothea. »War halt ein lustiger Tag.«

Das gemeinsame Motorradfahren war ein Vorgeschmack, ein Vorspiel und auch ein Nachspiel für ihre Liebesakte, die sie irgendwo unterwegs vollzogen haben. Im Druidenhain, auf der Ruine Streitburg, an der Riesenburg. Für Dorothea war es mit ihm das erste Mal. Adam und Eva im Paradies.

Ein sensationeller Kunstfund

Zu Hause am Küchentisch macht Vinzenz eine Flasche Silvaner auf und schenkt drei Gläser davon ein. Sie sitzen wie auf dem Bierkeller, die zwei Brüder nebeneinander auf der einen Tischseite und Dorothea auf der anderen, mit dem Rücken zur geweißelten Wand.

»Hast du Dorothea jemals von deiner Begabtenprüfung für die Kunsthochschule erzählt?«, fragt Vinzenz.

»Ach, das ist so lange her«, sagt Ambrosius. »Wie war denn das überhaupt? Das weißt du wahrscheinlich besser als ich.«

»Das müssen wir ihr unbedingt erzählen, das ist so lustig«, sagt Vinzenz, und hebt sein Glas. »Also, noch mal: schön, dass ihr da seid! Müssen wir wirklich öfters machen.«

Sie trinken.

»Das war so damals«, fängt Vinzenz an. »Sechzigerjahre, Sonntagnachmittag, Mutter in der Küche, wir drei im Atelier.«

»Kommt mir bekannt vor«, sagt Dorothea.

»Papa links, ich rechts, du in der Mitte«, sagt Vinzenz. »Und am Fenster hinter uns klopft es.«

»Du musst aber vorher von unserer Raiffeisen-Kalender-Periode erzählen«, sagt Ambrosius.

»Genau«, sagt Vinzenz. »Alle großen Maler haben ja so ihre Perioden. Picasso hatte seine blaue Periode, seine afrikanische Periode, seine kubistische Periode und so weiter ...«

»Und wir hatten unsere Raiffeisen-Kalender-Periode. Wir haben die Fotos aus dem Raiffeisen-Kalender nachgemalt.« Ambrosius hebt sein Glas. »Prost, Brüderchen. Auf Gerstenfelder, Heuböcke und Waldlichtungen.«

Sie trinken.

»Mensch, ja«, sagt Vinzenz. »Und wie es geklopft hat am Fenster, da hat es gerade damit angefangen, dass wir uns freigemalt haben. Mensch, das war toll!«

»Freigemalt?«, fragt Dorothea.

»Ja«, sagt Ambrosius. »Freigemalt, wie freischwimmen, verstehst.«

»Also, zuerst haben wir diese Bilder aus dem Raiffeisen-Kalender nachgemalt, und dann haben wir uns freigemalt«, erklärt Vinzenz. »Und wer hat damit angefangen? Natürlich du, Bruderherz. Du warst vor mir in der Reihe, du hast mir die Bilder weitergereicht, und irgendwann hast du damit angefangen.«

»Ja«, stimmt Ambrosius zu. »Mit dem Blau ging es los. Ich habe aus Versehen Blau statt Grün genommen, also habe ich statt einer Lichtung einen See gemalt.«

»Genau«, sagt Vinzenz. »Und ich habe aus einem Heubock ein Autowrack gemacht.«

»Und dann haben wir uns immer mehr befreit«, sagt Ambrosius. »Freigemalt.«

»Bloß Papa hat nicht mitgemacht«, bedauert Vinzenz.

»Zuerst nicht«, berichtigt ihn Ambrosius. »Dem war das alles suspekt. Ihm wär das Raiffeisen-Zeugs für immer und ewig genug gewesen. Aber dann, weißt es noch, Vinz? Dann kommt von ihm auf einmal an einem Sonntagnachmittag von links auf meine Staffelei ein Bild mit einem bewaldeten Berg darauf, der wie ein Hinterkopf mit grünen Haaren aussieht. Einfach so, ohne ein Wort. Wie bei Dalí.«

»Ach, das Dalí-Bild«, seufzt Vinzenz. »Und du hast so einen schiefen See hineingemalt, der an einem Hang klebte.

Und ich dann so eine geschmolzene Kuh, wie die Uhren von Dalí.«

»Und so ging das los«, sagt Ambrosius. »Unsere surrealistische Periode. Das war wie im Rausch.«

Vinzenz strahlt ihn an. »Das war unsere schönste Zeit. Und das Tollste war, wir haben nie darüber gesprochen. Nie ein Wort mit Papa.«

»Genau.« Ambrosius schmunzelt. »Da sind wie am Fließband die genialsten Bilder entstanden. Lauter Heuböcke mit Kuhbeinen und grüne Berge im Sommer, die sich schneebedeckt in Seen spiegelten.«

»Der Bergsee, der ein Kuhauge war!«, schwärmt Vinzenz.

»Und die Wimpern waren Schilf!«, ergänzt Ambrosius.

»Und wie lange ging das?«, fragt Dorothea.

»Nur ein paar Wochen«, antwortet Vinzenz. »Das Problem war: Wir konnten die Bilder nicht verkaufen!«

Ambrosius lacht laut. »Kein einziges Stück!«

»Und wir mussten die Bilder vor Mutter verstecken!«

Ambrosius hebt einen Zeigefinger. »Aber wir haben kein Wort darüber verloren. Das hätte den Bann gebrochen. Es war alles in Ordnung mit Papa, solange wir nicht darüber sprachen. Ach ja.« Er seufzt zufrieden. »Das können nur Männer.«

»Ach ja«, stimmt Vinzenz zu.

Die zwei Brüder strahlen sich an.

»Wollet ihr nicht erzählen, wie es an dem Sonntag nach dem Klopfen am Fenster weiterging?«, fragt Dorothea.

»Ach so, ja.« Vinzenz schenkt nach. »Das war mitten in dieser Periode. Also, da gab es in den Sechzigerjahren diese allein reisende Frau, die immer in Betzenstein Urlaub gemacht hat, um hier in der Gegend zu wandern. Eines Tages kommt sie bei uns in den Hof, schaut durch das Fenster ins

Atelier – und sieht, wie wir alle drei so vor uns hinmalen. Da klopft sie an die Tür, meine Mutter macht auf, und schwups, schon steht sie im Atelier und ist ganz begeistert von unseren Bildern. ›Das ist ja hier eine richtige Malschule!‹, hat sie gesagt.« Vinzenz lehnt sich über den Tisch und deutet mit dem Zeigefinger auf Dorothea. »Und jetzt kommt's! Sie war Professorin an der Kunsthochschule in Nürnberg! ›Einen von euch können wir aufnehmen, aber nicht alle drei‹, hat sie gesagt, stimmt's Ambro?«

»So war das, Brüderchen. Genau so.«

Vinzenz erzählt. »Also, das war dann natürlich Ambro, gell, Bruderherz, weil der Vater gesagt hat, du willst ja eh nicht den Hof übernehmen, dann bist wenigstens für ein paar Jahre aufgeräumt. Also fährt der Ambro mit ein paar Bildern nach Nürnberg ...«

»Bilder, die ihr alle drei gemalt habt?«, unterbricht Dorothea.

»Klar, andere hat es ja nicht gegeben«, fährt Vinzenz fort. »Und bei der Prüfung saßen dann zwei da, die Professorin und noch so ein anderer Typ ...«

»Dr. Julius Schwanstetter«, ergänzt Ambrosius. »Ein Riesenarschloch.«

»Und was genau hat er über die Bilder gesagt?«, fragt Vinzenz. »Wie war das? ›Ramsch‹?«

»›Unverhohlener Kitsch‹, hat er gesagt.« Ambrosius lacht plötzlich auf. »›Ramsch‹ hätte ich mir nicht bieten lassen!«

Nun lachen alle drei.

»Und jetzt pass auf, Doro. Daraufhin schaut die Professorin über ihre Brille zu dem Arschloch, du hast es immer so schön erzählt, Ambro, und fragt: ›Herr Kollege, gell, Sie haben noch nie etwas von Ironie gehört?‹ Und ab da war die Sache geritzt! Ambro, angenommen auf der Kunsthochschule! Prost, Bruderherz!«

Të raftë rrufeja mu në hale! Möge der Donner dein Klo treffen! Samo dreht sich auf dem Rücksitz hin und her, er kann nicht schlafen, es ist zu kalt, er hat nur seine leichte Lederjacke dabei. Und seine Zigaretten sind ihm auch ausgegangen. Er wird morgen welche kaufen müssen, zu normalen Preisen, ganz legal. *Punë muti!* Und das alles wegen diesem Hurensohn und seiner Schlampe. Ihr Scheißhähnchenauto hat sich nicht bewegt. Morgen sind sie dran.

»Komm, Vinzenz, zeig uns deine Bilder«, sagt Dorothea.
Die Flasche haben sie ausgetrunken.
»Ach, die sind doch nichts«, sagt Vinzenz.
»Doch, Brüderchen, zeig sie uns, wir wollen sie sehen«, sagt Ambrosius.
»Also gut. Und danach gibt's einen Absacker.«
Sie gehen rechts durch die Tür ins Atelier, und Vinzenz macht das Licht an. Es ist immer noch die grelle Neonbeleuchtung aus den Sechzigerjahren, als das Atelier noch ein Kuhstall war, und die Decke ist ebenfalls die gleiche, Eisenträger, und dazwischen nach oben gewölbt. Sie ist gekalkt, wie die Wände, und man meint, die Kühe noch zu riechen.
Die linke Wand dient als Ausstellungsfläche, und hinten stapeln sich die fertigen Bilder, wie damals. Drei Bilder hängen an der Wand, in einfachen, gleich großen Holzrahmen.
»Vierzig mal fünfzig, gell«, sagt Ambrosius. »Die Rahmen.«
»Ja. Ist das Einfachste«, sagt Vinzenz. »Gibt's bei Ikea. Ist gar nicht verkehrt, wenn die Bilder zu den Rahmen passen müssen.«

Ambrosius schaut sich die Bilder mit verschränkten Armen an. »Aha. Bis hierher und nicht weiter, ihr lieben Bilder! Meine sind immer größer geworden, irgendwie, da wurde es dann immer schwieriger, passende Rahmen zu finden.«

»Ja«, sagt Vinzenz. »Man muss den Bildern gleich zeigen, wo der Hammer hängt. Sie haben bloß die Wahl zwischen Hoch- und Querformat.«

»Wie alt sind die drei?«, fragt Dorothea.

»Die habe ich alle im letzten Jahr gemalt«, sagt Vinzenz.

»Hast wohl eine gute Phase«, sagt Dorothea.

Das erste Bild zeigt ein Klassenzimmer. Man sieht ein Kind von hinten, das etwas in ein Heft schreiben soll, aber mittendrin damit aufgehört hat und nun links aus dem Fenster schaut. Sonst sind keine Kinder im Zimmer. Das Kind sitzt wohl nach, vorne am Pult die Lehrerin, gebeugt über einen Stoß Hefte. Draußen, auf dem Hof, wo das Kind hinschaut, führt gerade eine Frau einen Hund spazieren.

»Das bist du beim Nachsitzen«, sagt Dorothea. *Gell, du sitzt dein ganzes Leben lang nach.*

Das nächste Bild zeigt die Rücken zweier Wanderer mit Rucksäcken; die beiden gehen über einen gepflügten Acker, die Furchen führen zum Fluchtpunkt. Offenbar ein Ehepaar, die Frau ist im Vordergrund, nahe beim Betrachter, mit langen, welligen Haaren und einer geballten Faust, die den Riemen des Rucksacks oben an der rechten Schulter hält; der Mann ist viel weiter hinten im Bild, nahe dem Fluchtpunkt, mit gesenktem Kopf studiert er eine Wanderkarte.

Das letzte Bild links zeigt ein Fenster und dahinter einen Hof, eine Hand zieht von rechts den Vorhang auf. Die Perspektive zwingt den Betrachter in die Sichtweise desjenigen, der den Vorhang aufzieht. Im Fensterrahmen sieht man einen Weg, der vom Hof nach oben zur Straße führt. Es ist der Blick aus dem Küchenfenster von Vinzenz. Oben auf der Straße bei der Einfahrt steht eine undefinierbare Figur, ob Mann oder Frau ist nicht zu erkennen, ebenso wenig, ob sie kommt oder geht, ob der Hinausblickende sie erwartet oder ob der Besuch eine Überraschung ist. Irgendetwas stimmt nicht mit den Proportionen der Figur, sie wirkt von den Schultern aufwärts zu ausladend. Beunruhigend.

»Was ist das für eine Figur da oben?«, fragt Dorothea.

»Weiß ich auch nicht«, sagt Vinzenz.

Die Bilder sind fotorealistisch, die Farben gedämpft.

Die Einsamkeit darin bricht Dorothea das Herz. »Die sind großartig«, sagt sie, »stimmt's, Ambro?«

»Sie sind richtig toll«, sagt Ambrosius. »Wunderbar. Verkaufst du mir eins?«

»Nimm, welches du willst. Ich schenk's euch.«

»Hast du die schon mal irgendwo ausgestellt?«, fragt Dorothea.

Vinzenz räuspert sich. »Na ja, es ist nicht so einfach. Wenn man nicht Ambrosius Siebenhaar heißt, gell, Bruderherz? Ja, ich habe letztes Jahr in der Sparkasse ein paar Bilder ausgestellt. Aber sie sind halt nicht das, was die Leute sehen wollen. Oder kaufen.«

Ambrosius ist zu dem Stapel Bilder gegangen und schaut sie durch. »Wo ist denn eigentlich das Bild, das ich dir zu deinem Fünfzigsten geschenkt habe?«, fragt er.

»*Adam und Eva*?«

»Genau.«

»Ach, da gibt's eine Geschichte, die muss ich euch erzählen, das glaubt ihr nicht.«

Ambrosius richtet sich seufzend auf. »Erzähl, Brüderchen.«

Sie sind wieder in der Küche. Vinzenz hat noch eine Flasche Wein aufgemacht.

»Also, *Adam und Eva im Paradies*. Du hast es bei so einer Gräfin in der Bibliothek gefunden, stimmt's?«, fragt er.

Ambrosius nickt, aber nur einmal nach unten, als ob sein Kopf zu schwer ist, um ihn wieder hochzuziehen.

»Bei der Ausstellung in der Sparkasse«, erzählt Vinzenz weiter, »da haben viele gesagt, ›ja, schön‹ und so, aber kein Mensch wollte ein Bild kaufen, also, fast kein Mensch, einer hat dann doch eins gekauft, das war ein Historiker aus Bayreuth, der hat gefragt, ob ich noch mehr Bilder habe ...«

»Hat er so eine komische tiefe Stimme gehabt?«, unterbricht ihn Ambrosius.

Vinzenz schaut verwundert. »Nee, ganz normal, wieso?«

Ambrosius winkt ab. »Ach, nichts. Ich hab bloß gedacht, ich kenne den vielleicht. Erzähl weiter.«

»... und dann ist er mit hergefahren und hat die anderen Bilder angeschaut, die haben ihm schon gefallen, er wollte aber doch nichts mehr kaufen, und dann waren wir wieder in der Küche, da hat er *Adam und Eva* gesehen, da hing es«, er deutet auf ein helleres Viereck neben *Ein Schiff auf dem Meer*. »›Ja, und was ist das?‹, hat er gefragt, und da habe ich ihm das erklärt, genau wie du mir es erklärt hast damals. Und wisst ihr was?«

»Er hat's gekauft«, sagt Ambrosius. Sein großer Kopf hängt immer weiter nach vorne, und er bewegt ihn langsam ein paarmal rauf und runter.

»Für tausend Euro, stellt euch vor! Aber das ist noch nicht alles! Ihr müsst euch anschauen, was heute im *Fränkischen Tag* steht.« Vinzenz steht auf und geht hinaus in den Flur. Man hört ihn den Zeitungsstapel durchraschen, den er heute Nachmittag hinausgeschafft hat.

Vom Flur ertönt seine Stimme: »Er hat doch das bessere Geschäft gemacht! Aber ich gönn's ihm völlig. Ich war ja nicht darauf gekommen, dass das eine Unterzeichnung ist. Ich hab's gleich.«

»Eine was?«, fragt Dorothea Ambrosius.

»Eine Unterzeichnung«, sagt Ambrosius leise. »Der Cranach hat immer zuerst eine Unterzeichnung skizziert und die dann ausgemalt.«

Dorothea lehnt sich über den Tisch, sodass sie sich leise mit Ambrosius unterhalten kann. »Und war das so was?«

»Kann man so auslegen.«

Dorothea nickt. »Wenn man will. Und man wollte, offensichtlich.«

Ambrosius' Blick ist unergründlich.

»Ich hab's.« Vinzenz erscheint wieder und reicht Ambrosius die aufgeschlagene Zeitung. »Da. Lies mal.«

Historiker präsentiert sensationellen Kunstfund, steht da, und darunter: *Ist das ein echter Cranach?* Dazu ist das Bild abgedruckt, Ambrosius und Dorothea nackt.

»Lies mal du vor.« Ambrosius gibt die Zeitung an Dorothea weiter.

»Am morgigen Mittwoch, dem 1. Mai, öffnen sich die Pforten der Fränkischen Galerie außer der Reihe für eine besondere Veranstaltung«, liest Dorothea laut vor. »Der renommierte Kunsthistoriker Dr. Hubert Zipperer stellt der Öffentlichkeit ein bisher unbekanntes Werk von Lucas Cranach dem Älteren vor. Es handelt sich um eine Unterzeichnung zu *Adam und Eva im Paradies*, ein Motiv, das den Renaissancekünstler immer wieder beschäftigt hat. Wir befragten dazu Dr. Zipperer.

Herr Dr. Zipperer, würden Sie unseren Lesern erklären, was eine Unterzeichnung genau ist?

Sehr gerne. Eine Unterzeichnung ist eine skizzierte Vorlage für ein später in Farbe auszuführendes Bild. Lucas Cranach war ein großer Verfechter dieser Vorgehensweise. Nicht jede Unterzeichnung diente in der Folge tatsächlich auch als Vorlage. Manche, die weniger gelungenen Skizzen, legte man beiseite oder vernichtete sie. Wir haben es in diesem Falle jedoch mit einem hervorragend gelungenen Beispiel zu tun. Warum der Meister es nicht vervollständigte, wird ein Rätsel bleiben. Als Einblick in die Arbeitsweise dieses größten Sohnes der Stadt Kronach ist es von unschätzbarem Wert und eine Bereicherung der Fränkischen Galerie.

Haben Sie Experten zurate gezogen, was die Echtheit des Bildes anbelangt?

Experten? Ha. Mit denen rede ich gar nicht. Da schreibt doch einer vom anderen ab. Ich bin mir Experte genug. Dass das Bild von Cranach ist, daran ist nicht zu rütteln. Die Infrarotreflektografie ermöglicht uns den genauen Vergleich mit anderen, vollendeten Werken. Es stimmt alles: der Strich, die Dynamik, der doch recht kleine Busen.«

Dorothea legt die Zeitung weg, verschränkt die Arme und starrt Ambrosius an.

Ambrosius seufzt.

»Was ist los?«, fragt Vinzenz. »Du bist doch nicht böse, dass ich das Bild verkauft habe? Warte, dir steht die Hälfte des Geldes zu, ich überweis dir die 500 Euro.«

»Lass nur, Vinz. Wann ist diese Präsentation morgen, Doro? Steht da eine Uhrzeit?«

Dorothea blickt auf den Artikel. »10 Uhr in der Fränkischen Galerie.«

Ambrosius leert sein Glas. »Sei nicht bös, Brüderchen. Wir müssen früh raus.«

1. Mai 2019
Die Fränkische Galerie

Regen plätschert auf das Autodach. Ein Wagen fährt vorbei. Es rattert wie das Scheißhähnchen. Samo stöhnt, dreht sich um, bemerkt das fahle Licht, das durch die Fensterscheiben nach innen fällt. Er schaut auf die Uhr und setzt sich auf. Was, schon acht? Die ganze Nacht hat er nicht geschlafen vor lauter Schafgeblöke und Regengeplätscher, und auf einmal ist es so spät. Waren das gerade der Hippie und die Schlampe? Ein Blick auf sein Smartphone. Nee, das Scheißhähnchen steht noch da, wo es gestern stand. Jetzt merkt Samo, dass er rasenden Hunger hat. Wie lange wollen die Idioten denn noch hier in der Pampa herumhängen?

Dorothea wartet in der Ente vor der Sparkasse in Betzenstein. Im strömenden Regen. Es ist ein komisches Gefühl. Hier ist sie aufgewachsen, aber sie kennt hier niemanden mehr, und niemand kennt sie. Die Läden und Gasthäuser ihrer Kindheit gibt es nicht mehr. Und dennoch ist es immer noch so, dass die Stadt und die bewaldeten Hügel außen herum so zufällig arrangiert scheinen wie ein Schlafender mit seiner Bettdecke. Und es wird so sein, wie es früher immer war, wenn Dorothea Betzenstein verlassen hat: das Gefühl des Geborgenseins wird von ihr abfallen, und sie wird sich der Welt ausgesetzt fühlen.

    Es klopft an ihrem Seitenfenster. Ein kleiner, grinsender, kahlköpfiger Mann steht draußen unter einem Regenschirm. Erkennt er sie?

    Dorothea klappt das Seitenfenster hoch.

»Meine Holzlieferung ist gekommen!«, sagt er und deutet auf die Ente. »Bitte vorne vor meinem Haus abladen!«

»Alles klar!«, sagt Dorothea und klappt das Fenster wieder herunter.

Ambrosius steigt auf der anderen Seite ein.

»Wie viel Geld hast du denn geholt?«, fragt Dorothea.

»Fünfzehnhundert«, sagt Ambro. Tropfen fallen von der Krempe seines Hutes auf die Geldscheine, die er Dorothea reicht.

»Du spinnst.« Sie nimmt sie. »Warum so viel?«

»Tausend davon kannst du schon mal abziehen. Für das Bild.«

»Du willst doch nicht etwa das Bild kaufen?«

»Natürlich will ich's kaufen.« Ambro lässt den Motor an. »Oder sollen wir es wieder klauen?« Er fährt los. »Wir müssen uns beeilen. Um halb zehn spätestens müssen wir in Kronach sein. Such mal die Deutschlandkarte raus.«

»Oh Gott. Willst du jetzt alle Bilder zurückkaufen?«

»Wir müssen von Fall zu Fall handeln. Auf Sicht fahren. Flexibel bleiben.«

»Mal klauen, mal kaufen, mal ins Klo spülen.«

»Exakt.«

»Das wird ein teurer Urlaub. Weißt du, wo man für tausend Euro überall hinfahren kann?«

Nach Gülle stinkende Wiese, darauf eine verfallene Scheune. Nichts los außer Regen und Schafe. Da hätte Samo genauso gut in Albanien bleiben können. Halb zehn. Das gibt's doch nicht! Er steigt aus dem Auto, zieht seine Lederjacke über den Kopf und läuft zurück zur Einfahrt. Sofort fällt es ihm auf. Mitten auf dem Weg auf einem Buckel. Der Autotracker. Heruntergefallen – oder eher von dem Buckel abgeschlagen.

Mallkoj! Samo läuft darüber und schaut ins Tal. Unten liegt der Hof. Ein Lada steht davor, aber kein Hähnchenauto. Das waren doch die beiden vor eineinhalb Stunden. Inzwischen können sie überall sein. Hier haben sie übernachtet. Da wohnt wohl jemand, und die Leute werden wissen, wo die zwei hingegangen sind. Sie werden es Samo sagen. Samo greift in seine Gesäßtasche, das Messer ist da.

Nach Betzenstein hört der Regen auf. Bei Weidensees breitet sich die Landschaft aus, die Täler schieben die Bergrücken weiter auseinander. Es ist so, wie Dorothea es vorausgesehen hat; in ihr ist das Gefühl aufgestiegen, aus der Geborgenheit gestoßen worden zu sein, das Gefühl, dem Himmel ungeschützt ausgeliefert zu sein.

»Ich mache mir Sorgen um Vinzenz«, sagt sie.

»Ach, der kommt schon zurecht. Sag mir lieber, wie ich fahren soll.«

»Hast du nicht das Gefühl, dass er immer nur das im Leben gekriegt hat, was du nicht wolltest? Die Krümelchen, die von deinem Tisch gefallen sind?«

»Mensch, Doro, mach dir doch nicht solche Gedanken. Vinzenz ist ein erwachsener Mann. Da, das ist das Schild zur Autobahn. Pass bitte auf die Straße auf.«

Sie fahren über die Autobahn drüber und dann darauf. Links und rechts erstreckt sich der Veldensteiner Forst.

»Was hast du in Kronach genau vor?«, fragt Dorothea. »Wie willst du das anstellen?«

»Ich will den ... wie heißt er?«

»Dr. Zipperer.«

»Ich will den Dr. Zipperer vor der Konferenz abpassen, ihm sagen, dass das Bild eine Fälschung ist und dass er seinen Ruf gänzlich ruinieren wird, wenn er es als echt präsentiert, ich will ihm seine tausend Euro wiedergeben, die er dafür bezahlt hat. Und basta.«

»Also muss ich das Bild nicht klauen.«

»Nein.«

»Wenigstens was. Aber warum sollte er dir das abnehmen, dass das Bild eine Fälschung ist? Du wirst halt wahrscheinlich sagen müssen, dass du der Fälscher bist.«

»Das befürchte ich auch.«

Dr. von Rottberg hat die *Nordbayerischen Nachrichten* im Internet durchkämmt, und dabei ist er auf denselben Artikel gestoßen wie Vinzenz in der Druckausgabe. Er ruft Samo an.

Samo antwortet, außer Atem. »Ja?«

»Wo bist du?«

»In Schweiz.«

»In der Schweiz? Du meinst in der Fränkischen Schweiz.«

»Ja, Chef, das. Hab Problem. Autotracker ist runtergefallen, und Hähnchenauto ist weitergefahren, weiß nicht, wohin.«

»Du bist recht außer Atem. Ist was passiert?«

»Nix.«

»Pass auf, Samo, ich weiß, wo die hinfahren. Kannst du um 10 Uhr in Kronach sein? In der Festung Rosenberg. Da ist eine Veranstaltung in der Fränkischen Galerie, da werden die zwei sicher sein.«

»Wie schreiben Kronach?«

»Wie sprechen. Mit K. Kro-nach.«

Samo tippt auf seinem Smartphone. »Geht nicht, Chef. Bin um 11 Uhr in Kronach.«

»Zu spät. Samo, ich muss schon sagen, ich bin sehr enttäuscht von dir. Du solltest die beiden ausfindig machen und fotografieren, wie sie ein Bild klauen, und jetzt sitzt du mitten in der Prärie und bringst nichts zustande.«

»Warte, Chef, warte. Ich ruf in Nürnberg bei Kumpel an, sag ihm, er soll einen anderen nach Kronach schicken. Wir haben Leute überall. Sag wieder Bescheid, ja? Paar Minuten.«

Samo legt auf und schnauft durch. Der Scheißkerl da unten im Bauernhof hat nichts gesagt. Hat sich aufgeregt, weil Samo von der fetten Schlampe gesprochen hat. *Ajo shërben atij të drejtë*, geschieht ihm recht.

Dorothea bleibt vor der Kulisse der Kronacher Altstadt stehen. Sie stemmt die Hände in die Taille und beugt sich nach vorne. Heute hat sie das angezogen, was im AWG gestern zu kriegen war. Alles leichte, lockere Polyester-Viskose-Baumwoll-Stoffe: eine lindgrüne Culotte, ein dunkelblaues T-Shirt, ein orangefarbener Überhang. Der Wind lässt alles um ihre üppige Figur flattern, betont mal die breiten Hüften, mal den großen Busen, mal den barocken Bauch. »Halt mal an, Ambro«, keucht sie. »Ich bekomm keine Luft mehr. Jetzt weiß ich, warum die Festung nie eingenommen worden ist. Die Belagerer sind an Erschöpfung gestorben, bevor sie überhaupt da waren. Und es zieht hier vielleicht!«

»Mensch, Doro, ich will doch den Kerl erwischen, bevor er loslegt«, sagt Ambrosius. Er ist heute genauso angezogen wie gestern. »Es ist schon zwanzig vor. Los jetzt.«

Dorothea schnauft tief durch. »Hat es nicht geheißen, das soll wenigstens im Ansatz ein Urlaub sein? Warum muss immer alles oben sein?«

»Sei doch mal logisch, Doro. Wenn es unten wäre, müsstest du danach halt wieder hochsteigen. Es bleibt sich doch gleich.«

»Es könnte auch mal alles auf einer Ebene sein. Soll's geben. In Holland zum Beispiel. Genau. Hättest halt einen Rembrandt oder Rubens gefälscht.«
»Hättest Modell stehen können. Die Figur dafür hast du.«
»Blöder Depp.«
»War nur Spaß. Sieh's doch mal als Kultururlaub an. Du willst mich doch dauernd in Schlösser, Museen und Galerien schleppen im Urlaub. Schau, heute ist erst der zweite Tag, und wir waren schon in einem Museum und in einem Schloss mit Galerie.«
»Und am Ende sind wir in einem Gefängnis.«
»Wenn du länger stehen bleibst, ja. Komm schon.«

»Also, Chef, alles klar. Anderer Mann ist um 10 Uhr in diesem Ding in Kronach.«
»In der Fränkischen Galerie auf der Festung Rosenberg?«
»Ja, ja. Er weiß Bescheid und fotografiert. Dann komme ich und treffe ihn.«
»Also gut. Dann reden wir wieder.«
»Alles klar, Chef.«
»Und dieses Mal kein Fehler, Samo, klar?«
»Ja, Chef.«

Doro und Ambro laufen mit einigen anderen Besuchern durch den Tunnel in die Festung. Auf der anderen Seite steht schon eine Tafel, die ankündigt:
Heute um 10 Uhr Präsentation des neu entdeckten Cranach-Bildes in der Fränkischen Galerie im Cranachsaal, 2. Stock
Zwei Fernsehwagen stehen herum, einer vom *Bayerischen Fernsehen* und einer von *TV Oberfranken*.

»Scheiße«, sagt Ambrosius. »Fernsehen.«
»Scheiße«, sagt Doro. »Zweiter Stock.«

Zehn Minuten vor zehn. In der obersten Etage der Fränkischen Galerie gehen die anderen Besucher zielsicher nach rechts; Ambrosius und Dorothea folgen ihnen in den hintersten Saal. Hier stehen ungefähr achtzig Stühle; drei Viertel davon sind besetzt. An den Wänden hängen Cranach-Bilder. Links haben sich die beiden Fernsehteams positioniert, jeweils ein Kameramann und eine Reporterin mit Mikrofon. Die Leute unterhalten sich mit gedämpften Stimmen. Rechts hinten steht ein Rednerpult mit Mikrofon, rechts daneben eine Staffelei, verhüllt mit einem roten Stoff. Von den Veranstaltern ist niemand zu sehen.

Ambro und Doro laufen in Richtung Rednerpult. In der ersten Reihe sind noch etliche Plätze frei, als hätten die Leute Angst davor, ungewollt mit einbezogen zu werden wie in einer Kabarettvorstellung.

»Die Kameras laufen noch nicht«, flüstert Ambrosius. »Und wenn wir jetzt doch einfach das Bild nehmen und abhauen?«

»Da filmt schon jemand«, flüstert Dorothea zurück.

In der zweiten Reihe hält eine junge Dame in schwarzem Ledermantel ihr Smartphone auf Ambrosius und Dorothea gerichtet.

»Warum filmt die uns?«, fragt Dorothea.

»Keine Ahnung«, sagt Ambrosius. Er deutet nach vorne auf eine Glastür, dahinter führt eine Treppe nach unten. »Da ist er bestimmt.« Ambrosius macht die Tür auf, geht hindurch und die Treppe hinunter. Dorothea folgt ihm.

Sie kommen in einen Gang mit Holzmodellen der Festung zu verschiedenen Epochen.

»Hallo?«, ruft Ambrosius.

Niemand antwortet. Sie laufen weiter und betreten ein achteckiges Zimmer, das sich in einem Außenturm der Festung befindet. In der Mitte steht eine kleine Bischofsstatue in einer Glasvitrine, links die Figur eines Soldaten in voller Uniform, wohl aus dem neunzehnten Jahrhundert. Und rechts sitzt ein Mann an einem Tisch und liest in einem Manuskript.

»Hallo?«, sagt Ambrosius.

Der Mann schaut hoch. Auf seinem Kopf sitzt ein Schopf weißer Haare, er hat volle rote Lippen, und seine unteren Augenlider sehen aus, als hätte die Schwerkraft sie nach unten gezogen und nach außen gestülpt. Er hat eine gewisse Ähnlichkeit mit einer überzüchteten Hunderasse. »Was wollen Sie?«, fragt er.

»Sind Sie Dr. Zipperer?«, fragt Ambrosius.

»Ja. Ich möchte aber jetzt bitte nicht gestört werden, ich muss mich konzentrieren.«

»Dr. Zipperer, Sie müssen mir zuhören, ich möchte Sie vor einer Blamage bewahren.«

»Wer sind Sie?«

»Ich bin der, der das Bild da oben gemalt hat.«

»Ha! Dann sind Sie Lucas Cranach der Ältere und vor über 450 Jahren gestorben.«

»Dr. Zipperer, Sie müssen mir glauben, das da oben ist kein Cranach, es ist eine Fälschung, ich weiß es, weil ich das Bild gefälscht habe.«

Dr. Zipperer legt das Manuskript weg. »Was erzählen Sie denn da? Das da oben ist ein waschechter Cranach. Das Bild hat eine lückenlose Provenienz, zurückverfolgbar bis ins Jahr 1531. Es hat den Pinselstrich von Cranach, das Gesicht und den Busen der Eva, wie er sie dutzendmal abgebildet hat. Dazu kommt der etwas unecht wirkende Löwe, was jedoch nur ein weiterer Beweis für die Echtheit des Bildes ist, da Cranach ja nie einen echten Löwen gesehen hat. Egal jetzt.« Er macht eine wegwerfende Handbewegung. »Setzen Sie sich doch einfach ins Publikum, ich werde alles genauestens erklären.« Er nimmt sein Manuskript wieder hoch. »Und jetzt lassen Sie mich bitte in Ruhe.«

»Das mit dem Löwen weiß ich natürlich«, sagt Ambrosius. »Was meinen Sie, wie schwierig es war, den Löwen so blöd grinsen zu lassen? Ich habe an einen gedacht, der über einen Witz lacht, obwohl er ihn nicht kapiert hat. Dann ging das.«

»Und das ist mein Busen, der da drauf ist«, sagt Dorothea.

Dr. Zipperer schaut sie verdutzt an, erst Ambrosius, dann Dorothea, dann ihren Busen, dann schüttelt er unwillig mit dem Kopf. »Das reicht. Ich rufe gleich die Polizei, wenn Sie jetzt nicht gehen.«

»Herr Dr. Zipperer, ich bitte Sie, machen Sie sich nicht unglücklich, glauben Sie mir einfach. Hier«, Ambrosius legt die tausend Euro auf den Tisch, »das ist Ihr Geld, nehmen Sie es, rennen Sie nicht ins Verderben.«

Dr. Zipperers Wangen zittern vor Empörung, was die Ähnlichkeit mit einer überzüchteten Boxerart noch verstärkt. »Das ist eine Unverschämtheit! Meinen Sie, ich weiß nicht, was das Bild da draußen wert ist?«

»Das Bild da draußen ist nichts wert, weil es eine Fälschung ist«, sagt Ambrosius. »Das kann ich beweisen.«

»Und ich kann beweisen, dass es keine Fälschung ist«, sagt Dr. Zipperer.

Ambrosius hat sich nach vorne über den Tisch gebeugt, und Dr. Zipperer hat sich halb erhoben, um sich ihm entgegenzustellen. Jetzt sehen sie aus wie zwei angeleinte Kampfhunde.

»Herr Dr. Zipperer, ich sage Ihnen, was passiert, wenn Sie diese Konferenz durchziehen«, sagt Ambrosius, und fuchtelt mit seinem Zeigefinger vor Zipperers Nase herum. »An dem Bild wird eine wissenschaftliche Untersuchung durchgeführt. Dann kommt heraus, dass es nicht mit Kohle gezeichnet ist, wie es sein müsste, sondern mit Grafit, der erst nach Cranachs Tod aufgekommen ist. Dann ist Ihr Ruf ruiniert, und kein Museum, keine Galerie wird jemals mehr mit Ihnen zusammenarbeiten wollen.«

»So, so. Wenn Sie so schlau und tatsächlich der Fälscher sind, warum haben Sie es nicht gleich mit Kohle gezeichnet?«

»Psst!«, sagt Dorothea. »Ihr müsst leiser reden, sonst hört man oben alles.«

»Ich habe doch nie gedacht, dass es so weit kommt«, zischt Ambrosius. »Das war nur ein Spaß, ein Geburtstagsgeschenk an meinen Bruder. Ich wollte doch nur wissen, ob ich ihn übertölpeln kann.«

»Sie sind der Bruder von dem Maler da in Betzenstein?«

»Ja. Und dann ist da noch die Signatur.«

»Was ist mit der Signatur?«

»Da ist doch eine Signatur drauf.«

»Ja und?«

»Erstens hätte Cranach niemals eine Vorzeichnung signiert. Und zweitens hat Cranach der Ältere seine Werke mit einer geflügelten, sich windenden Schlange signiert, stimmt's? Mal nach links schauend, mal nach rechts.«

»Das weiß ja wohl jeder. Seine Signaturen sind jedes Mal anders ausgefallen. Manchmal hat er gar nicht signiert. Das hat nichts zu bedeuten.«

»Dann schauen Sie sich die Signatur auf dem Bild da draußen an. Die Schlange schaut weder nach links noch nach rechts. Sie schaut nach unten. Haben Sie jemals ein Bild von Cranach gesehen, auf dem die Signatur von oben nach unten verläuft?«

»Leiser, Ambro«, sagt Dorothea.

»Haben Sie nicht, gell?«, flüstert Ambrosius. »Es gibt eins, wo die Schlange nach oben, aber keines, auf dem die Schlange nach unten schaut. Und die Schlange windet sich immer fünf- bis sechsmal. Da draußen windet sie sich nur zweimal, und wissen Sie, warum? Weil die Schlange ein S bildet. Weil ich Siebenhaar heiße.« Er will leise sprechen, aber seine Aufregung lässt ihn die S-Laute zischen wie ein kochender Topf mit Deckel, der gleich überlaufen wird.

Draußen am Gang hallen Schritte. Ein Mann mit gegelten Haaren, einem Dreitagebart und einer Nickelbrille schaut herein. »Wir wären dann so weit, Herr Dr. Zipperer«, sagt er.

»Gleich«, sagt Dr. Zipperer.

Der Mann geht wieder.

Dr. Zipperer setzt sich wieder hin, und Ambrosius macht einen Schritt vom Tisch weg.

»Sie heißen Siebenhaar?«, sagt Dr. Zipperer. »Das kommt mir bekannt vor.«

»Gestern stand er in der Zeitung«, sagt Dorothea. »Wolfram-von-Eschenbach-Preisträger 2019.«

Jetzt deutet Dr. Zipperer mit dem Finger auf Ambrosius. »Ach ja. Jetzt erkenne ich Sie. Der Kleckser. Sie wollen das Bild gefälscht haben? Nee, nee. Dazu sind Sie gar nicht imstande. Nee, nee, Sie führen etwas anderes im Schilde. Ich weiß zwar nicht, was, und ich habe gerade auch keine Zeit, es herauszufinden. Ich gehe jetzt nach oben.«

»Dr. Zipperer.« Dorothea bewegt sich auf ihn zu, mit kreisenden, beschwichtigenden Handbewegungen wie eine Löwenbändigerin. »Ein letzter Versuch. Sie behalten das Bild und die tausend Euro. Sie sagen die Veranstaltung ab. Sagen Sie, es sind ernsthafte Zweifel an der Echtheit des Bildes aufgekommen, und Sie sind es Ihrem Ruf schuldig, diesen auf den Grund zu gehen. Erst wenn diese Zweifel aus dem Weg geräumt sind, werden Sie das Bild der Öffentlichkeit präsentieren. Dann lassen Sie das Bild untersuchen. Wenn es sich herausstellt, dass es mit Grafit gezeichnet ist, lassen Sie alles unter den Tisch fallen. Wenn es mit Kohle gezeichnet ist, dann können Sie mit dem Bild machen, was Sie wollen.«

Zipperer schaut von Dorothea zu Ambrosius, zum Geld und zurück zu Dorothea. »Ich behalte das Bild?«

»Ja«, sagt Dorothea.

»Und das Geld?«

Dorothea nickt.

»Na ja«, sagt Ambrosius. »Sie könnten ...«

»Sie behalten das Geld«, sagt Dorothea.

»Dr. Zipperer!« Es ist wieder der Mann von vorhin.

»Ja-ha!«, ruft Zipperer. »Ich komme.«

Der Mann verschwindet wieder.

Dr. Zipperer steckt das Geld in seine Hosentasche und legt seine rechte Hand auf den Tisch. »Also gut. Dann ist das Bild eben eine Fälschung. Auch recht. Obwohl ich immer noch nicht verstehe, was Sie überhaupt wollen.«

Ambrosius seufzt. »Gott sei Dank.«

Dr. Zipperers rechte Hand bäumt sich auf und klatscht einmal auf den Tisch, es sieht aus wie das letzte Zucken eines geangelten Karpfens am Teichufer. »Aber ich verschiebe die Präsentation nicht. Ich mach mich doch hier nicht

zum Deppen. Ich erkläre, warum das Bild da draußen eine Fälschung ist, die bisher sämtliche Kunstexperten genarrt hat, nur einen nicht. Ich erkläre denen, warum die fränkische Kunstszene aufatmen kann. Weil Dr. Hubert Zipperer die Fränkische Galerie vor einer Riesenblamage rettet.«
Er fletscht die Zähne und lacht plötzlich auf. Jetzt schaut er wieder aus wie ein Kampfhund, aber wie ein hungriger.
»Machen Sie sich auf etwas gefasst, Herr Wolfram-von-Eschenbach-Preisträger!«

Fälscher

Gleich darauf sitzen Ambrosius und Dorothea in der seitlichen Stuhlreihe, mit dem Rücken zur Wand und dem Rednerpult, das verhüllte Bild und das Publikum im Blick. Dr. Zipperer steht am Pult und beginnt zu sprechen.

»Meine sehr verehrten Damen und Herren, sehr verehrte Regierungspräsidentin Piwernetz, sehr verehrter Landrat Löffler, lieber Bürgermeister Beiergrößlein, liebe Vertreter der Presse und des Fernsehens, ich möchte Sie sehr herzlich zur heutigen Veranstaltung begrüßen, und ich freue mich, dass Sie an diesem jetzt doch recht sonnig gewordenen Feiertag so zahlreich erschienen sind. Bedauerlicherweise ist die Veranstaltung durch Fehlinformationen an verschiedenen Stellen falsch angekündigt worden, ich möchte hierfür niemandem die Schuld geben; auf jeden Fall ist durch unglückliche Umstände diese Veranstaltung als Vorstellung eines neuen, bisher unentdeckten Bildes des größten Sohnes unserer schönen Stadt Kronach angekündigt worden. Ha. Ich möchte Sie dazu einladen, darüber herzlich zu lachen.«

Diese Einladung geht vollkommen ins Leere, kein Einziger lacht. Stattdessen macht sich eine bedrückende Stille im Saal breit, eine Schockstarre. Auf den Gesichtern zeichnen sich verschiedene Abstufungen von Bestürzung aus.

Dr. Zipperer redet unbeirrt weiter. »Diese Veranstaltung war von vornherein als Entlarvung einer Fälschung gedacht, und sicher haben Sie sich nicht durch die irreführende Ankündigung verunsichern lassen, Sie sind der Beweis dafür: Wir in Kronach lassen uns nicht so schnell für dumm verkaufen. Aber es ist doch immer wieder verblüffend, zu welchen Schritten unverschämte, armselige Stümper, die sonst keine Chance auf dem Kunstmarkt hätten, zu gehen bereit sind. Wir müssen diese Pfuscher dekuvrieren, die sich an die Rockzipfel wahrer Künstler hängen, um sich einen unverdienten Erfolg zu ermogeln.«

»Er meint dich«, flüstert Dorothea zu Ambrosius.

»Ich erkläre Ihnen jetzt, warum es sich bei diesem Bild nur um eine Fälschung handeln kann.« Dr. Zipperer zieht das rote Tuch weg und lässt es zu Boden fallen.

Niemand klatscht. Unruhe macht sich im Publikum breit. Murmeln, Stühlerücken, sich überschlagende Beine.

»Wir sind alle Fälscher. Aber ich sehe schon, Sie glauben mir nicht. Also, passen Sie auf: Wenn Sie jemals in der Schule eine Hausaufgabe oder von der Probearbeit eines Mitschülers abgeschrieben haben, dann sind Sie ein Fälscher. Wenn Sie jemals auf einem Leistungsnachweis, der mit der Note Sechs bewertet war, die Unterschrift Ihres Vaters oder Ihrer Mutter kopiert haben, dann sind Sie ein Fälscher. Wenn Sie jemals in einer Runde die witzige Bemerkung eines anderen, die untergegangen ist, aufgegriffen und lauter wiederholt haben, um die Lacher zu ernten, dann waren die Lacher geklaut, und Sie sind ein Fälscher. Wenn Sie einen geschenkten Bocksbeutel jemals weitergeschenkt haben, vielleicht noch in der originalen Geschenkverpackung, dann sind Sie ebenfalls ein Fälscher. Und wenn Sie jemals ein Werk, an dessen Entstehung Sie nicht beteiligt waren oder das Sie nicht alleine verantworten, als Ihr eigenes präsentieren, dann sind Sie ein Fälscher. Stichwort Viagra …«

Ein Raunen geht durch den Saal.

Dr. Zipperer streckt beide Hände abwehrend in die Luft. »Ich denke, Sie können mir folgen, ohne dass ich das näher erläutere. Also, wer von Ihnen ist kein Fälscher?«

Niemand meldet sich.

»Aber seien Sie beruhigt. Natürlich gibt es einen Unterschied zwischen Ihnen und einem Kunstfälscher. Wenn Sie so einen kleinen Betrug begangen haben, wie ich ihn eben beschrieben habe, dann nagt etwas an Ihnen, das Sie daran hindert, eine ungetrübte Freude über Ihren Erfolg zu empfinden. Das nennt man ein schlechtes Gewissen, das kennen Sie sicher?«

Im Publikum nicken einige.

»Dieses schlechte Gewissen macht den Unterschied zwischen Ihnen und einem erfolgreichen Kunstfälscher. Denn um ein erfolgreicher Fälscher zu sein, muss man ein begabter Lügner sein. Und der Erste, den man mit seinen Lügen überzeugen muss, ist man selbst. Wenn man das schafft, dann kann man das Fälschen in seinem Leben willkommen heißen und ihm den gebührenden Platz einräumen.« Zipperer macht es vor, mit einer ausladenden höfischen Geste.

»Wolfgang Beltracchi zum Beispiel betrachtete sich als Zurechtrücker der Kunstgeschichte und sagte sinngemäß: ›Ich malte Gemälde, die eigentlich im Œuvre des Künstlers nicht hätten fehlen dürfen.‹«

Ein erstes verhaltenes Lachen im Publikum.

»Man stellt sich also auf eine Stufe mit dem berühmten Maler. Man fühlt sich ebenbürtig, nur durch ungerechte Umstände daran gehindert, den gleichen Erfolg wie er zu haben.«

Dorothea bemerkt, wie sich neben ihr Ambrosius auf seinem Stuhl windet.

»Ein anderer Fälscher, ein Engländer, Eric Hebborn, begann seine Karriere als Restaurator«, fährt Dr. Zipperer fort. »Restauratoren dürfen kleine Stellen auf Leinwänden, an denen die Farbe verschwunden ist, mit der gleichen

Farbe wiederherstellen. Er aber fügte stattdessen Figuren, Tiere oder Gebäude neu dazu und weitete diese zu restaurierenden Stellen sukzessive aus, verdrängte den eigentlichen Künstler immer mehr von der Leinwand, bis dieser praktisch verschwand. Seine Gemälde waren für ihn keine Fälschungen, sondern Wiederherstellungen von Werken, die vorher nie existiert haben. Verstehen Sie?«

Einige nicken, andere schütteln den Kopf.

»Ein dritter, ebenfalls Engländer, Tom Keating – übrigens, Sie merken, die Fälschung ist eine reine Männerdomäne; oder die Frauen sind darin so gut, dass noch keine aufgeflogen ist –«

Die Frauen im Publikum lachen.

»Dieser Keating also verstand sich als Sozialist, und seine Gemälde waren für ihn keine Fälschungen, sondern Bekundungen der Solidarität mit seinen in Armut verstorbenen Künstlerkollegen und gleichzeitig Klassenkampfansagen an den kapitalistischen Kunstmarkt. Zu Lebzeiten hatte er, wie alle anderen auch, keinen Erfolg mit jenen Gemälden, die er unter seinem eigenen Namen auf den Markt brachte. Inzwischen, über dreißig Jahre nach seinem Tod, erzielen diese Werke bis zu 12.000 Euro. Und werden ihrerseits gefälscht.«

Jetzt lachen alle.

»Ja, so viel zu den großen Fälschern.« Dr. Zipperer wendet sich *Adam und Eva im Paradies* zu. »Hier haben wir es jedoch leider nicht mit solch einem großen Fälscher zu tun, sondern mit einem ziemlich kleinen. Mit einem faulen und feigen haben wir es hier zu tun, zu faul und zu feig, als dass er sich traut, sich auf dem Gebiet der Farbmalerei mit dem großen Meister Cranach zu messen. Nein, er will uns das Bild hier als Unterzeichnung eines unvollendet gebliebenen Gemäldes unterjubeln. Zudem haben wir es mit einem Stümper zu tun, nicht fähig, die doch recht einfach zu kopierende Signatur von Cranach zu imitieren. Oder will er vielleicht sogar als Fälscher entdeckt werden, wie der bereits erwähnte Tom Keating, der in seinen Fälschungen der alten Meister oft moderne Gerätschaften wie Telefone versteckte? Doch damit nicht genug. Wir haben es darüber hinaus mit einem Ignoranten zu tun, der offenbar nicht weiß, dass Cranach seine Unterzeichnungen meist mit Kohle anfertigte – und dass Grafit, wie er hier zu sehen ist, erst nach Cranachs Tod in Gebrauch kam.«

Ambrosius' rechtes Knie schlägt plötzlich aus, rauf und runter, wie ein Kolben in einem angesprungenen Motor. Dorothea legt sanft ihre Hand darauf.

»So ein Klugscheißer«, flüstert er. »Das hat er alles von mir. Selber Fälscher!«

»Alles in allem haben wir es hier demnach mit einem kleinen Fälscher zu tun«, redet Dr. Zipperer weiter. »Wie es um sein Gewissen bestellt ist, ahnen wir nicht. Vielleicht besteht sogar die Chance, dass er ein schlechtes Gewissen hat. Dieser angebliche Cranach ist auf jeden Fall kein Cranach, weil nicht Cranach dieses Bild gezeichnet hat. Er ist ein Schmidt, ein Müller, ein Hinz, ein Kunz. Oder, um es alttestamentarisch auszudrücken, ein Krethi oder Plethi.«

»Das habe ich auch schon mal so ähnlich gehört«, murmelt Ambrosius.

»Eventuell noch ein Siebenhaar«, fügt Dr. Zipperer hinzu.

»Wer?«, fragt jemand aus dem Publikum.

»Nicht so wichtig«, sagt Dr. Zipperer. »Wie ich schon sagte: Der typische Fälscher ist ein erfolgloser Maler, der, wohl aus lauter Ärger über seinen Misserfolg, zu fälschen anfängt. Wer einmal zu fälschen beginnt, bleibt immer ein Fälscher. Es gibt aber auch ein paar, die den Sprung vom Fälscher zum eigenständigen Künstler schaffen. Das berühmteste Beispiel kennen wir alle. Michelangelo Buonarrotti. Er fertigte die Skulptur eines schlafenden Cupido, beschädigte und verfärbte sie, begrub sie im Garten und verkaufte sie teuer als altrömische Statue. Was seiner späteren Karriere keinen Abbruch tat. Daneben gibt es aber auch den Typus Fälscher, der fortwährend hofft, auf legitime Weise ein erfolgreicher Maler zu werden, es aber noch nicht geschafft hat. Vielleicht haben wir es hier mit einem solchen zu tun. Vielleicht steht er sogar kurz davor, als Künstler entdeckt zu werden, und hat Angst davor, dass seine Fälschungen ihn einholen.«

»Hör auf zu zappeln«, zischt Dorothea Ambrosius aus dem Mundwinkel zu. »Das fällt auf.«

»Der soll jetzt endlich aufhören«, flüstert Ambrosius. »Das langweilt mich.« Er meldet sich.

Dr. Zipperers Hand fordert ihn zum Sprechen auf. Sein Gesicht drückt etwas anderes aus.

»Herr Dr. Zipperer?«, fragt Ambrosius. »Sie haben das Bild doch gekauft, oder? Was hat es denn eigentlich gekostet?«

Dr. Zipperer zögert kurz. »Äh, das Bild hat mich letztendlich nichts gekostet.«

»Aha«, sagt Ambrosius. »Das ist gut. Ich meine, wenn das eine Fälschung ist, dann ist es ja auch nichts wert, stimmt's?«

»Stimmt.«

»Und was machen Sie jetzt mit dem Bild?«

»Was glauben Sie denn? Zu Hause aufhängen? Nee, das kommt in die grüne Tonne.«

»Also, mir gefällt's. Ich würd's kaufen. Was soll es denn kosten?«

Jetzt lacht der ganze Saal.

»Ich schenk's Ihnen«, sagt Dr. Zipperer.

»Siehste«, flüstert Ambrosius Dorothea zu, »das wollt ich hören.«

»Damit wäre ich am Ende meiner Ausführungen angekommen«, sagt Dr. Zipperer. »Gibt es irgendwelche Fragen? Nein? Ich danke Ihnen für Ihre Aufmerksamkeit.«

Applaus.

Am Ausgang des Saales bildet sich ein trichterförmiger Pulk Menschen; einige zieht es aber auch nach vorne, wo sie sich um *Adam und Eva* und Dr. Zipperer versammeln.

Ambrosius und Dorothea gesellen sich dazu. Ein Mann hockt vor dem Bild und beäugt die Signatur. »Tatsächlich«, sagt er. »Sieht so aus, als wollte die Schlange sich mit dem Kopf voraus in die Erde bohren. Oder wie ein Korkenzieher.« Dann dreht er sich, immer noch in der Hocke, den anderen zu. »Es könnte ein S sein. Aber wie kann man als Fälscher so blöd sein?«

»Na ja«, sagt Dr. Zipperer. »Sie brauchen sich nur das ganze Bild anzuschauen, dann wissen Sie doch Bescheid.«

»Äh, Herr Dr. Zipperer?«, fragt Ambrosius. »Das Bild? Wir würden dann ...«

Dr. Zipperer pflückt das Bild von der Staffelei. Er hält es zwischen Daumen und Zeigefinger wie einen stinkenden Fisch und reicht es Ambrosius. »Bitte sehr. Viel Spaß damit.«

»Danke schön«, sagt Ambrosius.

Als er und Dorothea sich umdrehen und von der Gruppe entfernen, steht die junge Frau im schwarzen Ledermantel vor ihnen und filmt sie wieder mit ihrem Smartphone. Auch ihr langes Haar ist schwarz, und sie trägt schwarzen Lippenstift.

»Warum filmen Sie uns?«, fragt Dorothea.

»Einfach so«, sagt sie.

»Das ging ja noch mal gut«, sagt Dorothea, als sie und Ambrosius wieder am Parkplatz ankommen. »Aber eins verstehe ich wirklich nicht. Warum hast du nicht gleich mit Kohle gezeichnet? Den Dürer hast du doch auch mit Kohle gezeichnet.«

Ambrosius schnieft einmal kurz. »Gefälscht, meinst du; wenn ich mich recht erinnere, kann nur ein Dürer einen Dürer zeichnen.«

»Jetzt bitte nicht Korinthen kacken, warum hast du den Cranach nicht mit Kohle gezeichnet?«

»Das ist es ja gerade.« Er kneift Dorothea in die rechte Bauchseite; sie quietscht. »Ich hab ihn doch mit Kohle gezeichnet! Sieht jeder Depp! Jeder Gutachter hätte das bestätigt! Und der will ein großer Kunstkenner sein! Ich musste mich echt beherrschen, ich hätte ihn so gerne auflaufen lassen! Aber jetzt haben wir wenigstens das Bild!«

»Und was machen wir damit?«

»Das.« Ambrosius steckt das Bild in eine Mülltonne.

Luana

Auf dem Parkplatz unten vor der Festung sitzt Samo in seinem schwarzen Golf und schaut zu, wie die Besucher der Veranstaltung in ihre Autos einsteigen und wegfahren. Er hat sein Auto mit ausreichendem Abstand zum Hähnchenauto abgestellt, sodass er die zwei Spastis sehen kann, wenn sie zurückkommen, er selbst aber unbemerkt bleibt.

Und da kommen sie schon. Der große Hippie hat etwas unter dem Arm, eine Papierrolle. Hat er schon wieder was geklaut? Aber das wäre dann doch zu offensichtlich. Der Mann läuft zu einem grünen Mülleimer und stopft es hinein. Komisch. Dann steigen die zwei in ihr Hähnchenauto und fahren davon. Kein Problem. Samo hat den Autotracker wieder angebracht, ihn diesmal zur Sicherheit aber mit Panzerklebeband um den Auspuff gewickelt.

Samo soll hier warten, bis der zweite Mann, den sein Chef hergeschickt hat, zusteigt, dann nehmen sie zu zweit die Verfolgung auf. Darauf freut sich Samo; er ist nicht gerne allein, und das ist jetzt schon der zweite Tag bei den *handikapati* hier draußen in der Pampa. Hoffentlich ist es kein *kllosharë*, *dallkauk* oder *frikacac*, kein Penner, Arschkriecher oder Feigling. Einer, mit dem er sich über Fußball unterhalten kann, wäre gut. Aber hoffentlich kein Fan von den Wichsern von Skënderbeu Korça.

Der Parkplatz leert sich. Wo bleibt der andere Kerl nur? Es steht bloß eine junge Frau herum, in einem schwarzen Ledermantel. Die Haare sind auch schwarz und lang, hinten zu einem Zopf gebunden. Schaut nicht schlecht aus. Wenn sie etwas mehr geschminkt wäre. Schwarzer Lippenstift, gut, könnte aber mehr sein. Zum Beispiel weiß geschminkt als Kontrast. Könnte als Pferdchen ganz gut laufen. Samo schaut sie sich genauer an. Eher klein, das ist gut, ungefähr eins sechzig, schöne, kleine, gerade Nase, hohe Wangenknochen. Die Augen sieht man hinter der großen Sonnenbrille nicht. Schaut sich um, als ob sie auf jemanden wartet, hält dabei den Kopf hoch, als würde sie sich am Schwimmbecken abstützen. Was Besseres, eher der Escort-Typ. 250 € die Stunde wären bestimmt drin. Aber das ist jetzt nicht seine Sorge.

Samo steigt aus dem Auto, geht zu dem Mülleimer und holt die Rolle heraus. Es ist wirklich ein Bild, aber ein behindertes. Nackte Menschen, aber kein guter Porno, alles zugedeckt, die ficken nicht mal, die essen einen Apfel, was soll das? Und das Ganze nicht mal in Farbe. Außerdem ist es schon zerrissen. Was sein Chef mit diesen komischen Bildern überhaupt will? Samo begreift es nicht. Er setzt sich wieder ins Auto.

Die hintere Tür geht auf, eine Tasche landet auf dem Rücksitz, die Tür wird wieder zugeschlagen, die Beifahrertür öffnet sich, und die Frau vom Parkplatz setzt sich hinein. Sie hält eine Papiertüte im Schoß.

»*Përshëndetje!*«, grüßt sie, nimmt die Sonnenbrille ab und schaut Samo mit warmen grünen Mandelaugen an.

»Was willst du?«, fragt Samo.

»Du bist doch Samo?«

»Ja.«

»Ich bin Luana, dein Partner.«

»Du willst mein Partner sein? Du bist eine Frau.«

»Okay, dann bin ich halt deine Partnerin.«

»*A keni ndonjëherë shqiptar?*«

»Natürlich bin ich Albanerin.«

»Ich arbeite nicht mit Frauen. Steig aus.«

»Du arbeitest jetzt mit mir, ob es dir passt oder nicht.«

Blitzschnell wischt Samo mit seiner rechten Hand auf ihr Gesicht zu, aber sie fängt seinen Arm mit beiden Händen ab, drückt ihn gegen das Armaturenbrett und verdreht ihn nach vorne, wie man einen Teppich aufrollt. Samo schreit auf und klatscht mit der linken Wange auf das Lenkrad. Es hupt.

»Genug?« Sie lässt ihn los. »*Kapërceni atë*! Check's endlich! Ruf doch Klement an.« Sie lässt ihn los.

Samo reibt sich den rechten Arm. »Klement schickt mir keine Frau.«

Luana seufzt und holt tief Luft. »Kennst du den Witz: Zwei Albaner sitzen auf dem Rücksitz eines Autos, wer sitzt vorne?«

»Das soll ein Witz sein?«

»Wer sitzt vorne?«

»Weiß ich nicht.«

»Na, der Polizist!«

»Versteh ich nicht.«

»Mensch, Samo, das ist doch klar. Wenn zwei Albaner in einem Auto sitzen, müssen es Verbrecher sein. So denken doch die Leute hier. Wenn du hier mit einem anderen Albaner in eine Polizeikontrolle kommst, gibt es das volle Programm. Dokumentenkontrolle, Abgleich mit der Datenbank, alles. Wenn aber ein Albaner und eine Albanerin in einem Auto sitzen, ist es nicht verdächtig, dann sind sie ein Paar! So musst du denken! Und so denkt Klement. Deswegen bin ich hier. Verstehst du? Ruf ihn an.«

»Ich soll ihn nicht anrufen, wenn ich unterwegs bin.«

»Aber ich kann ihn anrufen. Merkst du den Unterschied? Es gibt Leute, die Klement unterwegs anrufen dürfen, und

Leute, die ihn nicht anrufen dürfen. Da, nimm mein Handy, hab gerade schon mit ihm telefoniert.«

Samo nimmt das Handy. Das pockennarbige Gesicht seines Chefs in Lörrach schaut ihm entgegen. Er ruft ihn an, hört eine Weile zu, sagt ein paarmal »*Po shef, po*«, legt auf, starrt vor sich hin, haut auf das Lenkrad, schreit »*Punë muti!*«. Er legt die Arme auf das Lenkrad und versenkt seinen Kopf darin. Dann dreht er den Kopf seitlich zu Luana. »*Ju bëni* çdo *gjë të them.*«

»Sprich Deutsch«, sagt Luana. »Das musst du sowieso üben. Du hast es immer noch nicht kapiert. Nicht ich mache, was du sagst, es läuft andersherum. Ich bin hier der Chef. Los, gib mir dein Smartphone, ich lotse uns.«

»*Punë muti!*«

»Du sollst Deutsch reden. Klement sagt, du willst ins Baugeschäft einsteigen und nicht immer nur mit Drogen und Nutten arbeiten. Dann musst du richtig Deutsch lernen.«

»Scheiße!«

»Genau. Unten beim neuen Rathaus rechts.«

Dritter Teil

Selbstbildnis von Matthias Grünewald

Betrug

Der motorisierte Holzstoß verlässt den Parkplatz unterhalb der Festung.
»Also, was steht jetzt an?«, fragt Dorothea. »Würzburg?«
»Ja. Sommerhausen, genauer gesagt. Schau mal nach, wie wir da hinkommen«, antwortet Ambrosius.
»Aha, Sommerhausen.« Dorothea blättert im *Neuen Straßen Atlas Deutschland/Europa 2012/2013* nach. »So langsam wäre doch mal ein Navi fällig.«
»Ach«, sagt Ambrosius. Er kann nur ganz schwer eigene Unzulänglichkeiten zugeben, also umgibt er sich nicht mit Geräten, mit denen er nicht umgehen kann. Das sind eigentlich so ziemlich alle, die die digitale Revolution mit sich brachte, denn die letzte Erfindung, von der sich Ambrosius mitnehmen ließ, war die VHS-Kassette. Das Wiederaufleben der Vinylplatte sieht er als Bestätigung seiner Sicht der Dinge. Er hält es für den ersten Schritt einer Bewegung, die zur Abschaffung von CDs, DVDs, Computern, Handys, des Internets per se, und eben von Navis führen und ihn und die restliche Welt zurück in die Achtzigerjahre bringen wird.
Sie überfahren die vierspurige Straße auf der Brücke. »Hastes bald?«, fragt er. »Wir sind gleich unten an der Hauptstraße.«
»Noch nicht.« Dorothea schaut vom Atlas hoch. »Ich weiß nicht. Da, fahr mal in Richtung Ludwigstadt, müsste stimmen.«
Ambrosius biegt nach links ab.
Dorothea vertieft sich wieder in den Atlas. »Mmmh. Kompliziert. Da gibt es keine Autobahn. Wenigstens gab es

sie 2012 nicht. Mm-hmm, mm-hmm. Mitwitz, Sonneberg, Coburg erst einmal, würd ich sagen.«

»Hast du Mitwitz gesagt?«

»Ja.«

»Scheiße, da sind wir schon vorbei«, sagt Ambrosius »Vor der Hauptstraße links weg.«

Links ist ein Gelände mit Karussells und Fahrgeschäften für Kirchweihen und Rummelplätze. Danach kommt eine Skoda-Werkstatt.

»Schau, da kannst wenden«, sagt Dorothea. »Dekra-Prüfstelle. Haben wir überhaupt TÜV?«

Ambrosius schürzt die Lippen. »Müssten wir haben.«

»Hast du Foto gemacht, wie sie Bild klauen?«, fragt Samo.

»Ja, ich habe fotografiert, aber die haben das Bild nicht geklaut, sie haben es geschenkt bekommen.«

»*Punë muti!* Scheiße, meine ich.«

»Warum brauchst du das Bild?«, fragt Luana.

»Hat Klement nicht gesagt?«

Luana schaut ihn an. Dann schüttelt sie den Kopf.

»Ein Mann will ... was heißt *shantazh*?«

»Ach so. Erpressen. Ein Mann will sie erpressen. Warum?«

»Der Typ soll falsche Bilder für den Mann malen. Bringt viel Geld.«

Luana nickt ein paarmal.

»Wie schaust du überhaupt aus? Was ist das an deinem Auge? Was ist da gestern passiert?«

»Nix. Streit mit Bauer.«

Luana schaut ihn weiter an. »Du weißt aber schon, dass du unterwegs nicht auffallen sollst. Also keinen Streit anzetteln. Das weißt du doch, oder?«

»Jaja.«

Luana macht die Papiertüte in ihrem Schoß auf. »Magst du eine Breze?«

»Kannst vergessen. Nix Breze in meinem Auto.«

»Warum nicht?«

Samo deutet mit dem Zeigefinger nach unten. »Nix Salz am Boden.«

»Mein Gott.« Luana schaut ins Smartphone. »Halt. Die sind umgekehrt. Die fahren wieder auf uns zu. Da kommen sie. Schau nicht hin.«

Ambrosius und Dorothea fahren an ihnen vorbei, Ambrosius über das Lenkrad gebeugt und Dorothea in den Atlas vertieft.

»Wie kann man nur so ein Scheißauto fahren?«, fragt Samo.

»Du musst umdrehen«, sagt Luana.

»Scheiße.« Samo fährt an den Straßenrand, ohne zu blinken, und hält an der Einfahrt zu den Stadtwerken. Der Autofahrer hinter ihnen hupt, und Samo zeigt ihm den Mittelfinger, als er überholt. Er zeigt ihn nicht nur, er wippt auf und ab damit und klopft an das Seitenfenster, schiebt seinen Unterkiefer dazu vor und nickt ein paarmal zur Unterstreichung der Botschaft. Das vorbeifahrende Auto, ein silberner VW Passat mit einer langen Antenne, blinkt rechts und hält fünfzig Meter vor ihnen.

»Was will der Arschloch?«, fragt Samo.

»Das«, sagt Luana.

»Was ›das‹?«

»Es heißt *das* Arschloch, nicht *der* Arschloch.«

»Warum ›das‹, ist doch ein Mann?«

»Samo, glaub mir das einfach. Übrigens: Das Arschloch ist ein Polizist. Zivilstreife. Schau dir die lange Antenne an, das ist ein sicheres Zeichen. Außerdem ist das Ding auf dem Rückspiegel eine Kamera.«

»*Punë muti*! Ja, ja, ich weiß, Deutsch – Scheiße!«

Die Fahrertür des VW geht auf, ein Polizist in blauer Uniform steigt aus, macht die Hintertür auf, holt seine Dienstmütze heraus, setzt sie auf und kommt auf sie zu. Er hat einen kurzen roten Bart, ist ungefähr eins neunzig groß und auch sonst der Inbegriff eines Hünen. Fast meint man, die Straße unter seinen Fußtritten beben zu spüren.

Samo setzt seine Sonnenbrille auf.

»Jetzt pass gut auf, Samo«, sagt Luana. »Du hast hier nur eine Chance. Du entschuldigst dich und machst alles, was der Bulle will, klar?«

Schon ist der Polizist an Samos Seitenfenster. Samo lässt es herunterfahren.

»Na, Meister?«, sagt der Polizist.

»Grüß Gott«, sagt Samo.

»Was war das vorhin?«

»Es tut mir leid, Chef. Reflex. War wirklich nicht bös gemeint.«

»Aha. Nicht bös gemeint.«

»Ja, Chef. Ehrlich.«

»Fahrzeugpapiere und Führerschein.«

Samo zeigt ihm alles.

»So, so, Albaner«, sagt der Polizist. »Aus Lörrach. Mafia?«

»Nein, Chef.«

»Was machen Sie hier oben?«

»Urlaub, Chef. Mit meiner Freundin. Ist schöne Gegend hier. Das Schloss und so.«

»Die Festung Rosenberg?«

»Ja, das auch, und das Schloss.«

»Er meint die Festung Rosenberg«, wirft Luana ein. »Mein Freund kann nicht so gut Deutsch. Aber er wird immer besser.«

»Nehmen Sie mal die Sonnenbrille ab«, sagt der Polizist zu Samo.

Samo setzt sie ab und lächelt ihn an.

»Aha«, sagt dieser. »Hat die Freundin Ihnen eins übergebraten?«

»Nein, Chef, alles gut.«

Der Polizist nickt. »Warten Sie mal. Nicht wegfahren, ja? Sonst muss ich Sie erschießen. Wär schade.«

»Ist klar, Chef.«

Der Polizist geht zu seinem Wagen und setzt sich hinein.

»Hoffentlich sind deine Papiere gut«, sagt Luana.

»Eins a.«

Der Polizist kommt mit schweren Schritten zurück und gibt Samo seine Papiere wieder. »Kennen Sie den? Drei Personen sitzen im Auto, hinten zwei Albaner. Wer sitzt vorne am Steuer?«

»Ein Polizist, Chef?«

»Ein Polizist! Genau! Wahrscheinlich waren die bei der Mafia!«

»Ah ja, haha, bei der Mafia, der ist wirklich gut, Chef!«

»Dreißig Euro, in Ordnung?«

»Klar, Chef.« Samo holt seinen Geldbeutel aus der Hosentasche und nimmt dreißig Euro heraus.

»Ein dicker Geldbeutel ist das«, sagt der Polizist. »Sind Sie sicher, dass Sie nicht bei der Mafia sind?«

»Wirklich nicht, Chef. Sind alles Verbrecher. Ist nix für mich.«

»Na dann. Fahren Sie weiter, aber halten Sie sich künftig an die Verkehrsregeln! Das nächste Mal wird's teurer. Und dran denken, egal, wie albern du bist, es gibt immer welche, die sind Albaner!«

»Alles klar, Chef.«

Der Polizist klopft auf das Autodach und geht. Samo lässt das Seitenfenster wieder hochfahren und schaut zu, wie der Polizist zu seinem Auto läuft. Auf halber Strecke dreht dieser sich um und winkt. Samo winkt zurück. Als der Polizist sich wieder nach vorne dreht, zeigt Samo ihm den Stinkefinger. »*Bir bothe*, Arschloch«, sagt er.

»Vorsicht«, sagt Luana. »Wenn er sich noch mal umdreht und das sieht, zieht er dich ganz aus dem Verkehr.«

»Schon klar«, sagt Samo und streckt ein letztes Mal den Mittelfinger in Richtung Polizist. Dann schaltet er den Motor an. »Schon klar«, wiederholt er und schaut lächelnd zu Luana hinüber. »Hast du einen Mann?«, fragt er. »Kinder?« Er fährt auf die Straße hinaus und wendet das Auto.

»Hör zu, Samo. Je weniger wir voneinander wissen, desto besser. Klar?«

»Klar.«

»Wir machen den Job hier, und danach werden wir uns wahrscheinlich nie mehr sehen, okay? Also erzähle ich dir nichts von mir und will auch nichts von dir wissen.«

»Alles klar.« Gut schaut sie aus, die Schlampe. Und Samo hat heute noch nicht geduscht und trägt dieselben Klamotten wie gestern, das macht er sonst nie. Außerdem spürt er immer noch den Schmerz im Arm, den sie ihm vorhin verdreht hat. Er schnüffelt unauffällig an sich, dann überkommt ihn die Wut. *Te quifsha, Kurve. Fick dich, du Schlampe, ich zahl es dir heim, wenn das hier alles vorbei ist. Genauso, wie ich es dem Typen in Schweiz heimgezahlt habe. Du glaubst, du kannst dich hier aufführen wie ein Mann. Lavire.*

»Und was erwartet uns in Würzburg? Beziehungsweise Sommerhausen?«, fragt Dorothea.

Die Ente hat sich den steilen Weg aus Kronach hinaufgemüht und fährt jetzt Achterbahn in den engen Tälern auf der Höhe.

»Ein Selbstbildnis von Matthias Grünewald«, antwortet Ambrosius.

»Aha. Und es ist wohl in Wirklichkeit ein Selbstbildnis von dir.«

»Soweit ich mich erinnere, ist es so ein Hybrid, ein Zwischending, also, es ist was von Grünewald dabei, wenn man aber genau hinschaut, sieht man, dass auch was von mir dabei ist.«

»Interessant.«

»Ja. Ich musste mich gar nicht so verbiegen, weißt. Der Grünewald und ich schauen uns sowieso ähnlich. Gut, er hatte einen Bart, aber ansonsten ... Diese breiten Wangenknochen«, Ambrosius langt sich ins Gesicht, »die hatte er auch. Das Blöde war nur ... Na ja, wenn einer ein Selbstporträt malt, dann schaut er sich ja im Spiegel an.«

»Klar.«

»Ja, und dann malt er das ab, was er im Spiegel sieht, und schaut dir, also dem Betrachter, dem schaut er dann direkt ins Auge. Das war schon immer so. Und spiegelverkehrt eben. Also Frida Kahlo, zum Beispiel, die mit den Augenbrauen und dem Schnurrbart, weißt schon?«

»Wir haben doch den Film gesehen miteinander.«

»Also, ihr Schnurrbart, der war rechts ausgeprägter als links. Und im Selbstporträt ist er links ausgeprägter!«

»Logisch.«

»Van Gogh, Picasso, Rembrandt, Dürer, Courbet, kennst das von Courbet, das ist toll, wo er sich die Haare rauft und ausschaut wie ein Verrückter? Als ob er gar nicht glauben kann, was er da im Spiegel sieht.« Ambrosius macht es vor, fasst sich mit der linken Hand in die Haare, reißt die Augen weit auf, öffnet den Mund und schaut zu Dorothea.

»Ist ja furchtbar. Pass lieber auf die Straße auf.«

»Also, jedenfalls, alle schauen in den Spiegel. Aber der Grünewald eben nicht!«

»Was macht der?«

»Der schaut so nach rechts oben.« Ambrosius macht es wieder vor, und die Ente zieht über den Mittelstreifen auf die Gegenfahrbahn.

»Ambro! Pass halt auf die Straße auf!«

»Der muss mit zwei schräg gegenüber aufgestellten Spiegeln gearbeitet haben. So habe ich es auf jeden Fall gemacht. Das eröffnet eine ganz neue Perspektive, weißt.«

»Ja. Hättest halt gleich ein Selbstporträt von dir gemalt, dann hätten wir den ganzen Schlamassel nicht.«

»Bloß hätte das kein Schwein interessiert.«

»Ach so, ja. Welches Schwein hat es denn interessiert? Wo hängt es denn in Sommerhausen?«

»Es hängt nicht öffentlich aus.«

»Das hast du auch von *Adam und Eva* behauptet. Also, wo ist es?«

»Bei der Ulla.«

»Wieso bei der Ulla?«

»Das ist eine lange Geschichte.«

»Wir haben Zeit.«

»Nicht, dass du dich gleich wieder aufregst.«

»Das kann ich nicht garantieren. Ich rege mich bestimmt gleich wieder auf. Also, wieso bei der Ulla?«

»Ulla und Georg haben uns Geld geliehen damals, weißt du noch?«

»Freilich. 1994. Zwanzigtausend D-Mark. Da haben wir uns das Wohnmobil davon gekauft und sind zwei Monate lang durch Italien gefahren. Aber das Geld haben wir doch zwei Jahre später zurückbezahlt. Moment ... nicht direkt, oder?«

Ambrosius hält seine rechte Hand mit der offenen Handfläche in Richtung Dorothea und nickt.

»Ambrosius, du bist so ein Depp!«

»Du hast gesagt, du regst dich nicht auf.«

»Hab ich nicht gesagt! Jetzt fälschst du sogar unsere Gespräche! Ich habe gesagt, ich rege mich bestimmt gleich wieder auf, und ich rege mich auch auf! Ulla und Georg sind unsere Freunde!«

»Ach, die merken das doch gar nicht, das bisschen Geld.«

»Das macht man nicht mit Freunden! Also glauben sie, das ist ein echter Grünewald?«

»Könnte sein, dass die das glauben, hab ich aber nie behauptet.«

»Das Gespräch kommt mir bekannt vor. Moment, ach ja, an dieser Stelle ist jetzt die Signatur dran. Hast du die Signatur gefälscht?«

»Ja.«

»Ambrosius, dir ist nicht zu helfen. Ich hab so eine Wut, glaubstes, ich sag jetzt gar nichts mehr. Und du hältst auch besser die Klappe.«

Dorothea schaut durch die Frontscheibe hinaus in die Landschaft, während Ärger in ihr hochsteigt wie Galle. Wenn sie zu Hause wären, hätte sie die Tür zu Ambrosius' Studio zugeknallt und wäre abgerauscht. Sie verschränkt die Arme und ärgert sich noch mehr. Über den Anblick ihrer übereinanderliegenden Butterarme und das weiche, elastische Gefühl. Früher hat sie jedes Ruckeln der Ente gespürt; jetzt merkt sie nicht viel davon, sie sitzt ganz weit in sich drin, abgefedert wie ein Kind im Mutterleib.

Die Landschaft hier ist wuchtiger als bei Betzenstein, aber auch gelassener, wie ein großer Bruder, der nichts beweisen muss. Die Wälder breiten sich weiter aus, die Bergrücken sind länger und mächtiger. Es wäre ein schöner Tag, aber die Schönheit dringt nicht durch zu Dorothea, wie die Unebenheiten auf der Straße es auch nicht tun. Ausgedehnte braune Äcker auf beiden Seiten der Straße, die darauf warten, bestellt zu werden. Ein Versprechen. Vororte, Dörfer, Osterbrunnen, Zäune, Gärten, da ist eine Garage offen, der Wasserschlauch aufgerollt an der Wand, die Gartenmöbel stehen noch drin, weißes Plastik, ja, hässlich, freilich, aber sauber aufeinandergestapelt und auch für dieses Jahr wieder gut. Ambrosius würde niemals Plastikgartenmöbel kaufen, dafür räumt er die Holzstühle und den Tisch im Winter nie weg, sodass sie spätestens nach zwei Jahren verfault sind.

Ein Mann holt gerade den Grillwagen aus seinem Winterschlaf in der Garage, geht in die Hocke und betrachtet ihn von unten. Man sieht ihm an, dass er sich auf die Putzaktion freut, die er gleich starten wird, und auf das erste Mal Grillen mit der Familie in diesem Jahr. Der Rasen ist kurz, akkurate Meckifrisur, bestimmt schon zweimal gemäht. Ambrosius hat den Rasen daheim noch gar nicht gemäht, wahrscheinlich lässt er ihn wieder so hoch wachsen, dass er nur mit der Sense durchkommt. Der Zaun hier ist frisch gestrichen. Der Zaun um das Anwesen der Siebenhaars ist im gleichen Zustand wie die Gartenmöbel. Das Auto, das in dieser Einfahrt steht, ein metallblauer Skoda Kombi, glänzt von der Wäsche und vom Wachs. Wenn man die Ente durch eine Waschstraße fahren würde, würde sie wahrscheinlich in ihre Einzelteile zerfallen.

Die Innenräume dürften ein Spiegelbild des Gartens sein. Alles aufgeräumt, sauber, die Leute kaufen wahrscheinlich die Einrichtung für ganze Räume gleich komplett, alles auf einmal, das Wohnzimmer von XXXLutz, alle zehn Jahre ein neues, Schrankwand, Fernsehmöbel, Wohnlandschaft. Und? Was soll daran schlecht sein? Sicher ist auch alles abbezahlt. Dorothea stemmt sich weiter nach hinten in ihrem Sitz, und ihre Oberarme wackeln.

»Sag jetzt bloß kein böses Wort über Spießer«, zischt sie zu Ambrosius hinüber.

»Wollt ich gar nicht. Schöner Garten. Wirklich. Aber sagst du mir bitte, wie es nach Mitwitz weitergeht? Wir sind nämlich schon da.«

»Sonnefeld.«

»Danke.«

Dorothea seufzt. Es sind nicht nur die Fälschungen und ihre Versuche, die Spuren zu verwischen, oder die Tatsache, dass sie zu dick ist, was ihr aufs Gemüt drückt, das wird ihr auf einmal klar. Nun kann sie der Sache nicht mehr ausweichen. »Hast du was mit der Ulla gehabt?«, fragt sie.

»Was?«

»Du hast mich schon gehört.«

»Wie kommst du da drauf?«

»Das ist eine ganz schlechte Antwort. Aber ich sag's dir trotzdem, wie ich da drauf komme. Weißt du, Ambrosius, der Dr. Zipperer, der ist natürlich eine aufgeblasene, wichtigtuerische Nervensäge. Und trotzdem hat er recht gehabt.«

»Der hat nur recht gehabt, weil ich ihm vorher alles gesagt habe.«

»Das meine ich nicht. Ich meine den Punkt, an dem er gesagt hat, wer fälscht, lügt auch. Kannst du dich erinnern, ich habe dich vor fünfundzwanzig Jahren gefragt, ob du was mit der Ulla hattest. Das war die Zeit, bevor wir das Wohnmobil gekauft haben, genau, im Frühjahr, da warst du dauernd mit deinem Fahrrad unterwegs, verdächtig lange, und immer, wenn ich mit der Ulla telefonieren wollte, war die auch unterwegs. Und ich habe da schon einen Verdacht gehabt, mir dann aber gesagt, das kann doch nicht sein. Und ich habe dich gefragt, und du hast gesagt nein. Erinnerst du dich?«

»Ja.«

»Und jetzt frag ich dich noch mal. Hast du da gelogen? Hast du was mit der Ulla gehabt?«

»Ja.«

Abgeschleppt

»Schöne Landschaft, findest du nicht?«, sagt Luana.

»Ja.« Samo betrachtet sie von der Seite. Blöde Frage. Für ihn sind Landschaften Gegenden, die es nicht geschafft haben, Städte zu werden. Sie sind das, was der Natur einfällt, um den Platz zwischen Städten auszufüllen. Und hier ist nicht mal eine Autobahn, wo man wenigstens Gas geben kann. »Bist du hier geboren oder in Albanien?«, fragt er.

»Wir sollten besser nichts voneinander wissen, schon vergessen? Pass auf, ich erzähl dir so viel wie nötig. Ich bin ganz oben in der Hierarchie der Organisation, viele Stufen höher als du. Deswegen darf ich auch den Klement anrufen und du nicht. Ich habe ein gesichertes Handy. So was wie das hier mache ich eigentlich nicht, aber ich war gerade zufällig in Kronach. Ich arbeite für Klement, und nicht für diesen anderen Mann, der die Fälschungen will. Wie heißt er überhaupt?«

Samo grinst sie an. »Ich erzähle dir so viel wie nötig. Das ist nicht nötig.«

»Idiot.«

Samo grinst weiter. »Deutsch, bitte.«

»Das war Deutsch, du Depp.«

Die Straße windet sich am linken Hang eines lang gezogenen, bewaldeten Hügels hinunter. Im Mischwald tragen auch hier die Fichten reihenweise die Narben des letzten sengend heißen Sommers. Dorothea hat mal ein schönes grünes T-Shirt gehabt, ungefähr in der Farbe der gesunden Bäume. Das einzige Mal, dass Ambrosius versucht hat zu bügeln, hat er das T-Shirt zerstört, weil er dabei ferngesehen hat, irgendeinen Western, und bei den Schießereien immer wieder das Bügeleisen auf dem Shirt abgestellt hat. Lauter verbrannte braune Streifen waren drauf, genauso wie der Wald hat es ausgeschaut, und Dorothea hat ihn nie mehr bügeln lassen. In der Donnerstagsrunde hat er dann damit angegeben, wie schlau er es angestellt hat, dass er nie mehr zu bügeln braucht. Und wer war dabei und hat am lautesten gelacht? Ulla. Dorothea schüttelt sich. Seit Mitwitz hat sie nicht mehr mit Ambrosius gesprochen. Ihr ist das Frühjahr 1994 durch den Kopf gerattert wie die Ente durch Mitwitz. Ambrosius' Fahrradausflüge. *Ich fahr mal in die Bücherei. Ach, war wieder mal nichts Gescheites zum Ausleihen. Ich will mal den Sonnenuntergang auf dem Herrgottsberg fotografieren. Ach, blöd, war kein Film in der Kamera.* Wie verschwitzt Ambrosius war, als er von seinen Radausflügen zurückkehrte. Sie schüttelt sich noch mal. »Weiß Georg davon?«, fragt sie.

»Ich glaube nicht.«

»Die blöde Kuh.«

Ambrosius schweigt.

»Das war das dritte Mal. Lore, Maria und Ulla. Und alle waren Freudinnen von mir. Oder taten wenigstens so. Wahrscheinlich bloß, damit sie an dich rankommen. Wie ernst war es mit Ulla? Warst du in sie verliebt?«

»Schon.«

»Und sie in dich?«

»Ich glaube schon.«

»Wolltest du mich verlassen?«

»Nein.«

»Das kannst du jetzt leicht sagen.«

Ambrosius schweigt.

»Wann hat es aufgehört?«

»September 1994. Als sie nach Sommerhausen gezogen sind. Da haben wir gesagt, jetzt machen wir Schluss.«

»Und du hast sie nie mehr getroffen?«

»Nein.«

»Wenigstens hast du das Wohnmobil als Andenken an sie. Und sie hat das gefälschte Bild als Andenken an dich. Ist doch so, oder?«

Ambrosius sagt nichts.

»Hast du es mit ihr im Wohnmobil getrieben?«

»Nein.«

»Trotzdem. Die ganzen schönen Reisen mit dem Womo, die sind jetzt für mich wertlos. Ich setz keinen Fuß mehr hinein. Wenn wir zu Hause sind, wird es sofort verkauft. Das Geld kannst du meinetwegen der Ulla überweisen.« Dorothea holt ihr Smartphone heraus. »Die Dolln lösche ich gleich aus meiner Kontaktliste.«

»Mach das nicht«, sagt Ambrosius. »Noch nicht. Wir müssen vielleicht mal anrufen, wegen dem Bild.«

»*Ich* rufe bestimmt nicht an. Bevor wir diese Unterhaltung weiterführen, möchte ich eins wissen.«

»Ja?«

»Gab es noch jemanden? Außer diesen dreien.«

»Nein.«

»Gut. Das will ich jetzt erst mal glauben. Und wollte Ulla sich damals von Georg trennen?«

»Wir wollten uns beide nicht trennen. Das war einvernehmlich.«

»Aha. Weißt du, Ambrosius, das ist alles so verlogen. Das glaube ich sofort, dass Ulla sich nicht von Georg trennen wollte. Der verdient doch ein Heidengeld als Geschäftsführer des Klinikums Würzburg. Da kann die Ulla sich alles leisten, das Haus da oben in Sommerhausen mit dem tollen Blick, die Wohnungen in Wien und auf Hiddensee, das Cabrio. Bayreuther Festspiele, Mozartfest, Abonnement bei der Münchner Oper. Das konnte sie alles haben, und noch so einen brotlosen Künstler dazu. Andersherum hätte sie nur dich gehabt. Und das hätte ihr auf Dauer nicht gefallen. Es gefällt nämlich nicht vielen Frauen, so zu leben, wie ich lebe, Ambrosius.«

»Ich weiß.«

»Sie denken vielleicht, dass es ihnen gefallen würde, aber es gefällt ihnen nur die Vorstellung, mit einem Künstler zusammen zu sein.«

»Es tut mir leid.«

»Ich kann mir genau vorstellen, wie das ist. Das Bild hängt bei ihr im Wohnzimmer, an der Wand neben dem Bechstein-Flügel, den der Georg unbedingt gewollt hat, den er aber nicht spielen kann, und wenn die Schickimickis aus Sommerhausen, die ganzen Möchtegernkulturellen, wenn die das Bild anschauen, fragen sie: ›Ist das ein echter Grünewald?‹ Und sie sagt: ›Och, kann sein, wir glauben schon, aber wir haben es nie überprüfen lassen.‹« Dorothea spricht jetzt mit einer höheren Stimme, schriller, irgendwo zwischen Tussi und Kleinkind, und wirft den Kopf hin und her. »›Vielleicht ist es einer, vielleicht auch nicht. Uns gefällt es halt, da spielt es keine Rolle, ob das Bild echt ist oder nicht, es ist irgendwie spannend, gell, Georg?‹« Dann spricht Dorothea tiefer weiter und eintönig. »Und der doofe Georg sagt: ›Genau, Schatz, Hauptsache, uns gefällt's.‹ Und die Leute sagen auf dem Heimweg: ›Mann, sind die locker drauf, das Bild könnte doch Tausende wert sein.‹ So wird es sein, oder?«

»Könnte hinkommen, ja.«

»Hat Georg das gewusst mit dem Womo?«

»Das merkt der doch gar nicht. Das Geld, meine ich.«

»Ach, und wie begeistert sie immer von dir war! Und von dieser Scheißkarre.« Dorothea stampft mit dem Fuß auf den Boden der Ente. »Die hat gemeint, das blöde Ding ist ein politisches Statement. *Rettet den Wald.*«

Ambrosius schweigt.

»Und wie stellst du dir das vor, mit dem Bild?«, fragt Dorothea. »Wie willst du rankommen? Oder willst du ihnen sagen, dass es eine Fälschung ist?«

»Was ist das für ein Geräusch?«

»Lenk nicht ab.«

»Ich lenke nicht ab.«

Jetzt merkt es auch Dorothea. Ein immer lauter werdendes Rattern. Die Ente rumpelt und humpelt, als würde sie alle paar Meter über ein Schlagloch fahren.

Ambrosius hält rechts in einem Feldweg. Er steigt aus und geht einmal ums Auto. Dann setzt er sich wieder hinein. »Scheiße«, sagt er. »Die Felge vorne links ist gebrochen.«

»Und? Was machen wir jetzt?«

»So kommen wir nicht weiter. Wir brauchen eine Werkstatt.«

»Eine Werkstatt? Heute? Es ist Feiertag.«

»Die sind da vorne stehen geblieben«, sagt Luana. »Vielleicht pinkeln oder so. Wir kommen gleich an der Stelle vorbei.«

»Ach, die bleiben immer irgendwo stehen auf dem Land. Gestern die ganze Nacht.«

»Und wo?«

»Auf einem Bauernhof haben sie übernachtet. Ich musste im Auto schlafen. Echt scheiße.«

»Da stehen sie«, sagt Luana.

»Der Hippie macht Autostopp, schau. Soll ich mitnehmen?«

»Bloß nicht«, sagt Luana. »Und zeig ihm ja keinen Stinkefinger. Gar nicht hinschauen.«

»Oh, das Auto ist ganz krumm. Da ist was kaputt.«

»Halt im nächsten Dorf an. Es hat keinen Sinn, wenn wir vorausfahren.«

»Macht dein Mann immer alles, was du willst? Oder hast du keinen Mann?«

»Keine persönlichen Details, du weißt? Ach, armer Samo, du tust mir ja so leid. Musst tun, was eine Frau sagt. Och.«

Samo fasst so fest ums Lenkrad, dass seine Knöchel sich weiß unter der Haut abzeichnen, und stellt sich vor, es ist Luanas Hals. *Lavire.*

»Arschloch«, sagt Ambrosius. »Die haben gar nicht hergeschaut. Ich hab damals jeden mitgenommen.«

»Ja, vor vierzig Jahren. Du hast sogar den Australier mitgenommen und zu uns nach Hause gebracht, der dann eine Woche bei uns gewohnt hat.«

»Er hat uns doch auch zu sich eingeladen.«

»Ja, aber uns seine Adresse nie gegeben.«

»Der Fahrer gerade kam mir bekannt vor. Kann das sein? LÖ, was ist denn das für ein Kennzeichen? Lörrach. Kennen wir einen aus Lörrach?«

»Ich rufe jetzt beim ADAC an«, sagt Dorothea.

»Sind wir Mitglieder?«

»Nein, du wolltest ja nicht. Wahrscheinlich war das zu spießig. Aber die helfen trotzdem. Man muss halt zahlen.«

Eine Stunde später springt Ambrosius, beschwingt von seiner forschen Auffahrt auf die Rampe des weiß-roten Iveco-Abschleppplasters von Auto Selek, Neustadt bei Coburg, von der Ladefläche herunter. »So«, sagt er und richtet sich etwas mühsam aus der Hocke auf. »Und jetzt?«

Der Fahrer, ein strohblonder und frohgemuter Franke mit einem Hufeisen-Schnurrbart, hat den Fuß auf die Rampe gestellt, das Knie angewinkelt, und schreibt gerade auf seinem Oberschenkel die Rechnung. Aus seinem Führerhaus ertönt *Hinterm Hühnerstall* von Slavko Avsenik und seinen Oberkrainern, und der Fahrer pfeift mit. Dann hört er auf. »So«, sagt er, schaut zur Ente und lacht. »Schaut aus, wie wenn ich Holz heimfahre. Jetzt zahlt ihr mir 18 Kilometer mit Feiertagszuschlag, das macht 230 Euronen, dann fahre ich euch zum Autohaus Grosch in Coburg, der hat die Felge da. Kriegt ihr aber erst morgen früh eingebaut.« Er reißt das Blatt aus dem Block und hält es zuerst Ambrosius, dann Dorothea hin. »Cash, bitte, ihr glaubt ja gar nicht, welche Gauner immer unterwegs sind.«

»Stimmt so.« Dorothea gibt ihm 250.

Ambrosius macht einen Zischlaut und fährt mit der Hand durch seine Haare.

»Gut.« Der Fahrer klatscht die Hände zusammen. »Bitte einsteigen, Türen schließen selbstständig. Äh, Moment, wie machen wir das? Es kann nur einer von euch vorne mitfahren.«

»Ich komme mit«, sagt Ambrosius.

»Und ich?«, fragt Dorothea.

»Eigentlich ist es nicht erlaubt, dass jemand hinten im abgeschleppten Auto sitzt«, sagt der Fahrer. »Aber, wie gesagt, Feiertag, da wird's wurscht sein.«

Ambrosius läuft los zur Beifahrertür.

»Das ist doch nicht dein Ernst!«, ruft sie ihm nach. »Du wirst mich doch jetzt nicht allein in der Ente sitzen lassen.«
Ambrosius kehrt um.
»Übrigens«, sagt der Fahrer. »Euer TÜV ist abgelaufen.«

»Ist fast schöner als im Wohnmobil«, sagt Ambrosius. »Die Sicht, meine ich.« Er winkt einem Kind zu, das am Zaun eines Gartens in Ebersdorf steht. Weiter hinten, vor dem Einfamilienhaus, steht ein Ehepaar und schaut verwundert.
»Ja«, sagt Dorothea. »Das Problem ist, dass man uns genauso gut sieht. Fehlt bloß noch, dass wir Kamellen werfen.«
Dorothea und Ambrosius sitzen in der Holzstoßente oben auf dem Abschleppplaster wie Karnevalisten auf einem Umzugswagen, und so anders angezogen sind sie auch nicht. Der Faschingseindruck wird noch verstärkt durch Ambrosius' Zwang, jedem zuzuwinken, an dem sie vorbeifahren. Passend zu seiner Ladung lässt der Fahrer im Führerhaus jetzt *Lebt denn der alte Holzmichl noch* spielen, gut hörbar durch das offene Seitenfenster.
Weil's 'n Michl doch so schlecht grad geht / Singen alle jetzt ganz leise dieses Lied / Lebt denn der alte Holzmichl noch, Holzmichl noch, Holzmichl noch? / Lebt denn der alte Holzmichl noch, Holzmichl noch?
Der Laster bremst stark ab, Ambrosius und Dorothea wirft es nach vorne. Von rechts fährt hupend ein Riesenauto auf die Hauptstraße, ihnen, wie in Palermo, die Vorfahrt nehmend. Es ist ein Hochzeitsauto, gefolgt von anderen hupenden Wagen. Der Laster hupt zurück, fährt wieder an und drängt sich mitten hinein in den Hochzeitskorso.
»Das fehlte noch«, sagt Dorothea.

Samos VW GTI steht im nächsten Dorf an einer Kirche mit einem hohen, spitzen Turm, der aussieht wie ein senkrecht stehender Bleistift. Über die Freisprechanlage klingelt das Telefon. *Anrufer unbekannt* leuchtet auf dem Display auf. Samo nimmt den Anruf an. »Ja?«

»Warum meldest du dich nicht?«, brummelt es.

»Hallo, Chef. Ich wollte anrufen.«

»Wo bist du?«

»Wir fahren nach … Wir sind in … Wo sind wir?«, fragt Samo Luana.

»Wir sind in Ebersdorf bei Coburg.«

»Wieso ›wir‹, wer spricht denn da noch?«, tönt es aus der Anlage.

»Hallo. Hier spricht Luana. Ich bin seit heute früh dabei und helfe Samo. Klement hat mich geschickt. Es ist ihm ein Anliegen, dass alles so klappt, wie Sie es sich wünschen, und das wird auch so sein.«

»Aha. Eigentlich wollte ich nicht, dass zu viele Leute involviert sind. Aber so, wie Samo sich anstellt, lässt es sich wohl nicht vermeiden. Samo hat Ihnen bestimmt gesagt, dass dieses Handy nur für Telefonate mit mir benutzt werden darf.«

Luana schaut zu Samo. Er nickt.

»Klar«, sagt Luana.

»Hoffentlich klappt es mit Ihrer Unterstützung jetzt besser. Ich bin sehr enttäuscht. Das kostet alles Geld. Mein Geld.«

»Ich soll Ihnen von Klement ausrichten, dass mein Einsatz Sie nichts kostet. Wir sind den Siebenhaars dicht auf den Fersen und wollen die Sache bis morgen oder spätestens übermorgen über die Bühne bringen.«

»Wie lief es in Kronach?«, fragt der Anrufer.

»In Kronach hatte Siebenhaar eine zweite Fälschung untergebracht«, erklärt Luana. »Aber heute hat ein Kunsthistoriker diese Fälschung entlarvt. Es war nicht möglich, die Verbindung zum Siebenhaar zurückzuverfolgen beziehungsweise ihn als Fälscher zu identifizieren. Aber wir sind ihm auf der Spur, und wir werden ihn kriegen.«

»Kann ich mich darauf verlassen?«

»Können Sie.«

»Coburg, sagen Sie. Meinen Sie, die haben in Coburg etwas vor? Lassen Sie mich überlegen, Coburg ... Klar, da gibt es die Kunstsammlung in der Veste und die Gemälde in Schloss Ehrenburg.«

»Genau aus diesem Grund bin ich auch dabei. Samo wird seinen Posten in Schloss Ehrenburg beziehen und ich auf der Veste, falls die dort was vorhaben.«

»Ich tippe eher auf die Veste«, tönt die grummelnde Stimme, »da sind Dürer, Cranach und Grünewald vertreten. Wissen Sie, dieser Siebenhaar hat sich auf Kohlezeichnungen spezialisiert, und bisher sind keine von ihm gefälschten Gemälde aufgetaucht.«

»Ja, richtig«, antwortet Luana. »Das ist eine bestimmte Linie, die er sehr gut beherrscht, die ihn aber auch leichter aufspürbar macht.«

»Nun gut. Mit Ihnen kann man sich wenigstens auf Augenhöhe unterhalten.«

»Ja, und ich freue mich, Sie bald persönlich kennenzulernen«, sagt Luana. »Das wird, wie gesagt, in den nächsten Tagen der Fall sein, wenn wir das Beweismittel vorlegen.«

»Die Freude ist auf meiner Seite.«

»Dann auf Wiederhören.«

»Auf Wiederhören, wie war Ihr Name?«

»Luana.«

»Luana. Schöner Name. Auf Wiedersehen, Luana.«

»Und wie war Ihr Name?«

»Das erfahren Sie, wenn wir uns treffen.« Er legt auf.

»Was heißt ›auf Augenhöhe unterhalten‹?«, fragt Samo.

»Das heißt, du musst besser Deutsch lernen. Soso, ein zweites Handy. So was.«

»Luana«, sagt Samo mit einer tiefen, öligen Stimme. »Schöner Name.«

»Samo-o.«

»Was? Hab ich was gesagt? Ich hab nix gesagt. Ich habe nur gesagt: ›Luana, schöner Name.‹«

»Wer ist der Typ überhaupt?«

»Hat Klement nicht gesagt?«

»Nein.«

»Dann sag ich's auch nicht.«

»Egal.« Luana schaut aufs Smartphone. »Sie kommen. Sind gleich da.« Hinter ihnen werden Autohupen lauter. Ein riesiger weißer Hai von einem Cadillac Series 62 mit buntem Blumenschmuck auf der Haube schiebt sich hupend an ihnen vorbei. Vom Rücksitz winkt ein Brautpaar. Ein Hochzeitskorso folgt; mittendrin der Abschleppbrater, obendrauf die Holzstoßente mit Ambrosius und Dorothea. Aus dem Führerhaus ertönt inzwischen *Glocken der Heimat*, extra laut aufgedreht, um das Hupen zu übertönen.

Samo verfolgt das Spektakel kopfschüttelnd.

»Auto Selek, Neustadt bei Coburg«, liest Luana. »Der schleppt sie bis Coburg ab, da ist bestimmt eine Citroën-Werkstatt. Und weil heute Feiertag ist, wird nichts repariert. Das heißt, wir müssen in Coburg übernachten.«

»Aber nicht im Auto«, sagt Samo.

»In einem Hotel.«

»Aah. Ein Doppelzimmer?«

»Nix Doppelzimmer. Zwei Einzelzimmer.«
»Wer zahlt?«
»Klement.«

Vier Einzelzimmer

»Jetzt brauchen wir ein Hotel«, sagt Ambrosius. »Kurzurlaub, ich sag's doch. Da, schau, *Hotel Stadt Coburg*, sieht doch gut aus.«

Der Lasterfahrer hat sie in die Innenstadt von Coburg gefahren, nachdem sie den Hochzeitskorso abgeschüttelt und die Ente im Hof von Auto Grosch ausgeladen haben.

»Nur wenn wir zwei Einzelzimmer kriegen.«

»Ach, Doro«, sagt Ambrosius. »Komm schon. Das mit der Ulla ist so lange her.«

»Für mich nicht. Für mich ist es erst zwei Stunden her.«

»Alles klar«, sagt Luana, nachdem sie aus Samos Auto beobachtet hat, wie Ambrosius und Dorothea ins Hotel gegangen sind. »Dann wissen wir, wo wir nicht übernachten.«

Da ist er. Benjamin. Braun schaut er aus. In kurzer Hose und T-Shirt, wie immer, wenn er zu Hause ist. Sein gutmütiges Gesicht faltet sich spontan in ein Lächeln, als er Dorothea auf dem Smartphone-Display sieht. »Hallo, Mama!« Hinter ihm sind das Grün seines Gartens, die Veranda und die hellblau gestrichenen Holzbretter seines Hauses in Kalgoorlie zu erkennen.

»Hallo, Benni.«

Jetzt ploppt Miriams Elfengesicht auf und schiebt Benni nach oben. Sie ist in ihrer Wohnung in Santiago de Compostela, hinter ihr das offene Fenster mit dem Blick auf das Restaurantschild *A Taberna do Bispo – Tapas y Pinchos*.

»Hallo, Miri.«

Dorotheas eigenes Gesicht erscheint in einem Kreis unten. Alle drei Gesichter lachen gleichzeitig.
»Hi, Miri.«
»Hi, Benni.«
Es ist 14 Uhr in Coburg, 20 Uhr in Kalgoorlie, und 13 Uhr in Santiago de Compostela. Dorothea sitzt in ihrem Einzelzimmer im *Hotel Hahnmühle*. Das *Hotel Stadt Coburg* hatte keine zwei Einzelzimmer und hat sie und Ambrosius hierhergeschickt. Ambrosius ist ebenfalls auf seinem Zimmer, ein Stockwerk tiefer.
»Na, was gibt's?«, fragt Dorothea.
»Du zuerst, Miri«, sagt Benni.
Miriam erzählt von ihrer letzten Rundreise in Galicien und von der Gruppe, die sie geführt hat, und davon, wie froh sie ist, wieder ein paar freie Tage verbringen zu können.
»Wie geht's Rafael?«, fragt Benni.
»Der ist bei seinen Eltern in Pontevedra. Ich fahre morgen nach.«
»Alles klar mit euch beiden?«, will Dorothea wissen.
»Bestens«, sagt Miriam. »Aber, Mama, bevor du fragst, wir wollen nicht heiraten.«
»Schon gut, Kleine. Und jetzt du, Benni.«
Benjamin erzählt von den Regenfällen der letzten Tage und wie sie den Buschbränden ein Ende gesetzt haben. Hinter ihm kommt Lis ins Bild, mit einem Tablett, das sie auf dem Verandatisch abstellt. Sie winkt ins Smartphone und ruft: »Hallo, Doro!«
»Hallo, Lis.«
Von unten schiebt sich ein Glas ins Bild. Darin schwimmen lauter kleine goldene Fische. »Look, Oma!«, piepst eine Stimme. Das Handydisplay schwenkt nach rechts, Tobi, Benjamins sechsjähriger Sohn erscheint zahnlückig

strahlend. Er hält das Glas in beiden Händen. »My fish! There was a big rainfall yesterday and all the fish were in a puddle on the road!«

»Ach Gottla, Kind«, sagt Dorothea. »Sprichst du denn gar kein Deutsch mehr!«

»Ihr müsst uns besuchen kommen«, sagt Benjamin. »Und mit Tobi Deutsch sprechen.«

»Die kommen euch nie besuchen«, sagt Miriam. »Die kommen nicht mal mich besuchen. Die fahren immer bloß nach Italien.«

»Ich komm euch alle besuchen«, sagt Dorothea. »Demnächst.«

»Ohne Papa?«, fragt Miriam.

»Ja.«

Benjamin und Miriam schauen sie sprachlos an und fangen dann gleichzeitig an zu sprechen.

»Was ist los, Mama?« »Ist irgendwas, Mama?«

»Wo bist du?« »Du bist nicht zu Hause.«

»Wo ist Papa?« »Ist Papa bei dir?«

Alles erscheint Dorothea auf einmal so fragil, so kostbar; Benjamins Holzhaus, Miriams Gesichtszüge, die Fische in Tobis Glas. Ihre Kinder. Benjamins Lachen ist verschwunden; Miriam beißt sich auf die Unterlippe.

Dorothea reibt sich mit den Handballen die Augen und streicht dann mit dem Zeigefinger über Benjamins und Miriams Gesicht.

»Mama?« »Mama?«

Es klopft an der Tür. »Doro? Gehen wir in die Stadt? Ich habe einen Mordshunger.«

»Das war euer Vater«, sagt sie. »Alles in Ordnung, Kinder. Nächste Woche melde ich mich wieder.«

»Haben Sie zwei Einzelzimmer?«, fragt Luana. Sie und Samo stehen an der Rezeption der *Goldenen Traube*.

Die Rezeptionistin blinzelt und schaut verstohlen zu Samo, der mit den zwei Taschen ein Stück weiter hinten steht.

»Wir sind nur Geschäftspartner«, erklärt Luana lächelnd. »Doppelzimmer muss nicht sein.«

Samo lächelt auch. Muss nicht sein, *pidh*! Ach, so, auf Deutsch. Kannst du haben. Fotze! Wie ein *Raft baghazi* steht er da. Wie ein beschissener Kofferträger.

Die Rezeptionistin schaut in den PC. »Zwei Einzelzimmer, mmh, schwierig. Wir haben leider nur eins. Aber wir haben da ein Abkommen mit einem anderen Hotel der gleichen Kategorie. Wenn Sie wollen, frage ich dort nach.«

»Ist es das *Hotel Stadt Coburg*?«, fragt Luana.

»Ja.«

»Ein anderes wäre uns lieber.«

Die Rezeptionistin nickt. »Ich schaue mal.« Sie telefoniert. »Geht in Ordnung«, sagt sie. »Neunzig Euro für das Zimmer, mit Frühstück. Ich zeige Ihnen auf dem Stadtplan, wo das Hotel liegt. Es heißt *Hotel Hahnmühle*. Das Frühstück können Sie dann beide hier einnehmen.«

»Gut«, sagt Luana und dreht sich zu Samo. »Ich nehme das Zimmer hier, und du gehst in das andere Hotel, okay?«

»Riechstes?«, fragt Ambrosius. Bratwurstduft weht ihnen entgegen. Sie sind gerade aus der Judengasse auf den Marktplatz gekommen. Eine weiße Bude steht links vor ihnen: *Original Coburger Rostbratwürste*. Prinz Albert, oder besser gesagt sein Denkmal mitten auf dem Platz, dreht der Bude den Rücken zu, als wäre er von dem ganzen Gesocks angewidert. »Ich finde, es gibt kaum einen schöneren Anblick als eine Bratwurstbude mit offener Klappe«, sagt Ambrosius. »Das hat was Einladendes. Da möchte ich gleich Anlauf nehmen und hineinhechten. Ich habe vielleicht einen Hunger. Ich könnt eine halbe Sau fressen. Oder wenigstens zwei Coburger. Ach, Doro.« Er nimmt sie in den Arm. »Komm. Es tut mir alles wirklich leid. Aber lass uns doch jetzt die Stadt genießen. Wann waren wir das letzte Mal zu zweit unterwegs? Machen wir uns einen schönen Nachmittag, gehen wir auf die Veste, da gibt es Cranach-Bilder ...«

»Ich will nie mehr ein Cranach-Bild sehen«, sagt Dorothea, aber sie sträubt sich nicht gegen die Umarmung.

»Dann gehen wir halt so auf die Veste. Und schauen auf die Stadt hinunter.«

»Hinunter? Wo ist die Veste?«

Ambrosius deutet den Berg hinauf.

»Nur über meine Leiche«, sagt Dorothea.

»War auch nur ein Witz. Wir essen jetzt Bratwürste, dann gehen wir Kaffeetrinken, dann vielleicht ins Kino, und danach gönnen wir uns ein feines Abendessen. Machen wir es uns richtig schön. Es ist nur noch ein Bild, Doro. *Ein* Bild, das schaffen wir morgen locker, und dann sind wir aus dem Schneider. Und heute Abend, beim Essen, sagst du mir, was du mir schon die ganze Zeit sagen wolltest. Über deinen Lebensabend.«

Samo steht oben an der Balustrade des Hofgartens. Geduscht hat er und einen frischen Kapuzenpulli von Kenzo angezogen, aber Luana hat er nicht mehr gesehen, seit er sein Hotelzimmer bezogen hat. Von hier aus kann er den Eingang zu Schloss Ehrenburg überwachen, falls der alte, schlaffe Hippie doch noch kommt. Coburg ist zwar eine Stadt, aber sie gefällt Samo trotzdem nicht besser als

Schweiz. Viel zu viel Luft. Was sollen die ganzen offenen Plätze und Parks hier? Ist doch Verschwendung. Könnte man mit Dönerbuden, McDonalds, Pilsbars mit Lasser-Bier, Striplokalen, Wettläden und Shisha-Bars füllen. Samo beißt missmutig in seinen Döner. Das mit dieser Scheißbraut von Luana entwickelt sich auch nicht so, wie es hätte können. Zwei Einzelzimmer! Lächerlich.

Vom Schlossplatz unter ihm steigt eine lachende Gruppe Jungs mit Skateboards zum Hofgarten herauf. Sie sind zu viert. Bald kracht es hinter Samos Rücken, als würden vier ICEs gleichzeitig Kreise drehen. Die Jungs üben mit ihren Skateboards, eine fünfstufige Treppe hinunterzufahren. Sie nehmen Anlauf, springen in die Luft, lassen das Skateboard vorausfliegen, versuchen, wieder darauf zu landen, wenn das Skateboard unten aufkommt, und weiterzufahren. Meistens gelingt es nicht, entweder, sie landen neben dem Skateboard – oder zwar schon darauf, aber dann schlittert es unter ihnen wieder weg. Dabei filmen sie sich gegenseitig mit ihren Smartphones.

Ruhig bleiben, Samo. Ingenieur auf Montage.

Von rechts, auf der Ebene unter Samo, auf der die Jungs immer landen, kommt ein Mädchen, vielleicht fünfzehn, das einen kleinen Hund ausführt. Sie hat eine sehr kurze Hose an, schöne Beine und lange dunkle Haare. Von oben nimmt der Anführer der Skater-Gruppe, ein kleiner drahtiger Typ wie Samo selbst, in einem T-Shirt, das die Evolution vom Affen über den Menschen zum Skater zeigt, gerade Schwung. Die Katastrophe ist vorprogrammiert. Samo schaut zu, wie sie ihren Lauf nimmt. Der Junge springt in die Luft, die anderen drei johlen, das Skateboard setzt unten auf, der Junge landet darauf, kippt gleich zur Seite, das Skateboard schießt unter ihm weg, wie aus einer Kanone abgefeuert, und trifft den Hund in die Flanke. Der bricht gleich aus in ein Riesengeheule und Gejapse.

Samo schwingt sich über die obere Balustrade, den Döner immer noch in der Hand, legt ihn auf der unteren Balustrade ab, nimmt das Skateboard, zerbricht es über seinem Knie und schmeißt die zwei Teile von sich. Dann geht er zu dem Hund, den das Mädchen, inzwischen sitzend, umarmt. Der zittert und jault und hat ein zusammengeschobenes Gesicht wie eine Ledertasche, die jahrelang in einer übervollen Schublade gelagert wurde. »Lass mal sehen«, sagt Samo und geht in die Hocke. Er schiebt die Hand des Mädchens ganz sanft zur Seite und fährt mit einer Hand über die Flanke des Hundes. »Nix kaputt«, sagt er. »Nur Schock.«

Der Skater betrachtet inzwischen die Überreste seines Skateboards. »Hey Mann«, ruft er. »Was fällt dir ein?«

»Verpiss dich«, sagt Samo. Er steht auf, schnappt sich die eine Hälfte des Skateboards und wirft sie nach dem Jungen. Der dreht sich weg und hebt einen Arm zur Abwehr, das Teil trifft ihn an der rechten Schulter. »Verpisst euch alle!«

Die Jungs trollen sich.

»Danke«, sagt das Mädchen.

Schaut aus wie Luana, nur jünger, denkt sich Samo.

»Kein Problem«, sagt Samo. »Habe selber Hund.«

»Bist du sicher, dass ihm nichts fehlt?«

Samo streichelt noch mal über die Flanke des Hundes. Das Mädchen hält ihn wieder umarmt, und Samo streichelt wie zufällig über ihren Unterarm und ihre Hand. »Hat nix«, sagt er. »Warte.« Er holt seinen Döner von der Balustrade und legt ihn vor dem Hund auf den Boden. Der fängt gleich an, ihn hineinzuschlabbern. »Na, siehst du?«, sagt Samo. »Alles gut.«

Das Mädchen schaut ihn mit strahlenden Augen an.

»Magst du auch Döner?«, fragt Samo.

»Mein Lieblingsessen«, sagt das Mädchen. »Nach Pizza.«

»Gehst du mit mir heute Abend Döner essen? Oder Pizza? Ich lade dich ein.«

Dorothea und Ambrosius sitzen an einem Fenstertisch in *Cosmo's Tapas & Wine* am Theaterplatz. Zwischen ihnen steht ein Teller mit einer Auswahl von Tapas. Die beiden kommen vom Kino, sie haben sich *Der Fall Collini* angeschaut, vorher haben sie Bratwürste gegessen, es war ein schöner Nachmittag.

»Weißt du, Ambrosius, ich schaue dich an, und ich weiß nicht mehr, was echt ist und was falsch«, legt Dorothea nach. Gerade hat sie ihm erklärt, dass sie ihn verlassen will.

Er hat nichts dazu gesagt, er scheint von den Tapas sehr angetan zu sein, er stöbert sie konzentriert durch und lädt sich Boquerones auf den Teller.

»Das mit der Kunstakademie zum Beispiel, das hast du mir nie so erzählt«, sagt Dorothea.

Ambrosius holt sich einige Datteln im Speckmantel, einen Hähnchenspieß und ein paar Spinatkroketten und arrangiert sie auf seinem Teller.

»Ambro?«

»Du meinst, dass Vinzenz genauso gut hätte hingehen können.« Er schaut immer noch auf seinen Teller.

»Ja.«

»Das stimmt.« Balsamico, Olivenöl, Pfeffer. Beim Salzen fragt er: »Und wenn ich mich ändere?«

»Was würdest du ändern?«

»Na, das Falsche an mir.«

»Weißt du denn, was das Falsche ist?«

»Ja. Natürlich. Du weißt es auch.« Jetzt schaut er zu ihr hoch. Liebe braune Augen hat er. Immer noch.

»Mal sehen. Lass mich dich ein paar Dinge fragen, und du sagst, ob sie echt oder falsch sind.«

»Gut.« Ambrosius steckt sich einen Boquerón in den Mund, lehnt sich zurück, verschränkt die Arme und kaut die Sardine.

»Du musst aber ehrlich antworten, sonst hat es keinen Sinn.«

»Versprochen. Leg los.«

»Die antike Jugendstilkette, die du mir zu Weihnachten geschenkt hast?«

Ambrosius senkt den Blick. »Falsch. Die ist neu. Aber schön.«

»Dass wir letzten Sommer nach Italien fahren mussten, weil dort der Einbau des Austauschmotors ins Fiat-Wohnmobil viel billiger war als in Deutschland.«

Ambrosius lacht müde. »Falsch.«

»Also hätten wir genauso gut zu Miri nach Santiago de Compostela fahren können.«

»Ja.«

»Mensch, Ambro.«

»Ja. Tut mir leid. Dafür esse ich jetzt Tapas und kein Schäuferle. Ich gebe mir Mühe, ja? Weiter.«

»Dass du gerne Vater warst.«

»Oh. Willst du das wirklich wissen?« Ambrosius nimmt den Hähnchenspieß und schiebt ihn sich in den Mund.

»Ja.«

»Also gut. Falsch. Ja. Ich hab mir schon oft gedacht, wenn Vinzenz bei uns zu Besuch war oder wir bei ihm und er mit den Kindern gespielt hat, habe ich mir gedacht, wie viel besser er das macht als ich.«

Dorothea greift nach der Weinflasche, schenkt sich Albariño in ihr Glas und trinkt einen Schluck. »Dass du mich damals geliebt hast.«

»Echt. Warum damals? Ich liebe dich heute noch.« Ambrosius schenkt sich auch aus der Flasche ein und trinkt. »Es gibt, genau genommen, zwei Sachen in meinem Leben, bei denen ich mich nicht als Fälschung fühle. Die eine ist diese Farbmassenmalerei, da habe ich zum ersten Mal das Gefühl, dass das, was ich male, und das, was ich bin, eins ist.«

»Und die andere?«

Ambrosius deutet mit dem Spieß auf Dorothea. »Die andere ist, dein Mann zu sein.«

»Warum dann all die anderen Frauen?«

Ambrosius schüttelt den Kopf. »Das gilt nicht. Du sollst nur Fragen stellen, die ich mit echt oder falsch beantworten kann.«

Dorothea wacht auf. Jemand hat an ihre Tür geklopft. Sie schaut auf die Uhr. 00.30 Uhr. »Thea«, flüstert eine kieselige Stimme. »Thea, darf ich reinkommen? Ich kann nicht schlafen.«

Draußen im Flur rumpelt es. Eine Frau lacht, ein Mann sagt: »Psst!« Jemand poltert gegen eine Wand, ein Schlüssel klimpert.

Dorothea schaut auf ihre Uhr. Zwei Uhr. Neben ihr schnarcht Ambrosius auf dem Rücken. Jetzt, wo sie wach ist, wird sie wegen seines Schnarchens nicht mehr einschlafen können. Das Bett ist auch zu eng, ein Einzelbett, und Ambrosius hat sich darin ausgebreitet. Es war aber schön mit ihm. Das erste Mal seit Jahren. Ändert das was?

Draußen hat jemand einen Kicheranfall, jemand anderes prustet los. Dann geht eine Tür auf. Scheiße, die sind direkt nebenan. Jemand fällt im Zimmer hin, so klingt es jedenfalls, etwas scheppert, geht kaputt. Jemand schreit. Eine Frau oder ein Mädchen.

»Ambro.«

Zwei laute Stimmen. Es klatscht. Jemand schreit erneut.

»Ambro!«

»Was ist?«

»Nebenan.«

Etwas Schweres wird durchs Zimmer gezogen.

Ambrosius stöhnt. »Lass sie halt. Wir haben doch auch.«

»Sie will aber nicht.«

Die Frau oder das Mädchen weint und schreit.

»Was soll ich denn tun?«, fragt Ambrosius.

»Du musst klopfen. Ich gehe mit.«

Dorothea macht das Licht an, schlüpft aus dem Bett und zieht ihr Nachthemd an. Es ist quer gestreift, rosarot und weiß, war das Einzige, das sie auf die Schnelle bei AWG finden konnte, und es drückt ihre massiven Brüste auseinander und nach unten. Ambrosius steigt aus dem Bett und schlurft schläfrig zur Tür; auch bei ihm zieht die Schwerkraft alles nach unten, seine Wangen, seinen Riesenwanst, seine Pobacken, seinen Pimmel, seinen Hodensack. Zum Glück war es vorhin dunkel.

»Du musst was anziehen«, sagt Dorothea. »Beeil dich.«

Er wirft seinen Mantel über.

Von nebenan kommen Schreie und Schläge.

Ambrosius und Dorothea gehen hinaus auf den Flur. Ambrosius klopft an die Tür des Nachbarzimmers. Es wird leise, dann schreit ein Mädchen: »Hilfe!« Wieder klatscht es.

Ambrosius klopft noch mal. »Machen Sie sofort auf, sonst hole ich die Polizei!«

Drinnen stöhnt jemand.

»Er hält ihr den Mund zu«, sagt Dorothea.

Ambrosius schlägt mit der Faust gegen die Tür.

»Wir müssen sofort was unternehmen«, sagt Dorothea. »Die Polizei braucht zu lange.«

Ambrosius schaut sich um. Hinter ihm hängt ein Feuerlöscher an der Wand. »Der Klassiker«, sagt er, nimmt den Feuerlöscher, holt aus und schleudert ihn gegen die Tür. Es knirscht, und um den Griff herum zeichnen sich Splitter ab.

Die Tür geht auf, ein barfüßiges Mädchen in einer zu kurzen Hose und einer zerrissenen Bluse stürzt heraus, die Tür wird schnell von innen geschlossen.

»Arschloch!«, schreit das Mädchen in Richtung Tür. Sie ist fünfzehn oder sechzehn.

»Hat er dir was getan?«, fragt Dorothea.

Das Mädchen schüttelt den Kopf, wischt sich die langen Haare aus dem Gesicht. »Aber er wollte«, sagt sie. Sie tritt gegen die Tür, schreit auf, humpelt den Korridor entlang und verschwindet ins Treppenhaus.

»Und jetzt?«, fragt Dorothea.

»Jetzt ist gut«, sagt Ambrosius. »Ich betrachte unseren Einsatz an dieser Stelle als beendet. Ich will nicht auch noch zu dem Psychopathen da reingehen. Oder wie siehst da das?«

Sie kehren in ihr Zimmer zurück, schließen die Tür ab und setzen sich aufs Bett.

»Eigentlich will ich nicht die Nacht in einem Zimmer neben einem Psychopathen verbringen«, sagt Dorothea.

»Dann musst du mit in mein Zimmer kommen«, sagt Ambrosius. »Das ist ein Stockwerk tiefer.«

2. Mai
Elly

»Wer von denen könnte es gewesen sein?«

»Jedenfalls keiner von den Ehemännern«, sagt Ambrosius. »Es sei denn, einer von ihnen war ausgesperrt und musste in ein Einzelzimmer.« Er zwickt Dorothea in den Oberschenkel. »Vielleicht sollten wir öfter in getrennten Schlafzimmern schlafen. Belebt die Ehe, findest du nicht?«

»Jetzt mal ernsthaft. Wer, denkst du, war es? Sollten wir das Ganze nicht besser der Polizei melden? Oder wenigstens der Rezeption?«

»Eigentlich müsste das Mädchen zur Polizei gehen.«

»Wird sich genieren.«

Im Frühstücksraum sitzt nur ein einzelner Mann, alle anderen sind Ehepaarhälften.

»Der kann's nicht gewesen sein«, flüstert Ambrosius.

»Glaub ich auch nicht«, sagt Dorothea. »Der schafft es kaum, die Zeitung umzublättern.«

Der Mann liest mühsam die *Coburger Neue Presse*, ist zusammengeschrumpft wie eine Rosine, hat weiße Haare und dürfte Ende siebzig sein.

»Vielleicht ist er schon weg«, sagt Ambrosius.

»Oder er schläft noch«, sagt Dorothea.

»Soll ich nachschauen?«

»Lieber nicht.«

»War alles zu Ihrer Zufriedenheit?«, fragt die Rezeptionistin.

»Danke«, sagt Dorothea. »Nur eine Sache. In Zimmer 218, gleich neben mir, gab es gestern Abend eine Störung;

es war laut, ein Mädchen hat geschrien, wir haben geklopft, das Mädchen kam herausgestürzt und ist weggelaufen. So gegen 01.30 Uhr. Wenn das Mädchen sich meldet – oder die Polizei: Wir würden als Zeugen aussagen.«

Die Rezeptionistin schaut in ihren PC. »Ist nichts gemeldet bisher. Zimmer 218. Aha, doch, da war ein Schaden an der Tür. Wissen Sie was darüber?«

»Von einem Schaden wissen wir nichts«, sagt Ambrosius.

»Wer hatte das Zimmer denn gebucht?«, fragt Dorothea.

»Darf ich nicht sagen«, sagt die Rezeptionistin. »Er hat heute früh ausgecheckt.«

Luana schaut kurz hoch, als Samo in den Frühstücksraum kommt, dann wendet sie sich ihrer Zeitung zu. Er hat ein Raf-Simons-Sweatshirt mit Patches an, kostet 450 Euro, aber sie schaut nicht einmal hin.

»Na? Gut geschlafen?«, fragt sie.

»Ja.«

»Schaust aber nicht so aus.«

»Gut, habe ich gesagt. Nicht lang.«

»Aha. Also, gestern waren sie nicht auf der Veste.«

»Im Schloss waren sie auch nicht. Aber sie waren bei mir im Hotel. Hähnchenauto, Hähnchenmühle. Logisch.«

»Oh. Haben sie dich gesehen?«

»Bin ich blöd? Natürlich nicht.«

»Bleibt uns nichts anderes übrig, als abzuwarten, wo sie hinfahren. Hast du ein Signal?«

Samo holt sein Smartphone hervor. »Das Auto ist noch in Werkstatt.«

»Was hast du denn da im Gesicht? Schaut aus wie ein Kratzer.«

»Ich weiß nix von dir, und du weißt nix von mir, so war das, oder?«

»So war das, aber du machst keinen Blödsinn, so war das auch.«

»Ihr Wagen?« Der Kfz-Meister schaut sich um. »Ach, den hat mein Lehrling aufgeladen und zum Verschüren heimgefahren ... Nee, im Ernst, draußen im Hof steht er. Er ist fertig.« Der Meister ist groß gewachsen, hat ein kantiges Gesicht und kurze, graue Haare wie die Borsten einer Stahlbürste. »Dass die Dinger immer noch fahren, Wahnsinn.« Er schaut erst Ambrosius prüfend an, dann Dorothea, und dann deutet er mit dem Daumen hinter sich. »Ich hab etwas Interessantes gefunden.« Er läuft zu einer der Werkbänke.

Ambrosius und Dorothea folgen ihm.

»Das da.« Der Mechaniker hält einen kleinen grauen Kasten hoch.

»Was ist das?«, fragt Ambrosius.

»Das ist ein GPS-Tracker. Den haben Sie vermutlich nicht selbst angebracht?«

»Nee.«

»Und Sie wahrscheinlich auch nicht?«, fragt er Dorothea.

»Ganz sicher nicht.«

»Heikle Sache. Hab mir gedacht, dass Sie nichts davon wissen, drum zeig ich's Ihnen. War extrafest hingeklebt. Unten.«

»Was macht das Ding?«, fragt Dorothea.

»Es gibt durch, wo das Auto ist.«

»Wie bei James Bond«, sagt Ambrosius.

»Stimmt«, sagt der Mechaniker. Er lehnt sich rückwärts an die Werkbank. »Welcher war das jetzt wieder?«

»Ein ganz alter. Einer der ersten.« Ambrosius überlegt und wackelt dabei mit dem Zeigefinger, als ob er dadurch den Namen herzaubern könnte.

Der Mechaniker nickt. »Mit Sean Connery. Die waren sowieso die besten. *Feuerball*, glaube ich.«

»Nee, nee«, sagt Ambrosius. »Es war der mit Gert Fröbe. *Goldfinger*. Der Goldfinger hat einen Rolls-Royce gefahren, und der James Bond ist ihm in seinem … naa?«

»Aston Martin. Das war der mit dem Schleudersitz und der Maschinenpistole und der Wasserspritze.«

»Und mit den Raketen!«

»Also, wie kommt denn so was an unser Auto?«, fragt Dorothea.

»Das mit den Raketen stimmt net«, sagt der Mechaniker. »Die Raketen, die hat das Mädchen am Motorrad gehabt. Und das war in *Feuerball*, das weiß ich genau. Also der GPS-Tracker.« Er drückt sich von der Werkbank ab und schaut Dorothea an. »Das baut jemand ein, der wissen will, wo das Auto ist. Normalerweise machen's die Männer an den Zweitwagen ihrer Frau, wenn die, na ja, sind S' mir net bös, Sie wissen schon, wenn die Männer halt auf Nummer sicher gehen wollen. Ist in dem Fall illegal. Wenn's die Frau nicht weiß. Ich sag's bloß. Es ist nur legal, wenn Sie Ihr eigenes Auto verfolgen wollen.«

»Und wer macht sonst so was?«, fragt Dorothea.

»Es war amol Mode bei Leuten, die Angst hatten, dass ihnen in Osteuropa das Auto geklaut wird. Aber die Autobanden sind natürlich ganz schnell draufgekommen, da gibt es so Nachspürgeräte. Die Diebe haben die Tracker dann abgemacht und an andere deutsche Autos geklebt, die ganz normal wieder nach Deutschland zurückgefahren sind. Das gab natürlich ein totales Kuddelmuddel. Also, wenn Sie mich fragen: Ganz klar, Sie werden von jemandem verfolgt. Wobei, wie will ich sagen, bei Ihrem Auto bräuchert man das Ding ja gar nicht unbedingt, die Ente ist nicht gerade unauffällig, die sieht man schon von Weitem. Wenn sie nicht gerade im Wald steht. Da, nehmen Sie das Ding mit. Ich will's nicht hierhaben. Ich will solche Leute nicht am Hals haben, die sind gefährlich.«

Ambrosius nimmt den Kasten. »Kann man an einem anderen Auto anbringen, sagen Sie?«

»Machert ich net, Meister. Ist, wie gesagt, illegal. Übrigens, der TÜV ist abgelaufen.«

Ambrosius schaut nach oben zur neoklassizistischen Kuppel der Eingangshalle des Coburger Bahnhofs. »Schau. So eine schöne Kuppel! Und alles leer. Die lechzt geradezu nach Ausmalen.« Er holt seinen überbordenden Geldbeutel heraus. »Vielleicht lass ich eine Visitenkarte da. Wolfram-von-Eschenbach-Preisträger und so weiter.«

Dorothea liest die Anzeigetafel. »Jetzt beeil dich. Da. Gleis 2. ICE 93 nach Nürnberg um 10.30 Uhr. Zwei Minuten noch. Lauf du vor.«

Als sie die Treppe auf Gleis 2 heraufkommt, zeigt die Bahnhofsuhr 10.29 Uhr und zittert wie ein Sprinter auf dem Startblock. Der ICE steht etwas weiter vorne links, wie ein silbergrauer Riesenhobel. Dorothea läuft zur ersten Tür. Keine Spur von Ambrosius, auch sonst niemand zu sehen, außer dem Zugführer ganz vorne, der den Bahnsteig überblickt. Er nimmt seine Pfeife und steckt sie in den Mund. Die Türen rumsen zu.

Da erscheint Ambrosius in dem kleinen Raum hinter der Zugtür. Der Zugführer bläst in die Pfeife und steigt ein. Ambrosius drückt von innen auf den Auslöseknopf, Dorothea von außen. Der Zug ruckelt und setzt sich in Bewegung. Dorothea läuft mit, den Finger immer noch am Knopf. Unter dem Knopf ist noch ein roter Griff, Dorothea greift danach, sie muss sich strecken, der Zug wird schneller, sie zieht den Griff heraus, der Zug kommt wieder langsam zischend zum Stehen. Ambrosius steigt aus, der Zugführer ebenso, nur weiter vorne. »Hey, Sie da!«, ruft er.

»Alles in Ordnung!«, ruft Dorothea zurück.

Kopfschüttelnd steigt der Zugführer wieder ein.

»Du hast doch den Tracker innen im Auto angebracht, oder?«, sagt Luana. Seit einiger Zeit verfolgt sie den Weg des Trackers auf Samos Smartphone.

»Wieso?«, fragt Samo.

»Ich hasse es, wenn Leute nicht auf eine Frage antworten, sondern ›wieso‹ sagen. Wenn Leute ›wieso‹ sagen, statt eine Antwort zu geben, dann haben die mit Sicherheit nicht das gemacht, wonach man sie gerade gefragt hat. Also hast du den Tracker nicht innen angebracht, nicht im Kofferraum unter dem Ersatzreifen, wie man es tun sollte.«

»Das Auto war nicht offen.«

»Ach so. Verstehe. Dann hättest du das Auto irgendwie aufbrechen müssen, das wär ja illegal gewesen, so was macht man nicht, klar.«

Samo haut mit der Faust auf das Armaturenbrett. »Kannst du nicht einfach sagen, was los ist?«

»Kann ich. Das Auto ist inzwischen in Ebersdorf und fährt 180 km/h. Nicht schlecht für eine Ente.«

»Mann! Sprich deutsch!«

»Okay. In der Werkstatt haben sie den Tracker offenbar gefunden, und die alten Fuzzis haben ihn in einem ICE Richtung Nürnberg platziert und sind über alle Berge. Und wir haben keine Chance, sie zu finden. Ich bin gespannt, wie du Klement das erklären willst.«

»Der hatte recht«, sagt Ambrosius.
»Wer?«, fragt Dorothea.
»Der Mechaniker. Das mit den Raketen war in *Feuerball*.«
»Mensch, Ambro. Beunruhigt dich das nicht, dass uns jemand verfolgt?«
»Das wird der kleine Typ aus Nürnberg sein.«
»Und angeheuert hat ihn der Typ, der dich angerufen hat.«
»Klar.«
»Ja, beunruhigt dich das nicht?«
»Die sind wir doch jetzt los. Jetzt holen wir noch das letzte Bild, und alles ist im grünen Bereich. Was sollen die denn machen? Die können uns doch nicht umbringen.«
»Kaufst du dir jetzt endlich ein Smartphone?«
»Wir haben doch schon eins.«
»Ich hab eins. Du hast keins. Wenn du aus dem Zug nicht mehr herausgekommen wärst, hätten wir gar nichts ausmachen können. Du wärst vielleicht am nächsten Halt ausgestiegen, weiß Gott, wo das gewesen wäre, und wärst zurückgefahren, und ich wär derweil mit dem Auto hingefahren, und es hätte ewig so weiter hin und her gehen können.«
»Nee«, sagt Ambrosius. »Ich hab den Autoschlüssel. Du hättest sowieso nicht fahren können.« Er lächelt, als ob er gerade irgendwie ein schlüssiges Argument gegen das Handy vorgebracht hätte.
»So einen Tracker hätte ich früher gebraucht«, sagt Dorothea. »Für dein Motorrad.«

Rapswiesen wechseln sich mit Waldstücken ab, Sonne und Schatten. Vorne, nach dem nächsten Wäldchen, steht vor dem hellen Hintergrund der dahinter liegenden Wiese eine schwarze Silhouette mit ausgestrecktem Daumen. Es ist ein junges Mädchen in einer knappen kurzen Hose.

Dorothea schaut zum Seitenfenster hinaus, als sie vorbeifahren. »Mensch, Madla, du solltest nicht in so einer kurzen Hose trampen«, sagt sie zu sich selbst. Sie schaut zu Ambrosius. »Wie war das mit jeden mitnehmen?«

»Ach, ihr wird schon nichts passieren«, sagt Ambrosius. »Wahrscheinlich ist ihr Freund dabei. Er hat sich im Wald versteckt und kommt heraus, wenn ein Auto hält.«

»Hast du das auch so gemacht?«

»Ganz früher, ja. Bevor ich das Motorrad hatte. Mit Angie. Die hatte damals einen Minirock an, da war das Höschen da gar nichts dagegen«

»Wie weit seid ihr gekommen?«

»Bis Venedig.«

»Italien. Logisch. Dass du nie Italienisch gelernt hast.«

»Spannender ohne.«

Dorothea lehnt sich zurück und seufzt. »Ach Mensch.«

»Was ist?«

»Ich mach mir Sorgen um das Mädchen. War fast noch ein Kind.«

Ambrosius blinkt, fährt in den nächsten Waldweg rechts, wendet und fährt zurück.

»Willst du sie doch mitnehmen?«, fragt Dorothea.

»Ja. Schau, da vorne steht sie noch.« Er fährt erneut an dem Mädchen vorbei, dreht um und hält auf ihrer Höhe.

Das Mädchen geht rasch ein paar Schritte zum Wald.

»Was habe ich gesagt?«, fragt Ambrosius. »Jetzt holt sie ihren Freund.«

»Sie löst einen Knoten an einem Baum«, sagt Dorothea.

»Vielleicht hat sie ihn angebunden.«

»Es ist ein Hund«, sagt Dorothea. »Und was für ein hässlicher.« Sie klappt das Seitenfenster hoch, als das Mädchen mit dem Hund im Arm näher kommt.

Das Mädchen bückt sich und schaut herein. Ihre langen schwarzen Haare fallen ihr übers Gesicht; sie wischt sie zur Seite und hält sie fest. »Er ist ganz brav.« Der Hund schaut mit seinem zerknautschten Gesicht hechelnd durchs hintere Fenster. »Bitte.«

»Sag mal, Mädchen«, sagt Dorothea. »Was denkst du dir dabei, in so einer Hose zu trampen?«

»Wenn Sie mich und meinen Hund mitnehmen, dann höre ich mir Ihre Predigt an«, sagt das Mädchen. »Sonst nicht.« Eine milchige Schliere erscheint am hinteren Fenster; der Hund hat es abgeschleckt.

Ambrosius trommelt mit den Daumen auf das Lenkrad. »Das Mädchen hat recht.«

»Wo willst du denn hin?«, fragt Dorothea.

»Königsberg.«

»Liegt praktisch auf dem Weg.« Ambrosius winkt als Zeichen, dass sie hinten einsteigen soll.

»Cooles Auto«, sagt das Mädchen. Sie öffnet die Tür zum Rücksitz; den Hund hat sie immer noch im Arm.

»Dich kennen wir doch«, sagt Dorothea langsam. »Du bist doch das Mädchen von gestern Nacht.«

»Hoffentlich macht der Hund nicht rein«, grummelt Ambrosius.

Sie haben die Hauptstraße nach Schweinfurt verlassen und schlagen sich nach Dorotheas Anweisungen aus dem alten Atlas mehr schlecht als recht auf Nebenstraßen durch.

»Stell dir vor«, flüstert Dorothea. »Das arme Ding war die ganze Nacht unterwegs.«

Sie reden leise, weil das Mädchen und der Hund in seinen Armen sofort eingeschlafen sind, nachdem die Kleine erzählt hat, wie sie hierhergekommen ist.

Ambrosius betrachtet sie im Rückspiegel. »Müsste sie nicht in der Schule sein?«, fragt er.

Dorothea dreht sich um. »Eigentlich schon.«

»Und wissen ihre Eltern, wo sie ist?«

»Tja, keine Ahnung.«

»Was will sie denn in Königsberg in Bayern?«, fragt Ambrosius. »Wir kommen immer weiter weg von Coburg, wohin wir sie wahrscheinlich lieber zurückbringen sollten.«

»Wir können sie aber jetzt nicht aufwecken. Sie schläft so friedlich. Sie muss total erschöpft sein. Wenn wir die Ersten sind, die sie mitgenommen haben, dann ist sie ... wie viele Kilometer gelaufen?«

Ambrosius schaut auf seinen Kilometerzähler. »Um die fünfundzwanzig. Sie ist vom Hotel nach Hause gelaufen, hat sie gesagt, hat den Hund geholt und sich gleich auf den Weg gemacht Richtung Königsberg.«

»Weißt was, Ambro, das ist Blödsinn, was wir da machen. Wir können sie nicht immer weiter weg von zu Hause bringen.«

»Da vorne ist eine Sitzgruppe, da halten wir an und warten, bis sie aufwacht.«

Rechts führt ein Feldweg von der Straße zum Waldrand. Davor stehen ein Holztisch und zwei Bänke; daneben zwei Holzstöße. Die Ente rumpelt dorthin und hält.

»Pass auf, Samo, ich rette dir jetzt deinen Arsch«, sagt Luana. »Und du musst dich dafür nicht mal bei mir bedanken.

Du hast doch dieses Handy speziell für Telefonate mit dem Typen?«

»Ja.«

»Ruf ihn an.«

Samo drückt auf die Nummer und gibt Luana das Handy.

»Hallo? Hier ist noch einmal Luana. Ja, ich bin mit Samo unterwegs. Passen Sie auf. In Coburg ist nichts Nennenswertes passiert, die beiden hatten lediglich eine Autopanne, und der Wagen war dort in der Werkstatt. Herr ... ah, ich weiß ja noch gar nicht, wie Sie heißen.«

»Ja, gut, macht nichts. Darf ich etwas vorschlagen? Ich denke, es wäre zielführender, wenn wir den Siebenhaars nicht nur auf gut Glück hinterherfahren. Wir müssen das Ruder übernehmen, sie lenken, vor uns hertreiben und an einen Ort lotsen, wo wir sie unter Kontrolle haben. Was haben Sie denn noch gegen diesen Siebenhaar in der Hand? Etwas, womit wir Druck ausüben können?«

»Aha, ein Skizzenbuch. Kandinsky. Ja, das klingt gut. Und wo befindet es sich?«

»So hab ich's mir vorgestellt.« Ambrosius lehnt sich genüsslich auf der Bank zurück. Er hat die Hände hinterm Kopf und die Füße auf den Picknicktisch ausgestreckt, die Stiefel überkreuzt. Dorothea sitzt rechts neben ihm, in ihrem Blickfeld links die Ente und rechts davor die zwei echten Holzstöße. Dahinter liegen zwei Rapsfelder hintereinander, getrennt von einer Allee blühender Kirschbäume. Neben dem vorderen Rapsfeld erstreckt sich ein brauner, gepflügter Acker, und neben dem hinteren ein Weiher. Ein lindgrüner Waldstreifen krönt die Landschaft. In der Mitte des Horizonts wölbt sich der Wald zu einem Hügel. Oben spitzt ein Kirchturm hervor und rechts daneben eine Burgruine mit einer gotischen Kapelle, deren glaslose Fenster den blauen Himmel dahinter einrahmen. Und unten links in Dorotheas Blickfeld: Ambros gekreuzte Stiefel. Seine Signatur im Bilde.

»Sag jetzt nichts von einem Kurzurlaub«, sagt Dorothea.

»Wär mir nicht in den Sinn gekommen.«

»Aber schön ist es trotzdem.«

Ambrosius wackelt skeptisch mit seiner gespreizten rechten Hand. »Der Raps da. Kein schönes Gelb. Macht sich zu wichtig. Viel zu knallig vor dem zarten Grün des Waldes. Ich würde Hahnenfuß nehmen, wenn ich es malen würde. Viel dezenter.«

»Das wäre ja dann schon wieder gefälscht.«

»Es ist nicht direkt Fälschen, nur ein bisschen nachgeholfen. Wenn die Natur zu blöd ist, muss man ihr nachhelfen. Es ist wie bei Porträts. Alle gefälscht. Ich meine, die Sujets haben die Porträts ja bestellt und bezahlt. Die wollen doch nicht die eigene hässliche Wirklichkeit sehen. Und die Natur auch nicht. Wenn die Natur sprechen könnte, würde sie sagen oder vielmehr flüstern, sodass es keiner hört außer dem Maler: ›Und übrigens‹, würde sie flüstern, ›die Rapsfelder da, machen Sie was, ich zahl's extra‹, würde sie sagen.«

In der Ente rumpelt es. Die Hintertür geht auf, das Mädchen schaut verwirrt heraus.

»Na, ausgeschlafen?«, fragt Ambrosius.

Dorotheas Blick fällt auf die Uhr. »Oh, 13 Uhr. Da sind wir wohl auch eingeschlafen.«

Das Mädchen steigt aus, fährt die Arme aus, die Hände zu Fäusten geballt, und gähnt. »Wo sind wir denn?«

»Irgendwo zwischen Coburg und Königsberg«, sagt Dorothea.

Der Hund folgt dem Mädchen, stellt sich an den Autoreifen, hebt das Hinterbein und pinkelt hin.

»Rusty!« Das Mädchen nimmt ihn an der Leine.

»Macht nichts«, sagt Ambrosius. »Er wird glauben, er ist gestorben und in den Hundepinkelhimmel gekommen. Ein Holzstoß, der gleichzeitig ein Reifen ist. Schöner wär es nur noch, zwei Pimmel zu haben, einen für den Holzstoß und einen für den Reifen, gell Rusty?«

»Ambrosius!«, sagt Dorothea.

Das Mädchen gähnt noch mal, dann schaut sie über das Auto hinweg in die Ferne. »Burg Altenstein. Da sind wir aber nicht weit gekommen.«

»Nein, und wir kommen auch nicht weiter«, sagt Dorothea, »bevor du uns sagst, was du in Königsberg willst.«

»Und bevor du versprichst, wegen dem Typen von gestern zur Polizei zu gehen«, sagt Ambrosius.

Das Mädchen schaut weiter in die Ferne. »Und wenn ich's euch erzähle, dann fahrt ihr mich nach Königsberg?«

Dorothea lehnt sich zurück und verschränkt die Arme. »Wenn uns die Antwort überzeugt, ja.«

»Versprochen?«

»Versprochen«, antworten die beiden gleichzeitig.

»Ich will zu meinem Vater.«

»Und das ist wirklich dein Vater und nicht irgendein älterer Freund?«, fragt Dorothea.

»Ach so, das glaubt ihr. Nee, mein Vater hat eine Schreinerwerkstatt in Königsberg und heißt Dangelmaier, genau wie ich.« Sie kramt in ihrer Handtasche, holt einen Personalausweis heraus, kommt an den Tisch und gibt ihn Dorothea. »Da.«

»Elisabeth Dangelmaier«, liest Dorothea. »Und warum brichst du mitten in der Nacht auf?«

»Und warum hast du den Hund dabei?«, fragt Ambrosius.

»Weil er Harmagedon nicht überleben wird.«

Dorothea und Ambrosius tauschen Blicke. »Das war die Antwort auf meine Frage, oder?«, sagt Ambrosius.

»Natürlich.« Das Mädchen schaut sie an. »Und wer seid ihr? Oder wer sind Sie?«

»Das ist Ambrosius, und ich bin Dorothea. Du kannst uns duzen.«

»Ambrosius und Dorothea. Komische Namen.«

»Stimmt«, sagt Ambrosius. »Wir mussten einander praktisch heiraten, sonst hätten wir keinen gefunden. Eigentlich wollten wir ein Volksmusik-Duo aufmachen. Ambro und Doro. Harmagedon, sagst du? Dann bist du wohl Zeugin Jehovas.«

Vor dieser Kulisse, diesem Dürer-Aquarell, dieser Siebenhaar-Farbmassenmalerei, setzt sich Elly auf die andere Tischseite, neben ihr nimmt Rusty Platz, und breitet die Geschichte ihres kurzen Lebens aus.

Sie ist fünfzehn, wohnt bei ihrer Mutter, sie sind Zeugen Jehovas. Ellys Vater war es ebenfalls, ist aber fünf Jahre nach ihrer Geburt ausgestiegen. Seitdem wird so getan, als hätte es ihn nie gegeben. Bis sie dreizehn wurde, hat sie das Weltbild der Zeugen völlig verinnerlicht, alles mitgemacht, was sie von ihr verlangt haben: keine Geburtstage gefeiert, nicht Weihnachten, nicht Ostern, keine Freunde außerhalb der Zeugen gehabt, auf Hausbesuche mit einem Ältesten gegangen. Aber inzwischen ist Elly dauernd in Schwierigkeiten, weil sie sich auflehnt und sich so anzieht.

»Kenn ich«, hat Ambrosius gesagt. »Das nennt man Pubertät.«

Sie hat schon ein paarmal von Ältesten Besuch bekommen und ist ermahnt worden, einmal wurde sie für zwei Wochen ausgeschlossen. Das geht so seit ihrer Taufe im letzten Jahr. Seitdem sind ihr Zweifel gekommen.

»War bei mir genauso«, sagt Ambrosius. »Bei mir ging es schon vor der Konfirmation los. Aber das hab ich noch mitgenommen. Die Zweifel hab ich für mich behalten. War ein Haufen Geld damals. Mein erstes Mofa.«

»Wir sollen das Internet nicht benutzen«, sagt Elly. »Aber in der Schule mach ich das. Ich meine, das sind so krasse Sachen, was die glauben. Also, was wir glauben. Dass Harmagedon kommt. Die letzte Schlacht. Meine Mutter sagt, Hunde werden die nicht überleben. Sie hätte Rusty ohne mich bestimmt hinausgeschmissen. Armer Rusty.« Sie nimmt den Hund in den Arm. »Deswegen hab ich ihn mitgenommen. Die haben 1914, 1916, 1925 und 1976 schon das Ende der Welt angekündigt und jedes Mal verschoben.«

»Aha«, sagt Ambrosius. »Pass nur auf, jetzt, wo sie aufgehört haben, es anzukündigen, passiert's bestimmt. Bum!, macht's auf einmal, wenn keiner mehr damit rechnet.«

»Ambro! Lass Elly ausreden!«

»Außerdem«, fügt Ambrosius hinzu, »glauben die anderen auch so ein Zeug. Die sagen's nur nicht so laut.«

Elly fischt eine Haarsträhne aus ihrem Gesicht. »Ja, und dann habe ich herausgefunden, dass die bis 1934 behauptet haben, dass 144.000 Zeugen Jehovas in den Himmel kommen, und dann haben die nachgerechnet und festgestellt, der Himmel wär schon voll. Und was machen sie? 1935 sagen sie dann einfach, ja, die Zeugen Jehovas, die ab jetzt sterben, die bleiben auf der Erde, aber die wird irgendwie aufgemöbelt, sodass sie wie der Himmel ist. Ich meine, so was kann man doch nicht glauben, oder? Ich meine, was ist, wenn die Mutter oben im Himmel ist und das Kind auf Erden? Können die sich besuchen? Das kann doch alles nicht sein, oder?«

»Das ist ja wie im Urlaub«, sagt Ambrosius. »Wenn man ein Hotel gebucht hat, und man kommt hin, und die sagen, ja, tut uns leid, wir sind voll, aber ihr kriegt ein anderes Hotel in der gleichen Kategorie. Ist meistens Beschiss.«

Elly wirft einen Blick auf Ambrosius. »Du nimmst mich nicht ernst, oder?«

»Doch.« Ambrosius zieht seine Füße vom Tisch und setzt sich gerade hin. »Tut mir leid, Elly. Du willst also von zu Hause ausreißen?«

Elly hält inne, dann bläst sie die Luft langsam wieder aus. »Das weiß ich nicht. Es ist nicht so, dass meine Mutter böse ist. Außerdem sind meine ganzen Freunde Zeugen Jehovas. Andere habe ich nicht. Das war ja auch das Ding mit dem Typen von gestern. Ich habe gedacht, der ist echt nett. Dann haben wir uns abends auf eine Pizza getroffen. Und dann weiß ich bloß noch, wie ich in irgendeinem Zimmer zu mir komme, und der Typ macht sich über mich her. Ich hab geschrien. Und dann ist die Tür aufgegangen.«

»Das waren wir«, sagt Ambrosius. »Wir haben dich gehört. Wir waren im Zimmer nebenan.«

Elly schaut ihn mit großen Augen an. »Echt? Wahnsinn.«

»Ambrosius hat die Tür aufgebrochen.« Dorothea klopft ihm auf die Schulter. »Mit einem Feuerlöscher.«

Elly schüttelt den Kopf. »Das ist jetzt aber ein Zufall, oder? Oder seid ihr Engel? Meine Mutter würde sagen, ihr seid Engel.«

»Also«, sagt Ambrosius, »das hat mir noch nie jemand vorgeworfen.«

Elly schaut von Ambrosius zu Dorothea und zieht Rusty

näher zu sich. »Na ja, und dann bin ich weggelaufen. Aber bis ich aus dem Hotel rausgekommen bin, das war wie in einem Albtraum, wie wenn man aus irgendeinem verschachtelten Gebäude nicht rausfindet. Eine Treppe hinunter, einen Gang entlang, zurück, nach links, nach rechts, und einfach nur noch irgendwie nach draußen. Ich hab überhaupt nicht gewusst, wo ich bin, bis ich auf der Straße war. Ja, und da hab ich dann gedacht, jetzt reicht's, nichts wie weg. Ich geh zu meinem Vater, und wenn ich die ganze Strecke laufen muss. Das Problem ist bloß, ich weiß nicht, ob er mich überhaupt haben will.«

»Du musst aber wirklich zur Polizei gehen«, sagt Dorothea. »Der Typ hat dir irgendwas gegeben. K.-o.-Tropfen oder so was. Das hätte echt schiefgehen können.«

Elly stützt ihre Ellbogen auf den Tisch und ihr Gesicht auf ihre Handflächen. »Irgendwie hab ich das Gefühl, ich muss ganz viel machen. Nur, was zuerst?«

»Deine Mutter anrufen«, sagt Dorothea. »Die wird sich Sorgen machen.«

»Ich hab kein Smartphone«, sagt Elly.

Dorothea legt ihres auf den Tisch. »Da.«

»Und ihr seid wirklich keine Engel?«

»Nee.«

»Nee.«

»Ich hatte in der Hochschule mal einen Freund, der Zeuge Jehovas war«, erzählt Ambrosius. »Ein paarmal war ich bei Versammlungen dabei. Das Problem ist, das sind echt nette Typen. Die wollten mich bekehren. Aber es war dann umgekehrt. Nicht, dass ich ihn umgestimmt hätte. Das hat er selbst gemacht. Aber es war für ihn unglaublich schwer. Er ist raus, hat aber alle Freunde außer mir verloren, und seine ganze Familie dazu.«

Dorothea schaut ihn von der Seite an. »Das hast du mir noch gar nicht erzählt.«

»Das war Walther.«

»Walther war Zeuge Jehovas?«

»Ja. Deswegen seine ganzen Riesen-Apokalypsen. Das hat ihn nie losgelassen. Also, Elly, wir bringen dich zu deinem Vater.« Ambrosius steht auf. »Aber vorher fahr ich ins nächste Kaff und hole uns was zum Essen. Ist echt ein schöner Platz hier.«

Dorothea schiebt ihr Smartphone zu Elly hinüber. »Und du rufst deine Mutter an.«

»Ich habe meinen Papa seit zehn Jahren nicht mehr gesehen. Ich weiß gar nicht, wie er aussieht. Vielleicht will er mich gar nicht sehen.« Elly hockt ganz zusammengekauert hinten und umklammert fest ihren Rusty.

»Will er bestimmt«, beruhigt sie Ambrosius.

»Schau«, sagt Dorothea, »deine Mutter war auch gar nicht so böse, und dein Papa wird bestimmt auch lieb sein.«

Sie haben ein Picknick in der Sonne gemacht und fahren jetzt durch ein Tor nach Königsberg hinein. Sie kommen von oben; die Stadt wirkt irgendwie schräg und abschüssig. Es hat unterwegs geregnet, die Ente holpert und rutscht auf den nassen Pflastersteinen und rüttelt alle durch. Rusty knurrt. Die Muster auf den Fachwerkhäusern sind so mannigfaltig wie in der Brettspielabteilung einer Spielzeugmesse. Auf dem Marktplatz halten sie an. Ein Mann im Blaumann und mit Filzhut kommt ihnen entgegen.

»Der könnte wissen, wo die Schreinerei ist«, sagt Ambrosius.

Dorothea klappt ihr Seitenfenster hoch. »Entschuldigen Sie.«

Ein Lächeln schiebt sich in das rote, runde Gesicht des Mannes. »Ach, mein Holz ist da!«

Nach einem angemessenen Lacheinschub fragt Dorothea: »Wissen Sie, wo die Schreinerei Dangelmaier ist?«

»Na freilich. Durch das Unfinder Tor da unten, zweite Straße links. Gleich auf der rechten Seite.«

»Danke!«

»Er wird sich über das Holz freuen!«

Die Ente rumpelt wieder los.

Ellys Stimme, jetzt ganz klein, fragt von hinten: »Bringt ihr mich vielleicht doch lieber zur Bushaltestelle?«

Ambrosius schaut sie im Rückspiegel an. »Nix da, Elly, wir ziehen das jetzt durch. Pass auf, ich geh mit dir rein.«

»Wir gehen alle miteinander«, sagt Dorothea.

»Wie lange seid ihr schon zusammen?«, fragt Elly.

Dorothea schaut zu Ambrosius. »Das beantwortest jetzt du.«

Er lacht. »Meinst wohl, ich weiß es nicht? Achtundvierzig Jahre. So, erste Straße links.«

»Das will ich auch mal haben, so wie ihr«, sagt Elly.

»Na ja.« Dorothea überlegt kurz. »Genauso wie wir musst du es nicht machen. Ist ein bisschen riskant.«

»No risk, no fun«, sagt Ambrosius. »Da. Zweite Straße links.« Er biegt ein.

»Alter Schmarrer«, sagt Dorothea.

Rechts auf dem Gehsteig ragt ein Holzschild mit einem kleinen Dach darüber in die Gasse hinein. *Schreinerei Dangelmaier* steht darauf.

Dahinter steht eine lang gezogene Scheune mit zwei offenen Holztoren; daneben ein Fachwerkhaus. Ambrosius hält an und dreht sich zu Elly. »Weißt was, Elly? Wenn es mit deinem Vater nicht klappt, dann kommst du zu uns.« Er nimmt seinen Geldbeutel aus der Hosentasche und gibt ihr eine Visitenkarte. »Da wohnen wir. Du kannst bei uns bleiben, bis du weißt, was du machen willst. Wir haben Platz.«

»Wir wollen auf jeden Fall von dir hören, wie es dir ergangen ist«, sagt Dorothea.

»Und was mit dem Typen rausgekommen ist, in dem Hotel. Wie hat er denn überhaupt ausgesehen?«

»Er war klein, drahtig, Ausländer. Glatzkopf und krumme Nase.«

»Ah.« Ambrosius zieht die Augenbrauen hoch und schaut hinüber zu Dorothea. »Also, gehen wir rein.«

Aus der Scheune kommen Sägegeräusche. Ambrosius, Elly und Dorothea stehen nebeneinander und schauen hinein; Elly hält Rusty vor sich wie einen Schild; seine Beine ragen aus seinem Körper, als ob er ein kleiner Tisch wäre. Es riecht nach Holz, Öl und Männerschweiß. Innen sind links Holzbretter gestapelt. In der Mitte steht ein olivgrüner Sägetisch in einem See von Holzspänen, sie sehen aus wie abgefallene weiße Blätter eines Baumes. Von links schiebt ein groß gewachsener Mann vorsichtig ein Brett in eine laufende Säge hinein. Er bückt sich nach vorne wie ein Bogenschütze und schiebt es abwechselnd mit der linken und der rechten Hand; Mensch und Maschine sind perfekt ausbalanciert. Er hat einen schwarzen Bart, trägt eine Baseballkappe, darunter Ohrschützer, ein schwarzes T-Shirt und eine kurze Cargohose, in der ein Metermaß und verschiedene Stemmeisen stecken. Er schaut konzentriert auf die Säge, bis das Brett in zwei Teile zerfällt. Ein Rinnsal Schweiß läuft an seinem knorrigen rechten Bein hinunter.

»Jetzt ist auch klar, wo du das mit der kurzen Hose herhast«, sagt Ambrosius.

Der Mann drückt auf einen roten Knopf, die Säge läuft aus. Er stellt die zwei Bretter senkrecht rechts an die Wand und schaut zu ihnen her.

»Ich habe kein Holz bestellt.« Er deutet auf die Ente, die hinter Ambrosius, Elly und Dorothea steht. Dann lacht er, weiße Zähne blitzen in einem schwarzen Nest auf, und legt den Ohrenschutz auf den Sägetisch. »War a Witz. Wer seid ihr?«

»Das ist Rusty«, sagt Elly.

»Das ist deine Tochter«, sagt Ambrosius.

Der Mann nimmt die Kappe ab und wischt sich mit dem Unterarm über die Stirn. »Großer Gott«, sagt er.« Er kommt auf sie zu; Elly umklammert Rusty noch fester. »Elisabeth?«

»Elly«, piepst sie.

»Okay, dann Elly.« Er bleibt kurz vor ihr stehen. »Kommst du mich besuchen, Elly?«

Elly schwenkt den Hund hin und her. »Kann ich bei dir wohnen?«

Er bückt sich zu ihr hinunter und umarmt sie, mit dem japsenden Rusty dazwischen. »Du kannst bei mir bleiben, solange du willst.«

Als Dorothea und Ambrosius eine Stunde später das Wohnhaus verlassen und zur Ente gehen, kommt Elly ihnen nachgerannt. »Doro! Ambro!«, ruft sie und fliegt ihnen entgegen und wickelt sich um sie, den Kopf zwischen beiden und die Arme weit ausgestreckt, so anschmiegsam und getrieben wie ein vom Wind dorthin gewehtes Zeitungsblatt.

Sommerhausen

»Vielleicht waren wir doch Engel«, sinniert Ambrosius. »In dem Fall halt.«

»Du und ein Engel.«

»Ich sag ja, in dem Fall halt. Vielleicht wissen Engel nicht, dass sie Engel sind, verstehst?«

»Kann schon sein. Aber du weißt, dass du kein Engel bist.«

Ambrosius wiegt den Kopf, als ob die Frage nicht ganz geklärt wäre.

»Also jetzt, geh zu«, sagt Dorothea, und dann, etwas später: »Sie wird schon zurechtkommen, oder?«

»Klar«, sagt Ambrosius. »Der Vater war doch ganz in Ordnung.«

Sie fahren auf der A 7 in Richtung Würzburg und sind gerade eingepfercht in eine Kolonne Laster. So ungefähr muss es sein, wenn man in einem Kanu auf hoher See zwischen Öltankern unterwegs ist. Es geht leicht bergauf, und die Stimmung in der Ente ist entsprechend angespannt. Ambrosius schaut dauernd in den Rückspiegel und lehnt sich nach vorne, als ob er das Auto dadurch anschieben könnte.

Dorothea schaut durchs Seitenfenster auf den Gramschatzer Wald, ohne ihn richtig zu sehen. »So ein liebes Mädchen. Meinst, wir hören von ihr?«

»Bestimmt. Was wird sie machen, was meinst du?«

»Wird wahrscheinlich ein bisschen hin und her schwanken. Einmal so, einmal so. Aber letztendlich wird sie aussteigen, denke ich. Weißt, das ist viel schwerer als alles, was wir in ihrem Alter entscheiden mussten. Das ist nicht fair. Sie kann überhaupt nichts dafür. Und dann noch dieser Typ gestern Nacht.«

»Hast du mitgekriegt, wer das war?«, fragt Ambrosius.

»Nein, wieso?«

»Das war der Typ aus Nürnberg, der kleine Ausländer.«

Dorothea stützt sich am Handschuhfach vorne ab. »Mensch. Der ist fei wirklich gefährlich. Aber jetzt haben wir ihn ja abgeschüttelt.«

»Hoffentlich.«

»Also«, sagt Luana. »Wir müssen nach Rothenburg ob der Tauber.«

»Wo ist das?«, fragt Samo.

»Ich lotse uns schon. Du fährst erst einmal auf die A 73 Richtung Nürnberg.«

»Willst du vielleicht auch gleich Auto fahren? Kannst du bestimmt auch besser als ich.«

»Passt schon, Samo. Auto fahren kannst du gut.«

»Danke. Und sind die alten Hippies da, in diesem Rothenburg?«

»Nein, sind sie nicht. Aber sie werden dorthin kommen. Spätestens morgen.«

»Woher weißt du das?«

»Weil sie das müssen. Weil ich sie hinlotsen werde.«

»Du bist wohl Lotse für alle, he?«

»Kann man so sagen. Und Samo?«

»Ja?«

»Ich sag's zum letzten Mal. Weil ich diesen Kratzer da sehe. Ich weiß nicht, was das war, und ich will's auch gar nicht wissen, aber du tust nichts, was uns auffällig macht, sonst bist du draußen, klar?«

Samo antwortet nicht. Sein Kiefer mahlt, und seine Hände würgen das Lenkrad. Er stellt sich schon wieder vor, es wäre Luanas Hals. *Keine Fotze redet so mit Samo, keine. Wenn das hier vorbei ist, finde ich raus, wo du wohnst, und komme dich besuchen. Erst besorge ich es dir, dabei lege ich meine Hände um deinen Hals und drücke zu, bis du ganz rot im Gesicht bist und dir die Zunge raushängt, dann schlitze ich dich auf und entsorge dich, wo dich niemand findet. Wie bei dem stinkenden Bauern in Schweiz.*

Er fährt auf die Autobahn und zieht gleich links auf die Überholspur. Diese *handikapi* fahren alle Auto wie Bauern auf dem Traktor. Er hupt aber diesmal nicht, macht auch keine Lichthupe, schimpft nicht, fährt nicht mal auf.

Ingenieur auf Montage. Ist es so recht?

»Was ist dieses Rothenburg?«, fragt er. »Ist das auch wieder so ein Kaff wie Coburg? Weil, ich hasse diese Käffer. Da bin ich immer der einzige Ausländer.«

»Da brauchst du dir keine Sorgen zu machen«, sagt Luana. »In Rothenburg bist du nicht der einzige Ausländer.«

»Hier raus, auf die A3 Richtung Würzburg«, sagt Dorothea.

Die Ente hängt sich in die Kurve.

Dorothea hält sich an der Schlaufe oberhalb der Beifahrertür fest. »Ich denke jedes Mal, das Ding fällt um. Hat es eigentlich den Elchtest für die Ente gegeben?«

»Ha«, sagt Ambrosius. »Erst müssen die Elche den Ententest machen.«

»Wie geht der?«

»Na, in vollem Galopp einer Ente ausweichen, ohne auf ihre Geweihe zu kippen, natürlich.«

Dorothea lacht müde. »Also, wie ist jetzt dein Plan mit der Ulla? Willst sie vorher anrufen?«

»Nein, nicht anrufen. Sie soll keine Zeit haben, sich etwas zu überlegen. Und es soll spontan wirken.«

Sie betrachtet Ambrosius von der Seite. »Spontan, aha. Wir sind also ganz spontan nach Sommerhausen gefahren, suchen spontan Ulla auf und nehmen das Bild spontan mit.«

»So ungefähr, ja.«

»Bis zum Bild könnte es funktionieren. Ab dem Punkt sehe ich Schwierigkeiten.«

»Gut, dann üben wir es.«

»Wie?«

Ambrosius nimmt die rechte Hand vom Lenkrad und hebt den Zeigefinger. »Wir gehen alle Eventualitäten durch. Ich bin ich, und du bist Ulla, okay? Ich fange an. ›Servus, Ulla! Wir waren gerade in der Gegend und haben gedacht, wir schauen mal vorbei. Wenn ihr daheim seid, haben wir gedacht, ist's gut, wenn nicht, dann haben wir Pech gehabt, aber ihr seid ja daheim.‹ Jetzt du. Als Ulla.«

»Also gut. ›Du Arschloch, meinst wohl, du lässt jahrelang nix von dir hören und schneist dann einfach so rein. Verpiss dich.‹«

Ambrosius zupft an seiner Nase. »Ach so. Meinst, die sagt so was?«

»Könnt ich mir gut vorstellen. Ich würde es jedenfalls machen.«

»Mmmm.« Ambrosius wedelt mit der rechten Hand. »Also überspringen wir den Anfang, ja? Gehen wir davon aus, dass wir den irgendwie hinkriegen.«

»Wennst meinst.«

»Kommen wir zu dem Teil mit dem Bild, okay?«

»Okay.«

»Also, ich bin wieder ich, und du bist Ulla. ›Ach, was hängt denn da, gell, das Bild hast du immer noch?‹«

»Natürlich. War ja ein Geschenk von dir.«

»Ach ja. Jetzt fällt es mir wieder ein.«

»Freilich. Du hast gesagt, das ist so viel wert wie ein Wohnmobil.«

Ambrosius schaut irritiert zu Dorothea hinüber. »Also, so habe ich es nicht gesagt.«

»Sagst du das jetzt als Ambrosius hier oder als Ambrosius bei der Ulla?«

»Ambrosius hier. Das habe ich echt nicht gesagt. Oder nicht so gesagt.«

»Ulla kann das aber so sehen.«

»Gut. Also weiter. ›Stimmt, da war mal was. Aber weißt du was, Ulla? Das ist jetzt peinlich, aber es hat sich herausgestellt, dass das Bild kein echtes Selbstbildnis von Grünewald ist.‹«

»Ach echt? Und was machen wir jetzt wegen der 20.000 Mark? Hast du sie dabei? Eigentlich wär's jetzt viel mehr, mit den Zinsen.«

»Also, so sagt die Ulla das bestimmt nicht.«

»Und wenn doch?«

»Also gut. ›Ich hätte da eine Idee. Weißt du, die Bilder, die ich jetzt male, die sind einiges wert. Ich schenke dir fünf davon, wirst sehen, das ist eine gute Investition, und das Bild hier, das ist mir echt peinlich, dass es da so hängt, das gibst mir halt dafür mit.‹«

»Fünf von deinen Großleinwandbildern? So groß kann ihr Haus gar nicht sein!«

»Etz mach halt die Ulla!«

»Gut. ›Ach weißt, Ambro, fünf Bilder von dir, ja, schön. Aber das Bild da hat einen sentimentalen Wert für mich. Das will ich behalten, auch wenn es nichts wert ist, schließlich hast du es mir geschenkt, damals, weißt schon, in unserer Zeit …‹«

»So blöd sagt das die Ulla bestimmt nicht. Mit Kopfwackeln und Augenklimpern und alles.«

»Und ob! Ich kenn sie doch. Und außerdem, nimm sie nicht dauernd in Schutz!«

»Ich nehme sie nicht in Schutz, ich will bloß, dass sie mir das Scheißbild gibt.«

»Dann mach doch du die Ulla!«

»Und du bist ich, oder was?«

»Wenn ich dir die Ulla nicht gut genug mache, ja! Und ich habe dir ja damals auch die Ulla nicht gut genug gemacht, wie man sieht, das hat die Ulla selbst gemacht, die Schlampe!«

»Oh weh«, sagt Ambrosius.

»Ja. Du kannst alleine hingehen. Ich betrete dieses Haus nicht.«

Eine Stunde später sitzt Dorothea immer noch schlecht gelaunt in der Ente. Ambrosius hat das Auto abseits der Wohnsiedlung in einem kleinen Waldstück unterhalb des Weinhangs und oberhalb von Sommerhausen geparkt. Sie und Ambrosius haben seit ihrem Rollenspiel nicht mehr miteinander gesprochen, und Dorothea weiß nicht, warum er nicht einfach bis vors Haus gefahren ist. Er will anscheinend nicht, dass das Auto gesehen wird. Es ist Dorothea aber auch ganz recht so, denn sie will Ulla nicht sehen beziehungsweise befürchtet, dass sie, wenn sie sie sieht, kratzend und beißend über sie herfällt. Dorothea hat die Seitentür aufgemacht und ihre Beine hinausgestreckt; ihre Füße ruhen auf dem Randstein.

Ein Bulldog kommt dahergerattert und fährt auf der anderen Seite an der Ente vorbei. Der Fahrer schaut herüber; der Bulldog bremst ab.

Bitte jetzt keine Bemerkung über einen Holzstoß, das ertrage ich heute nicht mehr.

Er gibt Gas und fährt weiter, weicht aus, weil Ambrosius entgegenkommt. Mit seinem Pferdeschwanz und den Cowboystiefeln. Im Holzfällerhemd, das er beharrlich in die Jeans steckt und das folglich seine beträchtliche Wampe detailgetreu abbildet, die selbst die übergroße Schnalle seines Ledergürtels zuhängt. Von vorne fällt es gar nicht so auf, aber von der Seite sieht das Ganze aus wie eine riesige Knubbelnase, die aus seinem Bauch herauswächst und über seinen Gürtel schwappt. Ambrosius denkt wohl, solange er die Jeans unter dem Bauch zumachen kann, hat er nicht zugenommen. Er winkt Dorothea zu, der müde Flügelschlag eines Vogels, gefangen in einem Ölteppich.

»Niemand da«, sagt er. Er setzt sich auf den Bordstein, Dorothea zu Füßen, zieht seine Knie heran und formt die Finger seiner beiden Hände zu einem Herz dazwischen. Er seufzt.

»Warum parken wir eigentlich hier draußen?«, fragt Dorothea.

»Das Auto ist etwas zu auffällig.«

»Ach nee.«

»Ich will mir alle Möglichkeiten offenhalten.«

»Verstehe ich nicht.«

Er nimmt einen Kieselstein und wirft damit. Dann lehnt er sich zurück, die Hände hinter seinem Kopf zusammengefaltet, und spricht zum blauen Himmel. »Wenn ich es dir erzähle, schimpfst du bestimmt wieder los.«

»Kann gut sein.«

»Die, also die Waldenmeiers, die Ulla und der Georg, sind schon länger nicht da. Vielleicht machen sie eine Weltreise oder so was.«

»Wie kommst du darauf?«

»Die Haustür ist aus Milchglas, und dahinter stapeln sich Zeitschriften und Pakete bis zur halben Höhe.«

»Verstehe.«

»Und das Scheißbild hängt über dem offenen Kamin im Wohnzimmer, kann man gut durchs Fenster sehen.«

»Ja und?«

»Na, jetzt, wo wir schon mal da sind ...«

Dorothea holt Luft. »Nein, Ambrosius, auf keinen Fall! Die ganze Reise spazieren wir sowieso am Rande eines Knastaufenthalts. Auf keinen Fall. Wir brechen da *nicht* ein.«

Der Einbruch

»Ambro!«

»Mmmm.«

»Ambro, aufstehen!«

»Ja, ja, ist schon gut.«

»Wieso muss ich dich eigentlich wecken? Es ist dein Einbruch, nicht meiner.«

»Du hast doch das Smartphone. Wie spät ist es?«

»02.30 Uhr.«

Ambrosius wirft die Bettdecke von sich, richtet sich auf, gähnt, schüttelt den Kopf, schnauft. »Wir müssen los.«

Sie sind im *Hotel Ritter Jörg* an der Ecke Hauptstraße/Maingasse. Die Ente haben sie unten am Main geparkt. Den Abend haben sie im Hotelrestaurant verbracht, sich den Vorspeisenteller geteilt, ebenso die Fischplatte, und grünen Silvaner getrunken. Alles in allem ein schöner Abend, denkt Dorothea, als sie in ihre Jeans schlüpft, aber Kunststück, das haben sie schon immer gekonnt, auch als Ambrosius mit anderen Weibern rumgemacht hat.

»Kannst du nicht ein bisschen leiser sein?«, zischt Ambrosius. »Das ganze Hotel wackelt.«

»Ich kann mich auch wieder ins Bett legen und schlafen«, flüstert Dorothea, »da bin ich ganz leise.«

»Es hilft nichts. Du musst leider Schmiere stehen.«

Die Hauptstraße ist wie ausgestorben, getaucht in das gelbe Licht der Straßenbeleuchtung. Sie laufen durch das Würzburger Tor und rechts hinauf an der Stadtmauer entlang. Alle paar Meter steht ein Pflanzkasten. Sie kommen am Friedhof vorbei, wo sich schwarze Areale zwischen den spärlicher aufgestellten Straßenlaternen auftun.

»Hast du die Taschenlampe dabei?«, fragt Dorothea.

»Ja«, sagt Ambrosius. »Ich will sie aber hier nicht benutzen. Die Augen sollen sich an die Dunkelheit gewöhnen. Außerdem wollen wir nicht auffallen.«

Dorothea stößt mit dem linken Fuß gegen einen Pflanzkasten, kommt ins Wanken und fängt sich gerade noch. »Toll. Bis meine Augen sich an die Dunkelheit gewöhnt haben, habe ich mir das Bein gebrochen. Findest du überhaupt wieder zum Haus?«

»Klar. Es geht die zwei Treppen da vorne hinauf, dann muss man zwei Parallelstraßen überqueren, und einen Weinhang hinaufsteigen. Da kommt man auf einen geteerten Weg, der links zur Straße nach Kitzingen hinausführt. Ein Stückchen nach rechts, es geht wieder leicht bergauf, dann kommt ein kleiner Felsvorsprung mit einer Baumgruppe, da geht es um die Kurve, und dahinter liegt schon der Palazzo Waldenmeier.«

»Zwei Treppen und einen Weinhang hinauf, aha. Das war ja wohl klar, dass es mal wieder hinaufgehen muss. Das habe ich fast schon vermisst.«

Sie hören ein Auto in die Straße unten einbiegen und näher kommen.

»Wir müssen uns verstecken«, sagt Ambrosius.

»Hier gibt es nichts zum Verstecken.«

»Es hilft nichts. Wir müssen uns hinlegen.«

»Hinlegen? Auf keinen Fall. Mich sieht man auch, wenn ich mich hinlege.«

»Doch, los jetzt, der Fahrer darf uns nicht sehen.« Ambrosius packt die protestierende Dorothea an den Schultern und drückt sie hinter dem nächsten Pflanzkasten nach unten. Sie fällt zuerst auf ihr rechtes Knie, dann streckt sie sich aus, gerade rechtzeitig, das Auto fährt vorbei.

»Mannomann«, sagt Dorothea, während Ambrosius ihr wieder auf die Beine hilft, »das machst du mir nicht noch mal. Was ist, wenn das jetzt die Waldenmeiers waren, auf dem Weg nach Hause?«

»Das waren nicht die Waldenmeiers, das war ein Audi A8, die Waldenmeiers fahren doch einen Porsche Cayenne.«

Dorothea tastet ihr Knie ab. Es schmerzt, aber der Sturz hat ihre neue Jeans nicht durchgescheuert. »So. Die Waldenmeiers fahren einen Porsche Cayenne. Interessant. Woher weißt du denn so genau, was für ein Auto die Waldenmeiers fahren?«

»War auf der letzten Weihnachtskarte drauf. Hast die nicht gesehen? Georg und Ulla im Porsche Cayenne in tiefstem Schnee vor dem Ortsschild von St. Moritz. Von vorne aufgenommen. Sie schaut aus der Beifahrertür heraus und er aus der Fahrertür. Wie bei so einem Ehepaar in einem Schwarzwald-Wetterhaus, wo sie bei gutem Wetter rauskommt und er bei schlechtem – und beide rausschauen, wenn das Wetter sich nicht entscheiden kann. Daher weiß ich das.«

»Echt.«

»Was glaubst du denn?«

»Du hast keinen Kontakt zu Ulla?«

»Nein.«

»Schwöre es.«

»Ich schwöre es.«

Dorothea beäugt den steilen Weg, der noch vor ihnen liegt. »Und schwöre mir, dass ich nie mehr irgendwo hinaufsteigen muss.«

»Auch das.«

»Also, bringen wir es hinter uns. Wie willst du überhaupt ins Haus reinkommen?«

»Weiß ich nicht. Hättest es halt in deinem schlauen Kasten gedingst, gegoogelt.«

»Was hätte ich deiner Meinung nach googeln sollen?«

»Na: *Wie bricht man in ein Haus ein?*«

»Das wäre bestimmt nicht sonderlich schlau. Das Internet vergisst nichts, heißt es.«

»Einmal, wenn man es brauchen könnte. Dann nehme ich halt das.« Ambrosius zieht einen großen Schraubenzieher aus seiner Jeanstasche. »Lag beim Autowerkzeug. Und das.« Er holt eine Skimaske aus der Gesäßtasche seiner Jeans. »Ist auch im Auto rumgeflogen.«

»Also weißt, Ambro, wir haben die letzten Tage viele dumme Dinge gemacht, aber das jetzt ist, glaube ich, das Allerdümmste.«

»Es hilft nichts. Ist auch das Letzte, versprochen.«

»Also gut, wenn's unbedingt sein muss.«

Zuerst ist der Aufstieg sanft. Sie überqueren die zwei Parallelstraßen, die an der Hangseite mit Wohnhäusern gesäumt sind. Dann kommt der völlig unbeleuchtete Weinhang.

»Gell«, sagt Ambrosius, »es ist schon so, dass die Augen sich daran gewöhnen.«

Dorothea stolpert wieder über den Randstein einer Wasserrinne und fällt fast hin. »Sei bloß leis«, sagt sie. »Wenn wenigstens Mondlicht wäre.« Der Mond versteckt sich hinter einer Wolkenbank über Winterhausen am anderen Mainufer; eine alte Glühbirne hinter dicken Vorhängen. Wahrscheinlich ist es gescheiter so, denkt sie sich, dann sieht man wenigstens nicht, wie steil der Hang ist.

Der wird dann noch steiler, sodass Dorothea sich an den Weinstöcken hochhangelt. Bei solchen Routen pflegte Ambrosius früher bei ihren Wanderungen in Südtirol stolz etwas von »Direttissima« zu faseln.

Und schon tönt seine Stimme durch die Dunkelheit, triefend vor Genugtuung: »Aha. Die Direttissima.«

Irgendwann stoßen sie auf die Teerstraße. Sie atmen durch und gehen nach rechts. Zunächst verläuft der Weg gerade, dann steigt er wieder leicht an. Auf der linken Straßenseite liegen zwei große Haufen Äste und kleinere Bäume, die die Leute vom Bauhof vermutlich in den letzten Tagen aus dem Wald herausgeschnitten haben und demnächst abtransportieren werden.

»Wir sind fast da«, sagt Ambrosius. »Da vorne steht es, bei der Baumgruppe da um die Ecke, wo man glaubt, dass nichts mehr kommt.«

»Wir hätten früher losgehen sollen«, sagt Dorothea. »Bis wir wieder im Hotel sind, stehen die anderen Gäste schon wieder auf.«

»Es hilft nichts«, sagt Ambrosius.

Sie laufen um die Kurve, und da liegt, angelehnt an einen Weinhang, das Waldenmeier Anwesen. Den Weinhang hat Georg auch gleich mitgekauft, und den Wein aus seinen Trauben lässt er vom Bürgerspital in Würzburg ausbauen. Jedes Jahr bekommen Ambrosius und Dorothea einen Karton mit sechs Flaschen Weißburgunder von ihren Reben, deren Etiketten mit einem Bild von Georg und Ulla und einem launigen Spruch versehen sind. Dieses Jahr war es: *Was du heute kannst entkorken, das verschiebe nicht auf morgen.*

Die Umrisse des Hauses sind in der Finsternis schwer auszumachen; Dorothea kennt es von früheren Besuchen. Es ist so groß wie eine Klinik und aus aufeinander angeordneten Elementen gebaut, die in verschiedenen Winkeln zueinander stehen; manchmal überragt das obere Element das untere, manchmal umgekehrt. Es wirkt wie ein Haufen riesiger Lego-Bausteine, die ein Kind in einem Wutanfall in die Ecke geworfen hat, und Dorothea hat sich schon immer gefragt, wie dieser Bau je genehmigt werden konnte. Die einzige Fassade, die nicht gerade ist, gehört zum riesigen Wohnzimmer im Erdgeschoss, dessen gewölbter Erker sich wie ein Schiffsbug in den Kiesvorgarten schiebt. Auf der anderen Seite des Anwesens befindet sich noch ein Wendehammer für den Porsche Cayenne, dann hört die Straße auf.

Ambrosius deutet auf den Erker. »Da drin, im Wohnzimmer, hängt das Bild, oberhalb vom Kamin. Ich gehe jetzt da rein und hole es mir, komme, was wolle, mir ist das jetzt wurscht.«

»Meinst du nicht, dass die eine Alarmanlage eingebaut haben?«, fragt Dorothea.

»Es hilft nichts«, sagt Ambrosius. »Und wenn, dauert es eh, bis die Polizei kommt.«

»Und wenn sie Überwachungskameras haben? Und wenn du noch einmal ›Es hilft nichts‹ sagst, schreie ich.«

»Ich sehe keine Kameras. Außerdem habe ich meine Skimaske. Also, hör zu: Du bleibst hier und verbirgst dich in dieser Baumgruppe, falls doch irgendwo eine Kamera ist. Und ich gehe mal nach hinten und schaue, wie ich reinkomme. Wenn du Licht im Wohnzimmer siehst, bin ich das mit der Taschenlampe. Du passt hier auf, ob jemand kommt.«

»Wie soll ich dich warnen, wenn jemand kommt?«

»Anrufen.«

»Wie denn? Du hast doch gar kein Handy.«

»Du hast doch die Waldenmeiers in deinem Handy eingespeichert. Du rufst bei denen auf dem Festnetz an.«

»Und du nimmst ab, oder was?«

»Mensch, Doro, natürlich nicht, ich höre es klingeln und haue ab. Dann bis gleich.« Ambrosius setzt die Skimaske auf und geht.

Also Schmiere stehen. Dorothea dreht sich vom Anwesen weg und schaut sich um. Unten sind die Straßen Sommerhausens gelb beleuchtet, dahinter markiert eine gelbe Linie das Ufer des Mains; auf der anderen Seite kündigt eine weitere gelbe Linie das westliche Mainufer an, und weiter rechts liegt Winterhausen, ebenfalls gelb abgesteckt. Das schwarze Band dazwischen ist der Main selbst. Oberhalb Winterhausens erhebt sich der grau-schwarze Himmel.

Dorothea friert es; sie verschränkt ihre Arme und rubbelt sich die Oberarme warm. Sie hat nur eine leichte Steppjacke an, sie hat sich bei ihrem Kleiderkauf bei AWG nicht für nächtliche Einbrüche eingedeckt. Mensch, der Einkauf, wann war das? Kann das erst vorgestern gewesen sein? Er könnte genauso gut in einem anderen Leben stattgefunden haben.

Wird sie Ambrosius verlassen? Sie wird sich auf jeden Fall eine Auszeit nehmen. Die Kinder besuchen. Und wenn Ambrosius mitwill? Überhaupt, was soll sie den Kindern sagen, warum sie ihren Vater verlassen hat? Mag sein, dass Ambrosius nicht so gerne Vater war, das war schon mehr Dorotheas Entscheidung mit den Kindern, aber er hat's doch recht gut gemacht. Auf jeden Fall lieben sie ihn. Auch wenn sie ihn durchschauen. Besser als Dorothea. »Hat der Vater irgendwas angestellt?«, ist das Erste, was sie fragen, wenn Dorothea bei ihren Videokonferenzen wieder mal bedrückt wirkt. Ob sie seine Frauengeschichten mitgekriegt haben? Ob sie deswegen so weit weggezogen sind? Ob Benni deswegen so brav und anständig ist, das glatte Gegenteil von seinem Vater? So brav, dass man sich gar nicht vorstellen kann, dass er jemals seine geliebte Lis betrügen könnte. Sie kennen sich seit der zehnten Klasse Gymnasium. Ach Gott, dass es nur so bleibt! Wenn das hier jetzt gut geht, sind Dorothea und Ambrosius morgen früh schon wieder zu Hause in Burgbernbach. Dann wird Doro gleich eine Videokonferenz mit den Kindern machen und nicht bis nächste Woche warten. Soll sie ihnen sagen, was sie und Ambro die letzten Tage getrieben haben? Wird das hier in ein paar Jahren zu den Anekdoten zählen, die Ambrosius so lustig erzählen kann? Wird er die Sonntagabendrunde in der *Weinstube Freimann* damit erheitern? *Und dann saßen wir in unserer Ente auf dem Abschleppwagen – mittendrin in einem Hochzeitskorso! Und der Fahrer des Abschleppwagens spielt Lebt denn der alte Holzmichl noch, Holzmichl noch, Holzmichl noch!* Dorothea schmunzelt. Nur ein Scheißbild noch, das wird doch noch einmal gut gehen können. Nicht beten, Doro, das wäre Heuchelei, du glaubst doch gar nicht an Gott, du kannst dich jetzt nicht einfach an ihn wenden. *Lieber Gott, Du kennst mich vielleicht nicht mehr, und ich will Dich nicht lange aufhalten, aber bitte, bitte, nur dieses eine Mal, lass uns bitte das hier durchstehen, es ist nicht wirklich klauen, das Bild gehört uns doch, und außerdem ersetzen wir es, wirklich, lass uns das hier noch durchstehen, dann glaube ich vielleicht sogar wieder an Dich.*

Ein rotes Licht an der Seitenmauer des höchsten Würfels links erhellt plötzlich das ganze Areal vor dem Haus der Waldenmeiers, es geht an und aus, und gleich darauf heult eine Sirene los, auf- und abschwellend, wie man es vom Kino kennt.

Jetzt braucht Dorothea nicht mehr anzurufen. *Ambrosius, komm raus. Auch ohne Bild.* Den gleichen Weg zurück durch die Wohnhäuser können sie jetzt nicht gehen. Aber wie dann? Weiter geradeaus, am Haus vorbei, über den Wendehammer hinaus, und dann irgendwie nach rechts durch die Weinberge wieder nach unten. Im Wohnzimmer flackert Licht, vielmehr ein Lichtstrahl, schweift im Inneren herum, fixiert eine Stelle an der Wand. Dorothea kann nicht genau ausmachen, was da hängt. Die Sirene jault weiter, unglaublich laut, und die ganze Szenerie, der hässliche Kiesgarten, durch den ein gewundener Weg aus Eichenbohlen führt, mit dem Swimmingpool davor, blitzt rot in der Dunkelheit auf und verschwindet gleich wieder im Takt der Alarmleuchte. »Ambrosius, komm raus!« Dorothea hat es laut gesagt. Das ganze Anwesen müsste bis Winterhausen sichtbar sein. Es ist wie die Hauptbühne bei einem Rolling-Stones-Konzert, kurz bevor die alten Kerle nach vorne ins Rampenlicht tigern. Dann wird es auf einmal ganz dunkel, die Kulisse blitzt weiter hinter Dorotheas Augenlidern auf, wenn sie zwinkert, nur jetzt grün, und die Sirene verklingt.

Gott sei Dank. Im Wohnzimmer ist kein Licht mehr zu sehen; Ambrosius muss auf dem Rückzug sein. Dann sieht Dorothea unten auf der Schnellstraße von links ein Blaulicht kommen, das sich schnell bewegt; es wird wohl ein Polizeiwagen aus Ochsenfurt sein. Dorotheas Blick verfolgt ihn, wie er Sommerhausen auf der Umgehung im Westen zum Main hin umfährt. Schon hört sie die Sirene. Ta-tü, ta-tü schallt es die Weinberge hoch. *Komm raus, Ambrosius!* Das Blaulicht verlässt die Schnellstraße im Norden Sommerhausens und fährt zurück in die Stadt. Dorothea kann sehen, wie der Wagen vor dem Würzburger Tor links abbiegt. Er fährt hierher, eindeutig. Er kann die steilen Wege nicht nehmen, die Ambrosius und Dorothea gegangen sind, sondern fährt im Slalom die Serpentinen hinauf; die Sirene wird immer lauter.

Wo bleibt Ambrosius? Der Polizeiwagen ist auf der letzten Kehre links unterhalb des Weinhangs, die Scheinwerfer beleuchten die unterste Reihe der Weinstöcke, dann schwenkt der Wagen nach rechts, beschleunigt und fährt aus Dorotheas Blickfeld hinaus. Gleich wird er von rechts auf dem Teerweg kommen. Immer noch keine Spur von Ambrosius. Vielleicht ist er im Fenster stecken geblieben? Soll sie nach ihm schauen? Dann werden sie alle zwei von der Polizei verhaftet. Lieber die Polizei aufhalten. Aber wie?

Mit dem Holz von den zwei Haufen am Straßenrand, natürlich! Aber schnell, sie sind gleich da ... Dorothea rennt um die Kurve und die zehn Meter zurück zu dem Stoß aus Ästen und abgeschnittenen Bäumen, packt einen dicken Ast und zieht daran. Aber er hat sich verhakt. Jetzt hört sie das Polizeiauto den Teerweg entlangkommen und sieht die Weinberge rechts davon in blaues Licht getaucht. Sie dreht den Ast hin und her, merkt, wie etwas an ihren rechten Oberarm zurückschnalzt wie ein abgerissener Gummi. Der Ast löst sich. Sie zieht ihn mitten auf die Straße; der Arm tut höllisch weh. Jetzt kann sie das Blaulicht auf dem Autodach sehen; die Scheinwerfer strahlen dank des steilen Anstiegs über ihren Kopf hinweg. Als sie den Ast loslässt und um die Kurve hastet, leuchtet er schon im Scheinwerferlicht auf.

In der Baumgruppe steht Ambrosius. »Mensch, wo bleibst du denn?«, zischt er. »Kaum bin ich fort, haust du ab.«

Er nimmt sie an der Hand, und sie laufen am Haus vorbei und über den Wendehammer hinaus. Sie hören, wie der Polizeiwagen vor der Kurve abbremst. Türen gehen auf und zu, Fußschritte hallen, die Lichtkegel von Taschenlampen wandern über das Waldenmeier-Anwesen, eine Stimme ruft: »Stehen bleiben!«

»Hast gehört? Wir sollen stehen bleiben«, sagt Dorothea. »Sonst schießen die.«

»Die schießen nicht. Das dürfen die gar nicht.«

»Was macht dich da so sicher?«

»Das war mal in einem *Tatort* so.«

»In einem? Und in den anderen?«

»Hier geht's runter. Außerdem haben die uns noch gar nicht gesehen. Das ist mehr so ein ... so ein prophylaktisches Schreien. Da fallen wir nicht drauf rein.«

»Endlich«, sagt Dorothea, als sie ein paar Stunden später, um 05.30 Uhr, wieder im Hotelzimmer sind. »So weit bin ich seit vierzig Jahren nicht mehr gelaufen. Jetzt nur noch ins Bett.« Sie sind den ganzen Weg durch die Weinberge gegangen, aus Angst, auf der Straße von der Polizei angehalten zu werden, und außerdem ganz weit nach Süden ausgewichen, um alle Wohngebiete zu vermeiden. Dann sind sie am Mainufer entlang wieder nach Norden bis zum *Hotel Anker* gelaufen und durch die Unterführung wieder in die Stadt zurückgekehrt. Ihr rechtes Knie tut weh, und ihr rechter Oberarm auch.

»Stell den Wecker«, sagt Ambrosius. »Auf 8 Uhr.«

»Spinnst du? Das sind nur zweieinhalb Stunden Schlaf.«

»Wir schlafen uns morgen im Auto aus. Wir müssen rechtzeitig zum Frühstück da sein, frisch und munter, und dürfen nicht auffallen.«

»Hast du überhaupt das Bild?«

Ambrosius langt in die Innentasche seiner Steppjacke und zieht eine Rolle heraus. Er macht sie auf, führt seine Hand zum Mund, seine Augen weiten sich, er sagt: »Um Gottes willen!«

»Was?!«

Er lacht. »Spaß!«

Vierter Teil

Skizzenbuch von Wassily Kandinsky

3. Mai
Mit dem Kopf anfangen

Klopf.
Klopf-klopf.
Klopf-klopf-klopf.
Schritte im Kies. Dann, lauter: *Klopf-klopf-klopf.*
»Was?«
Vier rosarote Knöchel einer Faust, darauf feine rote Haare, klopfen an der Beifahrerscheibe der Ente, direkt vor Dorotheas Gesicht. Dann fährt vor dem Fenster eine blaue Dienstjacke nach unten wie in einem Paternoster, und ein Gesicht mit einem roten Bart, freundlich blinzelnden Augen und einer blauen Polizeimütze obendrauf kommt zum Vorschein. »Machen Sie doch bitte mal auf«, sagt es. »Drüben habe ich es auch schon probiert. Bei Ihrem Mann. Ich nehme zumindest an, es ist Ihr Mann.«

Dorothea klappt das Seitenfenster hoch. Dabei schmerzt ihr rechter Oberarm, und alles fällt ihr wieder ein. »Was ist?«

»Alles in Ordnung bei Ihnen?«

»Ja, freilich. Warum?«

»Weil ich vor einer Stunde schon mal da war, und da waren Sie auch schon hier und hingen völlig regungslos im Auto, völlig weggedämmert.«

»Wir sind halt eingeschlafen, mein Mann und ich. Ist ja nicht verboten.«

»Ich verstehe. Hab mich nur gewundert, so mitten am Tag.«

»Das Alter wohl.«

»Ich wollt nur sichergehen. Net, dass Sie gestorben wären oder so was. Ist nicht gut für Sommerhausen, wenn die

Gäste hier tot herumliegen. Müssen wir dann wegräumen. Ja dann, einen schönen Tag noch. Übrigens, der TÜV ist überfällig.«

»Wissen wir schon«, sagt Dorothea. »Kümmern wir uns sofort darum, wenn wir daheim sind.«

Der Polizist nickt. »Ich könnte jetzt fünfzehn Euro abkassieren, aber ich habe keine Zeit. Terroristen bekämpfen, Dealer einfangen, Massenmörder verhaften. Alles, was so in Sommerhausen anfällt.«

»Alles klar«, sagt Dorothea. »Danke.«

Der Aufzug fährt wieder hoch, bis in Dorotheas Blickfeld eine blaue Jacke erscheint, die sich umdreht und entfernt.

»Was wollte der denn?«, fragt Ambrosius und gähnt.

»Sichergehen, dass wir nicht gestorben sind.«

»Dann ist es ja gut.« Ambrosius sieht dem Polizisten noch eine Weile nach. »Ein Riesenkerl«, sagt er. »Bestimmt eins neunzig.«

Ihre Blicke wandern wieder nach vorne, durch die Autoscheibe sehen sie, wie sich der Main braun und angeschwollen nach rechts schiebt. Dorothea merkt, dass der Anblick sie wieder ermüden lässt.

»Gleich zwölf«, sagt Ambrosius. »Sind wir ausgeschlafen?«

»Mehr oder weniger.«

»Ja, was meinst, Thea?« Er knufft sie in den Schenkel. »Haben wir doch gut gemacht, oder? Alles geschafft, was wir schaffen wollten. Zukunft, du kannst kommen!«

Dorotheas Smartphone klingelt. Sie holt es heraus. »Hallo?«

»Ja hallo, Ulla! So eine Überraschung!«

»Scheiße«, murmelt Ambrosius.

»Ja, Ulla, uns geht's gut, danke, euch auch?«

»Ja, so was! Nein, das gibt es doch nicht! Und sonst nichts? Woher haben die das gewusst?«

»Ach so, konnte jeder reinschauen. Wie ärgerlich! Du, der ist gleich hier neben mir. Ich geb ihn dir.« Sie reicht Ambrosius das Smartphone. »Die Ulla.«

»Servus, Ulla.«

»Aha. Ja, so was … das ist ja blöd. Wo seid ihr denn?«

»Aha, auf Kreta. Eine Bestätigung für die Versicherung?«

»Ja, ja, ist schon klar. Bloß, ich meine, das war ja nie so ganz …«

»Ja, Ulla, aber das musst schon verstehen, das kann ich net einfach so …«

»Wieso wegen dem Wohnmobil, das war doch ganz was anderes …«

»Also Ulla, da bringst jetzt was durcheinander, das eine hat mit dem anderen doch nichts …«

»Ulla, lass uns in aller Ruhe …«

»Ulla, jetzt lass mich doch mal ausreden. Ich mach dir einen Vorschlag.«

»Ja, freilich hat es was mit meinen Bildern zu tun. Die sind inzwischen …«

»Also, so kannst das nicht behaupten …« Ambrosius gibt Dorothea ihr Smartphone wieder. »Die hat aufgelegt.«

»Hab ich mir schon gedacht«, sagt Dorothea. »War gestern doch eine gute Vorübung mit mir.«

»Nicht gut genug.«

»Wie seid ihr verblieben?«

»Dass sie mich verklagt.«

»Zukunft, du kannst kommen.«

»Na ja. Sie wird sich wieder einkriegen. Komm mit.«

Ambrosius steigt aus der Ente und läuft zum Mainufer. Dorothea folgt ihm. Er schaut nach links und rechts; es ist niemand zu sehen, der Polizist ist auch verschwunden, der *Gasthof zum Anker* liegt ein ganzes Stück weiter vorne. Flussaufwärts, unter der Brücke zwischen Sommerhausen und Winterhausen, erscheint ein Riesenkussmund. Es ist der Bug eines Kreuzfahrtschiffes, unterwegs von Würzburg nach Bamberg. Ambrosius schreitet entschlossen nach vorne zwischen zwei Weiden hindurch, tritt dann vorsichtig auf die bewachsene Böschung zum Main hinunter, stellt sich auf zwei flache Steine, die aus dem Wasser ragen, und holt das aufgerollte Bild aus seiner Jackentasche.

»Ich will's mal sehen«, sagt Dorothea von oben auf der Böschung.

Er dreht sich um und reicht es ihr hinauf. Sie rollt es auf. »Selbstbildnis«, sagt sie. Auf dem Bild schaut Ambrosius genauso, wie er es Dorothea im Auto vorgemacht hat. Wann war das gleich? Kann es erst vorgestern gewesen sein? »Wie kann Ulla glauben, dass das ein Bild von Grünewald ist? Das bist ganz klar du. Ach so, ja, wegen der Signatur.« Sie betrachtet das Bild eingehend, während Ambrosius auf seinen zwei Steinen wackelt, und die Arme seitlich ausstreckt, um das Gleichgewicht zu halten. »Du schaust aus, als ob du an was Schönes denkst. An was denkst du gerade? Ach, ich will's doch lieber nicht wissen.«

»Wenn du das Bild zerreißen willst, kannst du das gerne machen«, sagt Ambrosius. »Aber dann komme ich wieder hoch, und du musst hier herunter, damit die Schnipsel wirklich im Wasser landen.«

»Machen wir's zu zweit«, sagt Dorothea. »Das hat was von einem Exorzismus.«

»Meinetwegen. Dann komm runter. Aber vorsichtig. Siehst du die zwei anderen Steine da, rechts vor mir, stell dich da drauf.«

Dorothea tastet sich vorsichtig die Böschung hinunter. In Ufernähe liegen gelbe Steine im Main. Manche schauen aus dem Wasser heraus, andere sind vom Fluss bedeckt. Die zwei Brocken etwas versetzt neben Ambrosius wirken vertrauenserweckend; trocken und groß genug, um sich daraufzustellen. Ambrosius reicht Dorothea eine Hand, und hält sie, bis sie sicher auf ihnen steht. Inzwischen ist das Kreuzfahrtschiff auf ihrer Höhe, weiß und unglaublich lang. Es schiebt sich gegen den Strom und pflügt sich mit einer hohen Bugwelle, die fast bis zur Unterkante der unteren Kussmund-Lippe reicht, durchs Wasser. *A-Rosa Silva* steht daneben; oben sind einige Passagiere an Deck.

Dorothea nimmt das Blatt, dreht es zur Seite und zerreißt es in der Mitte, die Trennlinie verläuft genau durch Ambrosius' Hals. Sie gibt Ambrosius die untere Hälfte mit seinem Torso darauf und behält die Hälfte mit seinem Kopf. Heute trägt sie Leinen und schaut aus wie ein Schiffsegel, aufgeblasen vom Wind.

»Jeder die Hälfte«, sagt sie. »Weißt du noch, wenn ich früher ein Osterlamm gebacken habe, wie die Miri sich schwertat, in den Kopf zu schneiden und ihn zu essen? Alles andere hat sie abgeschnitten, ewig am Rumpf rumgesäbelt, bis nur noch der Kopf auf dem Teller lag und sie angeschaut hat. Dann konnte sie ihn erst recht nicht anschneiden.«

Das Kreuzfahrtschiff ist inzwischen fast ganz vorbei.

»Was willst denn damit sagen?«, fragt Ambrosius.

»Dass man mit dem Kopf anfangen muss.« Dorothea zerreißt ihre Hälfte genüsslich genau zwischen Ambrosius' nach oben schielenden Augen, dann noch mal seitlich und noch mal von oben und noch mal seitlich, und wirft die Papierstücke in den Fluss.

»Macht dir wohl Spaß, was?«, sagt Ambrosius, während er seine Hälfte ebenfalls zerreißt und in den Fluss wirft.

Vom Heck der *A-Rosa Silva* winken ihnen einige Passagiere zu.

Dorothea wirft die letzten Schnipsel weg und winkt zurück. Im gleichen Moment erreicht die erste Bugwelle ihren rechten Fuß, vor lauter Schreck hebt sie ihn hoch, gerät ins Wanken, schreit »Aaaaaa!«.

Ambrosius packt sie mit seiner rechten Hand, kommt aber selbst aus dem Gleichgewicht, seine Knie wackeln ein paarmal ganz schnell hin und her, wie bei irgendeinem obskuren Jazz-Tanz aus den Zwanzigerjahren. Er lässt Dorotheas Hand los und fällt kopfüber ins Wasser. Es ist nicht gefährlich, er kommt gleich wieder auf die Füße; den Bushwacker-Hut, der abzudriften droht, fängt er wieder ein. Von den Passagieren der *A-Rosa Silva*, die sich nach links aus der Szene stiehlt, schwappt eine Welle des Lachens, des Applauses und des Pfeifens herüber. Ambrosius verbeugt sich.

Dorotheas Smartphone klingelt. »Siehstes«, sagt sie, »gut, dass ich nicht hineingeflogen bin.« Sie tastet sich vorsichtig die Böschung wieder hinauf und holt das Smartphone heraus. *Unbekannt* steht da. Sie nimmt das Gespräch an. »Hallo?«

»Ja, mein Mann ist da, und wer sind Sie?«

»Tut nichts zur Sache, aha, dann weiß ich schon, wer Sie sind. Sie sind der, der uns das kleine Arschloch auf den Hals gehetzt hat, stimmt's? Woher haben Sie meine Nummer?«

»Tut auch nichts zur Sache, soso.«

Ambrosius schleppt sich inzwischen wassertriefend an Land und schüttelt seinen Hut aus. »Wer ist es?«

»Es ist das Arschloch mit der tiefen Stimme«, sagt sie. »Er will mit dir sprechen. Willst du mit ihm sprechen?«

»Es gibt nichts zu besprechen«, sagt Ambrosius. »Er kann mir nichts anhaben. Und ich will nichts mit ihm zu tun haben.«

»Haben Sie das gehört?«, fragt Dorothea.

»Aha.« Sie gibt Ambrosius das Phone.

»Was wollen Sie?«, fragt Ambrosius.

Er hört eine Weile zu. Dann gibt er Dorothea das Handy zurück und schaut hinunter auf seine Füße. Um sie herum hat sich eine Pfütze gebildet.

»Doro«, sagt er und räuspert sich, »wir müssen nach Rothenburg fahren.«

Nachbarschaftshilfe

»Wie du dir sicher sein kannst? Weil ich es dir doch schwöre«, sagt Ambrosius.

Er hat sich umgezogen, sie sind weitergefahren, die Ente hat sich mühsam den Südhang des Mainufers bei Marktbreit hinaufgequält, und jetzt fahren sie die A 7 entlang. In Richtung Rothenburg. Über der ganzen Landschaft hängt ein grauer Vorhang von Regen, durch den Dörfer, Kirchtürme, Windräder und Silos schimmern.

»Du hast mir schon eine ganze Menge geschworen«, sagt Dorothea. »Und gelogen.«

»Ich habe nicht gelogen. Ich hab gesagt, es gibt kein gefälschtes Bild mehr, und das stimmt. Von Büchern war nicht die Rede.«

»Ja«, sagt Dorothea. »Das stimmt. Meine Schuld. Ich bin halt nicht darauf gekommen, dass du auch noch Bücher gefälscht haben könntest.«

»Ich konnte ja nicht wissen, dass der Typ auf das Skizzenbuch stößt.«

»Ambrosius, weißt du was? Ich war fast so weit, bei dir zu bleiben. Aber das ist jetzt wirklich das Allerletzte. Jetzt ist wirklich Schluss.«

»Doro, was soll ich sagen? Ich hätte nie gedacht, dass das Skizzenbuch eine Rolle spielen würde. Wie kommt der Kerl nur darauf? Ich verstehe es nicht. Aber zum Glück weiß er nicht, wo es ist. Das ist unsere Chance.«

»Du sagst, dass er glaubt, das Buch würde sich in Nürnberg befinden.«

»Ja. In den Kunstsammlungen.«

»Es ist aber im Staatsarchiv der Bayerischen Kunst in Rothenburg, behauptest du.«

»Genau.«

»Und jetzt erzähl mir mal, wie es dahin kommt.«

Ambrosius holt aus. »Also, du kennst den Bill.«

»Freilich kenne ich den Bill. Der war zwanzig Jahre lang unser Nachbar.«

»Dann weißt ja auch, wie kaputt sein Dach war«, sagt Ambrosius, »und dass seine Frau dauernd gejammert hat, dass es renoviert werden müsste. Und wie der Bill gesagt hat, ja, ja, aber wir haben kein Geld.«

»Aber die haben es doch renoviert.«

»Eben.«

Dorothea verschränkt die Arme. »Ich ahne Schlimmes.«

»Also, es war so: Der Bill war ja ein Ami, und sein Onkel war bei den amerikanischen Truppen, die 1945 in Rothenburg einmarschiert sind. Dieser Onkel war Offizier und einquartiert bei einer Rothenburger Familie, die sich auf den Dachboden zurückziehen musste. Die Rothenburger haben, wie alle anderen, nichts zum Essen gehabt und sind dauernd zu den Amis gerannt und wollten irgendwas tauschen. Besteck, Porzellan, Zinnteller, Bilder, Bücher. Eines Tages kam die Tochter der Familie zu ihm, mit einem Skizzenbuch, das hätte sie auf dem Dachboden gefunden.«

Dorothea unterbricht. »Du sagst ›Es war so …‹. Was bitte heißt ›Es war so …‹? War es so, oder hätte es so sein können?«

»Also gut. Es hätte so sein können.«

»Danke. Und wie war es weiter? Oder wie hätte es weiter sein können?«

Ambrosius nimmt die Geschichte wieder auf. »Der Onkel blättert das Buch durch, denkt, was soll das? Lauter

Skizzen, nicht einmal ein fertiges Bild, hat aber Mitleid mit dem Mädchen und gibt ihr eine Stange Lucky Strikes, die sie für Essen umtauschen kann.«

Nach der Autobahnausfahrt Bad Windsheim steigt die Autobahn erneut an, und die Ente kriecht wieder asthmatisch einer Lastwagenkolonne hinterher.

»Also, der Bill«, erzählt Ambrosius weiter, »ist wieder mal bei seinem Onkel in Florida zu Besuch, findet das Skizzenbuch, denkt, oha, die Skizzen sehen aber nach Kandinsky aus, fragt den Onkel aus, bringt das Buch nach Deutschland zurück, fährt nach Rothenburg, stellt fest, dass Kandinsky tatsächlich in Rothenburg war, und zwar im November 1903 mit seiner Geliebten Gabriele Münter, und dass die noch dazu in genau dem Haus, das damals eine Pension war, gewohnt haben. Das Skizzenbuch trägt nirgendwo seine Unterschrift, aber die Skizzen sind eindeutig in seinem Stil, und die Seiten sind datiert auf den 5., 6., und 7. November 1903. Das Papier und der Einband stammen nachweislich aus der Zeit vor dem Ersten Weltkrieg, der Weg des Buches ist zurückverfolgbar, die Skizzen sind eindeutig Vorstudien zu späteren Werken von Kandinsky. Bill taucht also mit dem Buch und der Legende drumherum im Staatsarchiv der Bayerischen Kunst in Rothenburg auf, das ja von der Bayerischen Staatsregierung den Auftrag hat, alle Bücher, die mit Kunst und Künstlern in Bayern zu tun haben, zusammenzuführen und aufzubewahren, also Bill taucht da auf, zeigt dort das Skizzenbuch und fragt, was es wert sein könnte. Die behalten das Buch ein paar Wochen, lassen es von ihren Experten begutachten, und, siehe da, es war denen so viel wert, dass er sein Dach davon renovieren konnte.«

»Und nichts hat an der Geschichte gestimmt?«, fragt Dorothea. »Außer dass der Bill ein Ami war.«

»Nichts.«

»Kein Onkel von Bill in Rothenburg.«

»Nein. Irgendeinen Onkel wird er schon gehabt haben, der Bill, aber keinen, der jemals in Rothenburg war. Außer vielleicht als Tourist auf einer Busreise, Europa in acht Tagen oder so was.«

»Kein Kandinsky in Rothenburg.«

»Ach so, ja, doch, das ist es ja gerade, Kandinsky war mit Gabriele Münter 1903 in Rothenburg. Für so eine Legende brauchst du ein Skelett an Wahrheit, die du mit erdichteten Muskeln und Organen ausschmücken kannst.«

Dorothea schüttelt den Kopf. »Ich erschaudere immer wieder, wie raffiniert du vorgehst. Ja, die wirkt schon sehr überzeugend, die Legende, muss ich zugeben. Wer hat sich das ausgedacht, du oder der Bill?«

»Ich.«

»Man könnte fast stolz auf dich sein.«

Ambrosius nickt zufrieden. »Hat mir damals auch gut gefallen.«

Rechts erscheinen die Türme, die Giebel und die Stadtmauer von Rothenburg, unwirklich wie der gemalte Hintergrund einer Filmkulisse.

»Weißt du, wie wir früher mit den Kindern ›Wer sieht Rothenburg zuerst‹ gespielt haben?«, fragt Dorothea.

»Klar«, sagt Ambrosius. »Und ich habe immer gewonnen. Kinder müssen lernen, mit Enttäuschungen zu leben.«

Und Ehefrauen auch, denkt sich Dorothea. »Was hast du davon gehabt?«, fragt sie.

»Na, gewonnen halt.«

»Ich meine, was hast du von dem Skizzenbuch gehabt?«

»Ach so«, sagt Ambrosius. »Du hast auch was davon gehabt. Unseren Gartenteich.«

»Den Gartenteich? Ich fass es nicht.« Dorothea vergräbt das Gesicht in ihren Händen. »Ich dachte, der Bill hilft dir einfach, wie es Nachbarn eben tun. Nachbarschaftshilfe halt.«

»Tja. So gesehen, war das Skizzenbuch auch Nachbarschaftshilfe. Alles Nachbarschaftshilfe, kann man sagen.«

»Da hast du jetzt einen Knick in der Logik, das weißt aber schon. Na ja. Vom Bill hast wenigstens nichts mehr zu befürchten. Wann ist er gestorben?«

»2013.«

»Also, pass auf, Ambrosius. Ich fahre jetzt noch nach Rothenburg mit. Es ist ja kein großer Umweg. Ich helfe dir aber nicht, in keinster Weise, ich laufe höchstens ein bisschen herum, im schönen Rothenburg, und wenn du auch das noch hinkriegst, und dann fällt dir wieder was ein, was du gefälscht hast, dann fährst du alleine weiter, und ich nehme einen Bus oder einen Zug oder ein Taxi und fahre nach Hause.«

Ambrosius nickt. »Alles klar. Da kommt aber nichts mehr. Wirklich nicht.«

»Werden wir sehen«, sagt Dorothea. »Und jetzt erzähl mir: Wie willst du das schaffen?«

»Es ist ein Archiv und auch eine Bücherei. Alle bayerischen Künstler, die in die Künstlersozialkasse einzahlen, sind automatisch Mitglieder dort. Ich gehe da hin, zeige meine Mitgliedskarte«, Ambrosius patscht auf den Geldbeutel in seiner rechten Jeanstasche, »und leih mir ein Buch aus.«

Narrengold

Das ist Ambrosius' Plan:

1. Ein Teppichmesser, Gewebeband und doppelseitiges Klebeband in einem Baumarkt kaufen. Der Markt muss groß sein, mit mehreren Kassen, damit Ambrosius möglichst nicht in Erinnerung bleibt.

2. Kandinskys Skizzenbuch im Staatsarchiv der Bayerischen Kunst finden.

3. Ein zweites Buch finden, das groß genug ist, um das Skizzenbuch darin zu platzieren, und auch außerhalb der Bibliothek zu kaufen ist, am besten gebraucht.

4. Einen Platz in der Bibliothek finden, wo er ungestört arbeiten kann.

5. Den Magnetstreifen im Skizzenbuch entfernen und an der Stelle im Regal zurücklassen, wo das Buch stand.

6. Mit dem Teppichmesser ein Loch, so groß wie das Skizzenbuch, in die Seiten des zweiten, größeren Buchs schneiden, die Innenseiten um das Loch mit Gewebeband zusammenkleben und die intakten Seiten vor und nach dem Loch mit dem Klebeband am Skizzenbuch befestigen.

7. Das größere Buch ausleihen. Der Bibliothekar oder die Bibliothekarin wird den Magnetstreifen des äußeren Buches entsichern.

8. Durch die Schranke gehen, die nicht auf das Embryo im Bauch des größeren Buches reagieren wird, weil der Magnetstreifen ja noch in der Bibliothek ist.

9. Draußen das ausgeliehene Buch nochmals kaufen, den Magnetstreifen und die Ausleihkarte in das neue Buch einfügen und irgendwann vor Ablauf der Leihfrist zurückbringen.

10. Die Bibliothek nie mehr betreten. Irgendwann wird man das Skizzenbuch vermissen, aber das wird hoffentlich Wochen oder Monate dauern, und nichts wird auf Ambrosius Siebenhaar deuten.

Das Staatsarchiv der Bayerischen Kunst befindet sich im Dachgeschoss des RothenburgMuseums im Klosterhof. Man kommt nur nach Voranmeldung hinein – oder mit einer Mitgliedskarte der Bayerischen Künstlersozialkasse. Die Räumlichkeiten sind nicht besonders schön, nichts erinnert hier an die Geschichte des mittelalterlichen Klosters, ganz im Gegensatz zu den drei Stockwerken darunter. Alles ist zweckmäßig eingerichtet, mit einfachen Metallregalen ausgestattet und von grellen Neonröhren beleuchtet. Als Arbeitsplätze dienen wackelige Plastiktische und -stühle, und die Gänge zwischen den Regalen sind eng. Das Archiv ist zum Forschen gedacht, und nicht, um Touristen zu unterhalten. Eigentlich sieht alles eher nach Unterfinanzierung aus, denkt Ambrosius, und wundert sich, woher das Geld damals gekommen ist, das für Bills Dach gereicht hat.

Nur eine Aufsichtsperson sitzt vorne beim Eingang, eine Dame um die fünfzig in weißer Bluse und mit rotem Halstuch, die Haare dauergewellt und schwarz gefärbt, freundlich, zufrieden und dicklich wie eine gut gefütterte Hauskatze. In der ersten Regalreihe stöbert sich eine kleine, dunkelhaarige Frau durch die Biografien; sonst ist niemand da außer Ambrosius. Es ist 14.17 Uhr, und er ist bei Punkt 5: den Magnetstreifen entfernen. Es gibt im Staatsarchiv Bücher, die man ausleihen kann, und Bücher, die man nur im Archiv lesen darf. Das angebliche Skizzenbuch von Kandinsky zählt natürlich zur zweiten Kategorie. Es stand in einer Vitrine in der letzten Reihe, frei zugänglich. Seinen

Standort hat Ambrosius im Computer im Mittelgang herausgefunden, der zum Glück ganz leicht zu bedienen war. Ambrosius hätte das Skizzenbuch fast nicht erkannt, weil es mittlerweile mit einem anderen, doppelten Einband versehen ist: Auf dem neuen Leineneinband steht vorne *Skizzenbuch*, und an der rechten Seite befindet sich eine Schnur zum Zubinden. Ein Buchbinder hat dem Werk dann noch mal zusätzlich einen Ledereinband verpasst, damit die Skizzen im Original auch wirklich gut geschützt sind; und um den Magnetstreifen unterzubringen, der ja nicht nachträglich in ein so wertvolles Dokument eingefügt werden darf.

Jetzt sitzt Ambrosius mit dem Rücken zum Mittelgang am Tisch zwischen der hinteren Wand und der letzten Regalreihe und hat nach zwanzig Jahren das Buch wieder vor sich. Es ist, wie wenn man nach langer Zeit in die alte Heimat zurückkehrt und einen Freund von früher wiedertrifft, der jedoch keinen Tag älter geworden ist, nur man selbst ist ins Alter vorausgewackelt. Ambrosius hat eigentlich keine Zeit zum Nachdenken, aber er kommt nicht umhin; das Buch ist wie ein Gruß aus seiner Vergangenheit, der zugleich auch ein Vorwurf an ihn ist. *Hallo, Ambrosius, hast du immer noch die alten Tricks auf Lager?*

Erstanden hat Ambrosius das querformatige Skizzenbuch bei der Versteigerung der alten Bestände von Schreibwaren Hirsch in Burgbernbach nach der Geschäftsaufgabe. Da war eine Schachtel mit der Aufschrift *Vorkriegsskizzenbücher, 1 DM das Stück*. Zehn hat er damals gekauft. Zwei hat er zum Üben für das Kandinsky-Skizzenbuch gebraucht. Also stehen noch sieben irgendwo zu Hause herum und warten auf ihn. Die wird er gleich entsorgen, wenn er heimkommt. Nicht, dass sie ihm zurufen: *Hey, Ambrosius, wir sind noch da. Aus der Vorkriegszeit. Wir bestehen jede forensische*

Überprüfung. Ideal für Die Brücke *und den* Blauen Reiter. *Komm, fülle uns mit Studien von Emil Nolde, Max Pechstein, Franz Marc oder August Macke. Sie selbst haben es zu Lebzeiten nicht mehr geschafft, aber du kannst es nachholen. Nur dir trauen wir das zu, Ambrosius.*

Im Augenblick wäre er für ihren Sirenengesang nicht empfänglich, jetzt, wo er mit seiner Farbmassenmalerei so einen Erfolg hat, wo Ambrosius der Mensch mit Ambrosius dem Künstler eins ist. Aber so wird es nicht bleiben, es kommen ja sicher wieder andere Zeiten im Bergwerk der Kunst, wenn die Goldader vollständig abgebaut ist und Ambrosius verzweifelt in der düsteren Grube umherstolpert. Und die dunklen Zeiten dauern erfahrungsgemäß länger als die goldenen. Manche Künstler bauen ihr Leben lang Gold ab; manche, die Unglückseligen, die nur mit dem brennenden Wunsch ausgestattet sind, Künstler zu sein, und nicht mit dem Talent, werkeln zeitlebens im Dunklen. Die meisten sind wie Ambrosius und kennen beides. Und malen muss er auch in den dunklen Zeiten, also beutet er fremdes Gold aus und wandelt es in Narrengold um. Wie ein Komponist, der in inspirationslosen Zeiten anfängt, die Musik von anderen Komponisten zu spielen, dann ein paar Noten ändert und das Ergebnis als ein neues, unbekanntes Werk ausgibt.

Und dann gibt es da noch die Zeiten, in denen Ambrosius nur denkt, er wäre auf eine Goldader gestoßen, aber in Wirklichkeit ist es nur Narrengold. In diesen Zeiten braucht er Doro; sie kennt den Unterschied zwischen echtem Gold und Narrengold, wenn er ihn selbst nicht wahrnimmt.

Was soll er ohne sie bloß machen?

Ein plötzliches Stimmengewirr von vorne; eine Gruppe muss gerade ins Archiv gekommen sein.

Ambrosius löst die Schnur und schlägt das Skizzenbuch

auf. 6 X 03 steht da, also 6. November 1903, geschrieben in gerundeten, sich nach rechts lehnenden Zahlen und Buchstaben, genauso, wie Kandinsky seine Briefe datiert hat. Als Ambrosius das sieht, fällt es ihm wieder ein: Er ist sogar zum Münter-Haus nach Murnau gefahren, um Kandinskys Handschrift zu fotografieren. Dann kommen Seiten voller Skizzen von Rothenburg, vom Burggarten aus gesehen. Und später genauso viele von einer Weggabelung im Taubertal unterhalb der Stadtmauer aus. Klar, die zweiten sollten Vorstudien für das berühmte Bild *Alte Stadt II* darstellen. Und die ersten wohl für das verschollene oder nie fertiggestellte *Alte Stadt I*. Fehlte nur noch, dass Ambrosius das erste Bild selbst gefälscht hätte. Oder hat er es sogar schon gemalt? Er gräbt in seinen Erinnerungen. Nein, hat er nicht. Sicher nicht? In letzter Zeit hat er Bücher in seiner Bibliothek gefunden, Taschenbücher mit rissigem Rücken, die er offensichtlich irgendwann einmal gelesen hat, an deren Inhalt er sich jedoch überhaupt nicht erinnern kann. Aber das wüsste er doch noch, wenn er *Alte Stadt I* gefälscht hätte, oder? Sicher. Ziemlich sicher.

Aber jetzt reicht es mit dem Abschweifen in Erinnerungen; er muss das hier schnell durchziehen.

Von vorn dringt nun die Stimme der Bibliothekarin herüber, gefolgt von Schritten. Sie macht offenbar eine Führung.

Ambrosius ermahnt sich selbst: Los, den Magnetstreifen entfernen! Er kann nicht im eigentlichen Skizzenbuch sein, er muss im Einband sein. Vorne, nein, hinten, ja, in der inneren Falte des hinteren Vorsatzes spürt man eine längliche Erhebung. Ambrosius reißt den Vorsatz vorsichtig auf, und da erscheint der Streifen, in Klebefolie gewickelt.

Er zieht ihn heraus; es ist wie beim Filetieren einer Forelle. Er legt den Magnetstreifen in die Vitrine, dorthin, wo das

Skizzenbuch stand; zwischen die beiden Bücher *Gabriele Münter in Murnau* und *Kalendergeschichten* von Oskar Maria Graf.

Die Stimme der Bibliothekarin wird lauter; die Gruppe kommt näher.

Er klappt das zweite, größere Mutterbuch ziemlich am Ende auf. Es ist sogar ein Titel, den er selbst zu Hause hat, und es ist fast genauso abgenutzt: *München – Kunst & Architektur, Band 1* vom Könemann Verlag. Es wird also kein Problem sein, ein geeignetes Ersatzexemplar zurückzubringen. Er legt das Skizzenbuch darauf. Vier Schnitte; oben, rechts, links, unten – Scheiße, er hat sich in den Daumen geschnitten, der Schmerz schwillt an, vielleicht hat er Glück und es kommt kein Blut? Doch Blut, verdammt. Panik, die ihn erstarren lässt, er fühlt sich wie ein Hase im Scheinwerferlicht. Er schaut wie gelähmt zu, wie Blut herausquillt, sich zu einem riesigen Tropfen zusammenballt, um den Daumen herum rinnt – und fällt. Mit einem leisen Geräusch landet es mitten auf dem Skizzenbuch, verteilt sich über das Leinen und sammelt sich in den geprägten Buchstaben, sodass die zwei Zs in der Mitte zu einem großen roten O werden. Wieder quillt Blut aus dem Schnitt in seinem Daumen.

Reiß dich zusammen, Ambro! Gewebeband raus aus der Manteltasche, ein Stück abgerollt und abgebissen, auf den Daumen geklebt. Gut. Die Gruppe ist schon in der vorletzten Bücherregalreihe; er sieht die einzelnen Gestalten durch die Bücher und hört, wie die Bibliothekarin etwas über den Groll erzählt, der in München entstanden ist, als klar wurde, dass das Archiv nach Rothenburg kommt.

Skizzenbuch weggelegt, die losen Blätter aus dem Mutterbuch herausgeholt und in die Manteltasche gestopft. Die Innenflächen des ausgeschnittenen Lochs links und rechts mit dem Gewebeband zusammengeklebt, das Skizzenbuch ins Loch gelegt, passt, die oberen und unteren Seiten mit dem doppelseitigen Klebeband fixiert, sodass das Skizzenbuch richtig fest im Mutterleib liegt.

»Und hier hinten haben wir das Wertvollste, was das Archiv zu bieten hat«, erzählt die Bibliothekarin, und ihre Stimme schwillt an, als sie um die Ecke kommt. »In dieser Vitrine stehen Einzelexemplare, die nicht ausleihbar sind.«

Klebebänder und Teppichmesser eingesteckt. Er wirft einen letzten Blick auf die Tischplatte, sieht einen Tropfen Blut, wischt ihn mit dem Ärmel weg. Dann dreht er sich um.

»Ah, da haben Sie sich versteckt«, sagt die Dame. »Ich habe schon gedacht, Sie hätten sich mit einem unserer kostbaren Schätze aus dem Staub gemacht.«

Die Gruppe kichert, Ambrosius lacht.

»Haben Sie was gefunden?«

Ambrosius hebt den Bildband hoch. »Ja, das würde ich gerne ausleihen.«

»Das mache ich schnell zwischendurch. Sonst müssten Sie ewig warten.« Zu der Gruppe, die aus älteren Frauen besteht, sagt sie: »Ich bin gleich wieder bei Ihnen.« Die Damen schauen etwas verunsichert drein, und leicht ungeduldig, als ob sie sich mit der Führung vertan hätten und doch lieber in Käthe Wohlfahrts Weihnachtsmarkt gegangen wären.

Ambrosius steht auf, nimmt das Buch unter den Arm, quetscht sich entschuldigend durch die Gruppe und folgt der Bibliothekarin zu ihrem Arbeitsplatz vorne.

Sie nimmt hinter dem Tresen Platz, setzt ihre Brille auf und streckt die Hand aus. »Ihre Karte, bitte.«

Ambrosius gibt ihr seine Mitgliedskarte. Während sie mit einem Handscanner eingelesen wird, legt er das dicke Buch auf den Tresen, vorne offen. Das Skizzenbuch ist weiter hinten eingebettet, sodass die Bibliothekarin im größeren Buch am Anfang noch etwas weiterblättern kann, ohne dass es auffällt. Wenn sie es aber in der zweiten Hälfte öffnet, wird sie merken, dass etwas nicht stimmt. Sie fährt mit dem Scanner über die Magnetkarte, nimmt das Buch, schließt es, schiebt es in ein briefkastenähnliches Fach, es piepst, sie gibt Ambrosius das Buch wieder, lächelt und sagt: »Viel Spaß.«

»Danke. Auf Wiedersehen, bis bald.« Fast geschafft. Jetzt nur noch durch die Ausgangsschranken, die geöffnet sind. Ambrosius läuft auf sie zu, sie schließen sich vor seiner Nase, und ein Piepton hallt durch die Bücherei. Die Schranken reichen ihm bis zu den Hüften. Darüber springen? Unten durchrutschen?

»Moment«, sagt die Bibliothekarin.

Ambrosius dreht sich um. Sie sitzt an ihrem Schreibplatz, schaut zu Ambrosius und wackelt mit dem Kopf hin und her, als ob sie an ihm vorbeischauen will. Hinten steht die Frauengruppe und schaut ebenfalls zu ihm her. Mit Entsetzen sieht Ambrosius, dass die rechte Glastür der Vitrine, aus der er das Skizzenbuch geholt hat, offen steht.

»Ach«, sagt die Bibliothekarin, die jetzt mit der linken Wange auf dem Tresen aufliegt. »Das Licht ist rot.« Sie bückt sich unter den Tisch und ist nicht mehr zu sehen.

Ambrosius deutet mit dem Zeigefinger nach hinten auf die Vitrine und macht eine schließende Bewegung mit seiner Hand. Eine Dame aus der Gruppe zeigt auf die offene Tür; er nickt, sie schließt die Tür, er zeigt ihr »Daumen hoch«, es klickt, die Schranken gehen auf, der schwarzgelockte Kopf der Bibliothekarin taucht wieder aus der Versenkung auf. »Das passiert öfter«, sagt sie. »Das müsste alles mal neu gemacht werden, aber der Staat gibt ja kein Geld für das Archiv aus.«

Irgendwas ist komisch

Schon von Weitem sieht Ambrosius Dorothea. Sie lehnt sich gegen die Ente auf dem Parkplatz am Bezoldweg unterhalb der Stadtmauer, die hier an der Nordseite hoch und wuchtig den Blick auf die Schätze der Stadt verwehrt. Sie trägt ein blaues Kleid und blaue Sneaker. Hübsch. Sie lächelt, als sie ihn sieht, dieses Lächeln, bei dem sie nur den linken Mundwinkel hochzieht. Ihr Kompromisslächeln. Zwischen Reflex und dem Versuch, es zu unterdrücken.

Sie breitet die Arme aus. »Na, was sagst? Neu eingekleidet. Endlich was Gescheites.«

»Wie teuer?«, fragt Ambrosius.

»Teuer. Wir haben kein Geld mehr.«

Wie oft hat er sie so gesehen? In dieser Haltung? Seit vierzig Jahren wartet sie so auf ihn. Gut, sie hat sich im Lauf der Jahre immer weiter ausgebreitet und deckt immer mehr von der Ente zu, aber sie kann ihre Pfunde gut kaschieren, und wenn nicht, wenn sie nackt ist, so wie ... wann war das? Erst vorgestern Nacht? – dann gefällt sie ihm auch noch. Und immer noch kommt ein Gefühl der Freude auf, wenn er sie so sieht, so gegen die Ente gelehnt. Oder überhaupt.

Nur heute nicht so. Irgendwas ist komisch, und es hat nichts mit Doro zu tun.

»Und?«, fragt sie, als er auf sie zukommt. »Hast es?«

Ambrosius zeigt ihr den Bildband.

»Das ist doch kein Skizzenbuch. Das haben wir doch zu Hause.«

Ambrosius macht das Buch in der zweiten Hälfte auf, zieht das Klebeband weg, und das Skizzenbuch erscheint.

»Ah«, sagt Dorothea. »Ich sag ja, deine Verschlagenheit ist beunruhigend. Und? Bist erleichtert? Schaust nicht wirklich erleichtert aus.«

»Nee«, sagt Ambrosius. »Irgendwas ist komisch.«

»Mmh. Ich habe versucht, Vinzenz anzurufen. Er hebt nicht ab.«

»Was wolltest du ihm sagen?«

Sie schürzt die Lippen. »Ich weiß nicht. Einfach anrufen.«

»Der wird halt unterwegs sein.«

»Ich habe ihn auf seinem Handy angerufen.«

Ambrosius macht die Hintertür der Ente auf und legt das Buch hinein. »Ich sag ja, irgendwas ist komisch.«

»Was ist komisch? Fliegen doch noch Fälschungen von dir irgendwo herum?«

»Nein.«

»Dann sind wir aus dem Schneider.«

»Ja. Aber es fühlt sich nicht so an.« Ambrosius richtet sich wieder auf. »Willst du jetzt wirklich ausziehen?«

Dorothea verschränkt die Arme. »Weiß ich nicht. Ich meine, du könntest ja auch ausziehen.«

»Hm, ach so. Fahren wir erst mal nach Hause, ja?«

»Gut.«

Ambrosius haut mit dem Fuß gegen die vordere linke Felge. »Und wenn ich ein gescheites Auto kaufe?«

»Wäre mal ein Anfang, ja. Ich mache mir aber Sorgen wegen Vinzenz.«

»Was soll mit ihm sein?«

Dorothea schüttelt den Kopf. »Ich weiß es nicht. Irgendwas ist komisch.«

Samo und Luana sitzen im VW Golf bei der Einfahrt zu Mercedes Korn vor Rothenburg und beobachten den stadtauswärts fahrenden Verkehr, Samo im Rückspiegel und Luana im Seitenspiegel. Gestern haben sie die Nacht in Nürnberg verbracht, Samo in seinem Zimmer, Luana in einem Hotel. Heute früh hat Samo das Auto in einer Seitengasse in der Nähe des Klosterhofs geparkt und dort auf Luana gewartet. Sie hat das Staatsarchiv für Bayerische Kunst nach Ambrosius verlassen, war aber wegen des kürzeren Wegs schneller beim Golf als er bei der Ente, sodass sie vor Ambrosius und Dorothea losfahren konnten.

»Ist das alles Originalware, was du anhast?«, fragt Luana. »Das sind richtig teure Marken.«

Endlich hat sie es bemerkt. Samo trägt heute knallweiße Sneakers von Balmain, eine Baseballkappe von Giuseppe Zanotti aus schwarzem Leder mit Python-Prägung, aber richtig herum, eine Jeans von Gucci und einen Givenchy-Dragon-Hoodie, das fast 800 Euro kostet. Es ist sein teuerstes Stück.

»Klar original«, sagt er. »Meinst du, ich trage Fakes?«

»War nur eine Frage.«

»Hier.« Er spreizt die Beine und deutet auf die Innennaht am rechten Bein. »Fühl mal. Dann siehst du, dass die eine Original-Gucci ist.«

Luana winkt ab. »Ich glaub's dir schon.«

»Habe einen Kumpel, der trägt ein T-Shirt, da drauf steht *Gutschi*, also G-U-T-S-C-H-I. Blöd oder?«

»Na ja, ist ja schon wieder lustig.«

»Warum? Da sieht doch jeder, dass es ein Fake ist.«

»Klar.« Luana hat heute wieder den Ledermantel an, darunter blaue Jeans, einen blauen Pulli und schwarze Stiefeletten. Sie ist noch weniger geschminkt als sonst, trägt keinen Lippenstift. Wahrscheinlich wollte sie im Archiv nicht auffallen.

»Wenn das hier vorbei ist«, sagt Samo, »muss ich für ein paar Monate nach Saranda. Oder anderswohin. Vielleicht auch länger. Vielleicht sogar für immer.«

»Warum?«, fragt Luana.

Samo sagt nichts.

»Hast du was angestellt?«, fragt Luana. »Vor Kronach? Hat es was mit dem Kratzer an deinem linken Auge zu tun?«

Samo antwortet nicht.

»Das wird Klement aber nicht gefallen. Er braucht dich in Lörrach und Nürnberg, das weißt du doch.«

Samo sagt immer noch nichts.

»Wenn du es mir nicht erzählst, kann ich nichts für dich machen«, sagt Luana. »Wenn ich weiß, was in der Fränkischen Schweiz passiert ist, kann ich dir bei Klement vielleicht helfen.«

Der schwarze Ora

Nebelschwaden stiegen von den Wiesen und Wäldern hoch, und es nieselte, als Samo vor zwei Tagen den Weg zu Vinzenz' Bauernhof hinunterlief. Der Regen plätscherte auf die Lederjacke, die er über seinen Kopf gezogen hatte. Das Geräusch erinnerte ihn an seine Jugend; an Wochenenden der Jugendorganisation der Partei der Arbeit im Wald bei Syri i Kaltër, bei dem See Blaues Auge, wo sie nachts in uralten Zelten der albanischen Armee lagen. Zef, Valmir und Samo, zu dritt lagen sie drin. Valmir fiel sonst nicht groß auf, war aber Experte darin, seine Fürze anzuzünden. Das war noch nicht weltbewegend, aber durch irgendeine Besonderheit in Valmirs Stoffwechsel leuchteten seine Darmwinde blau auf. Das war es, was die anderen Jungs nachts in ihr Zelt holte, um in der Dunkelheit über Valmirs blaue Blähungen zu staunen.

Nach der Furzshow pflegte Zef Gespenstergeschichten zu erzählen und vorzuspielen. Er war aus dem Norden, aus Dragobi, und kannte die Shtriga, die hässliche Vampirhexe, die das Blut von Kindern trank, oder die Legende vom Ora, der in der Nähe von Wäldern und Quellen lebte, also ganz bestimmt auch da, wo das Zeltlager war, bei Syri i Kaltër. Der Ora war halb Mensch, halb Geist und konnte als Heilsgestalt mit weißem Gesicht oder Unheilbringer mit schwarzem Gesicht erscheinen. Wenn der schwarze Ora einem in der Nacht erschien, musste man genau da stehen bleiben, wo man ihn gesehen hatte, bis zur Morgendämmerung, erzählte er. Nicht einmal ein Blatt oder einen Grashalm durfte man berühren, sonst würde einem in der Nacht noch etwas

Schreckliches zustoßen. »Mos leviz!«, schrie Zef damals im Zelt, wenn er in der Geschichte so weit war. »Nicht bewegen! Und er stellte sich aufrecht mitten ins Zelt, die Augen weit aufgerissen, die Hände an der Hosennaht, und erstarrte minutenlang, bis die anderen Jungs anfingen zu kichern, ihn zu schubsen und zu kitzeln.

Samo konnte nichts zur Show beitragen, aber er war derjenige, der darauf gekommen war, dass sie Geld damit verdienen könnten. Fünf Qindarka trieb er von jedem Besucher ein; dem Ersten, der nicht zahlen wollte, ritzte er zur Erinnerung mit seinem Messer 5 Q in den Bauch. Danach gab es keine Probleme mehr.

Valmir wurde später Feuerschlucker in einem Zirkus. Einmal holte er dummerweise dabei Luft und starb an inneren Verbrennungen. Auch Zef war blöd. Er wurde Polizist und ermittelte in Saranda gegen Klement. Für die paar lächerlichen Leks, die ein Polizist verdient. Samo hat ihn sogar noch gewarnt, aber er wollte nicht hören. Eines Morgens, als er in sein Auto stieg und es anließ, flog er mit dem Wagen in die Luft. Kann man nix machen. Zef hatte den schwarzen Ora vergessen.

Die Bombe hatte Samo angebracht.

Samo war fast unten im Hof angekommen, als er bemerkte, dass er beobachtet wurde. Am Fenster links neben der Haustür hatte jemand den Vorhang zurückgezogen und schaute heraus. Samo hob die Hand zum Gruß, der Vorhang fiel wieder zu, ohne dass der Bewohner zurückwinkte. Samo durchquerte vorsichtig den Hof. Der verrostete Bulldog, die stehenden und liegenden Fässer, der Bauschutt: Das alles hätte auch in Stjar sein können, dem Dorf bei Saranda, wo er aufgewachsen war. Samo achtete genau darauf, wo er seine Füße in dem ganzen Unrat absetzte, nicht dass am Ende noch irgendwelche Kuhfladen herumlagen; er trug nämlich schwarz-weiße Sneakers von Dolce & Gabbana, fast dreihundert Euro hätten sie regulär gekostet.

Es hatte aufgehört zu regnen, und er schlüpfte wieder in die Lederjacke. Als er auf die Haustür zuging, wurde sie von innen aufgemacht, und ein Mann mit langen grauen Haaren erschien. Er zupfte ein fleckiges Sweatshirt um seinen schlaksigen Oberkörper zurecht.

»Was suchen S' denn?«, fragte er.

Zu dir kommt heute der böse Ora.

»Hier war ein schönes Auto«, erklärte Samo. »Wie Wald.«

»Ach so«, sagte der Mann und lachte kurz auf. »Ja. Wie Wald ist gut. Die Ente, meinen Sie.«

»Gehört Ihnen?«

Der Mann winkte ab. »Nee, nee. Gehört meinem Bruder. Warum?«

»Ich würde kaufen.«

»Aha. So. Na ja, ich weiß nicht, ob er es verkaufen würde.« Der Mann lachte wieder. »Seine Frau bestimmt gerne.«

»Wo ist Bruder?«

Der Mann rieb sich das Kinn. »Wo sind die jetzt gleich wieder hingefahren? Kommen Sie rein, ich schaue, ob ich die Telefonnummer finde. Also, von seiner Frau habe ich auf jeden Fall eine. Kommen Sie aus dem Regen, kommen Sie rein.«

Innen war es genauso *pis* wie im Hof. Geschirr und Töpfe standen herum, Brot- und Käsereste vom Frühstück lagen auf einem Tisch, Zettel waren an eine Holzwand gepinnt, Zeitungen stapelten sich überall, Schuhe flogen am Boden herum. Als der Mann an einem Schrank rechts an der Wand vorbeilief, fielen scheppernd daraufgetürmte CDs zu Boden. Samo hasste Schlampigkeit, und schlampige Leute umso mehr. Er hatte nicht viel, aber was er hatte, war sauber. Sein VW Golf. Picobello. Dass Luana in seinem Auto eine Breze essen wollte, ha! Wenigstens da hat sie auf ihn gehört. Menschen, die mehr hatten als er und ihre Sachen nicht aufräumten, empfand er als Provokation. Schöne Sachen verdienten nur Leute, die mit ihnen umgehen konnten. Wer auf seine Sachen nicht aufpasste, dem gehörten die Sachen weggenommen.

»Telefonnummer ist nicht gut«, sagte Samo. »Ich kann nicht gut telefonieren. Wegen Deutsch. Am besten, du sagst mir, wo sie hingefahren sind. Dann fahre ich nach und frag nach Auto. Ganz einfach.«

»Ich kann für Sie anrufen«, sagte der Mann, der immer noch in seinem Dreck nach der Telefonnummer wühlte wie eine Ratte in einer Müllhalde.

»Nein, nein, nicht anrufen.«

»Sie wollen doch die Ente kaufen.« Der Mann richtete sich auf, drehte sich zu Samo und sah ihn genau an. »Da kann ich doch anrufen und den beiden das sagen. Oder wollen Sie die Ente doch nicht kaufen?«

»Sag mir einfach, wo sie sind.«

Samo und der Mann standen sich gegenüber, Samo mitten in der Küche, und der Mann mit dem Rücken zur Wand. Rechts von Samo stand die Haustür offen, daneben war das Fenster mit dem Vorhang. Draußen hatte es wieder zu regnen angefangen, die Regentropfen bimmelten trostlos auf den rostigen Gerätschaften.

»Das mach ich, glaub ich, besser nicht«, sagte der Mann, verschränkte die Arme und lehnte sich an die Holzvertäfelung. Das Lachen war ganz aus seinem Gesicht verschwunden. »Jetzt weiß ich wieder, wo sie hingefahren sind, aber ich sag es dir nicht. Weil, jetzt fällt mir ein, ein Auto, das hier unten steht, sieht man nicht von der Straße aus. Man sieht den Hof nur, wenn man dort oben in der Einfahrt steht und hinunterschaut. Die Ente ist heute früh weggefahren. Das ist eineinhalb Stunden her. Hast du sie gestern in der Nähe gesehen? Hast du die Nacht hier irgendwo verbracht? Was willst du wirklich? Kennst du meinen Bruder? Spionierst du ihm nach?«

»Mann, mach dich nicht so wichtig, ja? Ist scheißegal. Ich krieg schon raus, wo dein Bruder hingegangen ist, der alte Hippiesack mit seiner fetten Schlampe.«

»Was hast du gesagt? Du verschwindest jetzt, bevor ich die Polizei rufe, du kleiner Scheißkerl«, sagte der Mann.

Samo fühlte, wie die Wut der letzten Tage ihm in den Hals schoss wie Magma in den Schlot eines Vulkans kurz vor der Eruption. »Dreck seid ihr, und ihr lebt in Dreck«, sagte er. »Du, dein Bruder und die alte Fotze.«

Der Mann schob sich mit beiden Ellbogen von der Wand weg, holte mit der rechten Faust aus und schlug Samo auf sein linkes Auge. Samo nahm den Schlag hin und holte lieber das Messer aus der Gesäßtasche, als sich davor zu schützen. Sobald er das Messer in seiner rechten Hand hielt, verpuffte seine Wut, und er spürte eine tiefe Ruhe in sich.

Ein Kampf zwischen einem unbewaffneten Mann und einem Messerträger ist ähnlich fair wie ein Stierkampf, und vom Ausgang her auch ähnlich vorhersehbar. Der Torero kann verschiedene Kampffiguren ausführen, er kann die Sache hinausziehen, eine Ballade daraus machen oder ein Haiku, aber der Ausgang ist für den Stier fast immer gleich. Für Samo zählt nur der Tod selbst, nicht, wie elegant er aussieht. Ab da überließ er alles seinem Instinkt. Er wich nach rechts aus und schlitzte die Stirn des Mannes über die ganze Breite auf. Das ist ein guter erster Stich, wenn man ihn landen kann, weil dem Gegner das Blut sofort aus der Wunde quillt, ihm in die Augen läuft und er nichts mehr sieht. Der Mann blieb stehen und versuchte, das Blut wegzuwischen. »Du kleines Arschloch«, sagte er.

Dann war es ganz einfach. Samo schlug dem Mann mit dem Fuß gegen das rechte Bein, und als er nach rechts wegsackte, packte er ihn mit dem linken Arm um den Kopf, zog den Kopf nach hinten und durchschnitt seinen Hals mit der langen, gezähnten Klinge. Dann ließ er den röchelnden Mann zu Boden fallen. Eine Pfütze Blut breitete sich um seinen Kopf herum aus und tauchte alles rundherum in eine dickliche, rote Masse: Schuhe, Zeitungen, CDs.

Samo trat zurück, bevor das Blut seine Dolce & Gabbana-Sneakers besudeln konnte.

Auf dem Weg zur Haustür fiel ihm sein rasender Hunger wieder ein, und er kehrte zum Frühstückstisch zurück.

Ambrosius und Dorothea steigen in die Ente, umfahren Rothenburg im Norden und biegen an der Ampel links ab in Richtung Würzburg.

»Vielleicht liegt es daran, dass wir jetzt das erste Mal seit Tagen nach Hause fahren, dass alles sich so komisch anfühlt«, sinniert Dorothea. »Es ist das erste Mal seit Dienstag, dass wir nichts vorhaben. Wir haben doch nichts vor, Ambro?« Ihr Handy summt. »Das wird Vinzenz sein. Gott sei Dank.« Sie holt das Smartphone heraus. »Es ist ein Video.« Sie klickt es an. »Das bist doch du!« Eine weibliche, etwas blechern klingende Stimme breitet sich in der Ente aus: *Das war natürlich ein Politikum, dass das Archiv nach*

Rothenburg kommt. Oder überhaupt nach Franken. Die Bayern hätten es lieber in München gesehen, oder höchstens noch in Murnau. Es ist die Stimme der Bibliothekarin von vorhin.

»Halt mal an, Ambrosius«, sagt Dorothea. »Das solltest du dir besser anschauen.«

»So«, sagt Luana. »Video gesendet. Jetzt möchte ich sein Gesicht sehen. Wenn er sich in der Bibliothek nur einmal umgeschaut hätte, hätte er mein Handy entdeckt. Amateur. Na ja, wie sollte es auch anders sein. Es läuft jedenfalls wie geschmiert.«

»Du bist doch keine Albanerin«, sagt Samo. »›Läuft wie geschmiert‹, was ist das, wer sagt so was?«

»Samo, ich hab es dir schon mal gesagt. Du kannst Albaner sein und trotzdem so gut Deutsch sprechen, dass niemand merkt, dass du kein Deutscher bist. Und wenn du in diesem Geschäft ganz hoch kommen willst, ist das der Weg, den du gehen musst.«

»Klement kann auch nicht gut Deutsch.«

»Aber du bist nicht Klement, oder? Für Klement gelten andere Regeln als für dich, check's halt endlich. Klement hat für alles seine Leute. Dich für Drogen und um Druck zu machen. Mich für Planung und Organisation. Und wegen meiner Deutschkenntnisse.« Luana schaut in den Seitenspiegel. »Aha, da sind sie ja. War er tot?«

»Wer?«

»Na, der Mann bei Betzenstein.«

»Ach so, der. Ja, ja, der war tot. Er hat es verdient. Er hat mich zuerst geschlagen. Der Arschloch.«

»Das.«

»Was ›das‹?«

»Das Arschloch.«

Samo winkt ab.

»Und deswegen musst du zurück nach Albanien?«, fragt Luana.

»Ja, vielleicht«, sagt Samo. *Interessant. Du weißt doch nicht alles, du Schlampe. Nein, nicht deswegen. Nicht nur deswegen. Sondern weil ich jetzt gleich vielleicht auch noch den alten Hippie und die fette Schlampe umbringen muss.*

Luana schaut noch in den Spiegel. »Sie halten an.«

Zu zweit schauen Ambrosius und Dorothea in das Handy. Auf dem Video ist Ambrosius deutlich von der Seite zu sehen. Im Archiv. Zuerst sitzt er am Tisch und blättert das Skizzenbuch durch, dann holt er sein Teppichmesser heraus und schneidet in den Bildband. Beim vierten Schnitt hört man, wie er zischend Luft holt, und sieht, wie er den Daumen in den Mund steckt. Alles Wichtige ist auf dem Film: wie Ambrosius die Seiten einsteckt, das Skizzenbuch ins große Buch hineinlegt und alles verklebt. Dann ist der Film aus.

Wo war die Kamera? Sie muss im Regal neben ihm gestanden haben. Sie haben auf ihn gewartet, sie haben gewusst, dass er nach Rothenburg fährt und nicht nach Nürnberg. Alles war geplant. Sie haben ihm eine Falle gestellt, und er ist geradewegs hineinmarschiert. Das ist es, was komisch war.

Das Handy summt. »Wird für dich sein«, sagt Dorothea, wischt am Display und gibt es Ambrosius hinüber.

»Ja«, sagt er.

»Hoffentlich war es nicht allzu schlimm mit dem Daumen«, sagt die bekannte, betont tiefe Stimme.

»Was wollen Sie?«

»Das wissen Sie doch. Das habe ich Ihnen doch schon gesagt. Jetzt hören Sie endlich mit dem Kindergarten auf. Sehen Sie den schwarzen Golf vor sich? Fahren Sie ihm nach. Der bringt Sie zu mir, und wir reden vernünftig über alles. Dann kommen wir zu einer Lösung, von der wir alle etwas haben.« Er legt auf.

»Was willst du jetzt tun?«, fragt Dorothea.

Ambrosius betrachtet das Display, als wäre sein Gesprächspartner irgendwo darin versteckt.

»Du willst zu ihm fahren, oder?«, sagt Dorothea.

Der schwarze Golf wartet vorne bei der Einfahrt zu Mercedes Korn. Zwei Leute sitzen drin.

»Wenn der den Film öffentlich macht«, sagt Ambrosius, »bin ich geliefert. Buch zerstört, Buch geklaut. Dann kommen auch die anderen Fälschungen raus. Wahrscheinlich muss ich sogar ins Gefängnis.«

Dorothea sagt nichts.

Ambrosius lässt den Motor an. »Ich höre mir mal an, was er zu sagen hat.« Er blinkt auf, und der Golf vorne fährt los.

»Warst du schon mal bei dem Typen?«, fragt Luana. »Weil du den Weg kennst.«

»Er hat mir gesagt, wie ich hinkomme. Gestern. Sehr kompliziert. Er hat mich angerufen in Nürnberg.« Samo deutet auf einen kleinen Zettel, den er ans Armaturenbrett geklebt hat.

»Aha. Interessant. Warum ruft er dich nicht im Auto an, wenn ich dabei bin?«

Samo nickt und zeigt Luana seine flache, nach oben gedrehte Hand. »Genau. Interessant. Kannst du Gedanken machen.«

»Fahr nicht so schnell. Er kommt doch gar nicht nach.«

»Scheißhähnchenauto.« Samo bremst ab und wartet am Straßenrand.

»Woher kennst du eigentlich den Mann?«

»Welcher Mann? Der alte Hippie oder der andere? Im Schloss?«

Luana schaut verwundert zu Samo. »Er hat ein Schloss?«

»Ja. Kann ich sagen. Ist egal. Du wirst gleich sehen. Ich kenne ihn nicht. Immer nur telefonieren. Klement kennt ihn. War mal ein Geschäft mit Malern, russische, glaube ich. Ist Kunde. Zahlt gut. Fertig. Warum interessierst du dich für ihn?«

»Das sind zwei Leute vorne im Auto«, sagt Ambrosius. »Der eine ist wohl der Typ vom Tiergärtnerplatz in Nürnberg. Aber wer ist der andere?«

»Der Typ vom Telefon vielleicht?«, sagt Dorothea.

»Ich glaub, das ist eine Frau.«

»Wir werden es bald erfahren.«

»Tja«, sagt Ambrosius. »So kann's gehen.«

»Dann hätten wir uns die ganzen Aktionen der letzten Tage sparen können«, sagt Dorothea.

»Es war doch trotzdem schön. Oder?«

Dorothea schaut zum Seitenfenster hinaus. Zu den letzten Ausläufern des Steigerwalds. »Doch«, sagt sie. »War schön. Bloß, was kommt jetzt?«

In Steinsfeld biegt der Golf rechts von der Hauptstraße ab und in den Nordenberger Forst hinauf, Ambrosius folgt. Der Fahrer scheint sich auszukennen, er verlässt gelegentlich die geteerten Straßen, um verbindende Forstwege zu nehmen. Sie fahren durch Wälder, Lichtungen, durch Weiler und an Einsiedeleien vorbei.

»Bereust du es eigentlich, dass du mit mir zusammen warst?«, fragt Ambrosius.

»Wie kommst du darauf?«, entgegnet Dorothea. »Ich meine, jetzt gerade.«

»Sag halt. Denkst du, es wäre besser gewesen, du wärst beim Vinzenz geblieben?«

»Ach so. Nein. Das ist es nicht. Ich habe dich geliebt und Vinzenz nicht. Das war der Unterschied. Es wäre umgekehrt gewesen. Ich hätte es bereut, wenn ich bei Vinzenz geblieben wäre. Ich hätte mich immer gefragt, wie es bei dir gewesen wäre. Ich hätte es nicht ausgehalten, wenn du eine andere Frau geheiratet hättest.«

»Er liebt dich noch.«

»Meinst du?«

»Klar. Er hat es nie verwunden. Was glaubst du, warum es nie mit einer anderen Frau geklappt hat?«

»Weiß ich nicht. Das ist es auf jeden Fall nicht.«

»Was ist es dann?«

»Ich kann dir den Zettel auch vorlesen«, sagt Luana.

»Nein«, sagt Samo. »Jetzt lotse ich. Und fahre. Und du machst gar nichts. Weißt du, was interessant ist?«

»Was?«

»Du bist doch die große Chefin? Aber du kennst diesen Typen nicht. Du bist mit Klement wie …«, sagt Samo und zeigt seine rechte Hand; er hat den Mittelfinger über den Zeigefinger gekreuzt, »und du kennst den Typen nicht. Wieso hat dir Klement nichts über ihn gesagt, wenn du seine große Freundin bist?«

»Ach, Samo.« Luana klatscht mit beiden Händen auf ihre Oberschenkel und schüttelt den Kopf.

»Was ›ach, Samo‹?«

»Das musst du auch noch lernen. Klement sagt nicht jedem alles. Das musst du trennen, wenn du in seiner Position bist, verstehst du? Wenn er gedacht hätte, dass ich das mit dem Typen wissen müsste, hätte er mir das gesagt.«

»Glaubst du?«

»Klar. Ruf doch Klement an und sag ihm, dass du das komisch findest. Wirst schon sehen, was er antwortet. Ach, ich habe ganz vergessen: Du kannst ihn ja gar nicht anrufen. Aber ich kann. Siehst du? Klement findet es wichtig, dass ich ihn anrufen kann, aber will nicht, dass du ihn anrufen kannst.«

»Es ist …« Dorothea zögert. »Ich bin irgendwo in meinem Leben stehen geblieben. Ich glaube, ungefähr mit achtzehn. Im Kopf, nicht im Körper, leider. Danach ging es nur noch um dich. Das sind fünfzig Jahre. Fünfzig Jahre, bei denen ich nicht weiß, was ich damit vielleicht hätte anfangen können. Mit der Musik zum Beispiel. Ich habe damals Gitarre gespielt, weißt du es noch?«

»Ich hab dich doch immer dazu ermutigt. Und den Kindern hat es immer so gut gefallen. Weihnachten und so.«

Sie schaut Ambrosius von der Seite an. »Die Kinder, ja.«

»Bereust du, dass wir Kinder hatten?«

»Nein. Aber die Kinder sind fort. Seit Jahren. Und damals …«

»Was war damals?«

»Ja, was war damals.« Dorothea überlegt. »Irgendwie habe ich damals gewusst, du freust dich über die Kinder, klar, aber du denkst auch, jetzt ist Dorothea aufgeräumt, für Jahre. Jetzt habe ich meine Ruhe, verstehst du?«

»Aber du wolltest doch Kinder, ich nicht so unbedingt. Hab ich doch schon zugegeben.«

»Na ja, Ambro. Da hast du schon recht. Und trotzdem war es ab da mit der Musik aus. Ja, ja, ich weiß, Weihnachten und so. Aber es hätte mehr werden können. Vinzenz hat immer gesagt, ich hätte eine einmalige Stimme. Unverwechselbar, hat er gesagt.«

»Vinzenz.«

»Ja, Vinzenz. Zwischen Melanie und Piaf, hat er gesagt. Und irgendwann habe ich nur noch im Kirchenchor gesungen, und nicht mal mehr das, nachdem du dich mit dem Pfarrer gestritten hast, weil Miri einen Hosenanzug zur Konfirmation tragen wollte. Ich habe immer Rücksicht auf dich genommen, das ist es, und du hast nie Rücksicht auf mich genommen.«

»Ach, Doro«, sagt Ambrosius.

»Ach, Ambro.«

»Jetzt ist der Kerl schon wieder fort. Wir fahren hier nicht alle Rallye.«

»Nein. Manche fahren Rallye, und andere würden gerne und haben das Auto nicht dazu. Da vorne steht er und wartet. Da.«

Ambrosius blendet auf. »Ja. Fahr los, du Arschloch.«

»Hast du mit mir was angefangen, bloß um Vinzenz zu ärgern?«, fragt Dorothea.

»Nein. Wie kommst du darauf?«

»Weil ich das Einzige war, was er hatte, und du nicht.«

Ambrosius reibt sich das Kinn.

»Warum antwortest du nicht?«, fragt Dorothea.

»Die Antwort ist nein.«

»Wie nein?«

»Genau das überleg ich gerade, und du lässt mich nicht.«

Dorothea schweigt und hält sich am Ledergriff oberhalb der Beifahrertür fest, weil sie wieder einen Forstweg entlangrumpeln. Rechts steht ein Bulldog mit Anhänger; ein Bauer kommt aus dem Wald, als sie vorbeifahren, strahlt er und winkt eifrig mit beiden Händen.

»Was will er?«, fragt Ambrosius.

»Er will, dass wir anhalten, und dann sagt er etwas Lustiges über seine Holzbestellung«, sagt Dorothea. »Jede Wette.«

»Ich glaube, ich kaufe wirklich ein neues Auto«, sagt Ambrosius und winkt zurück. »Und vielleicht noch eine Gitarre dazu?«

»Was machen wir mit diesem Typen, zu dem wir jetzt fahren?«, fragt Dorothea.

»Gleich. Zuerst das mit Vinzenz. Jetzt weiß ich, was ich sagen will. Als ich dich das erste Mal sah, als du in den Hof gekommen bist, wo ich die alte Hobelbank renoviert habe ...«

»Du hast aus Orgelpfeifen Möbel gebaut«, sagt Dorothea. »Ganz tolle.«

»Jetzt lass mich schnell ausreden«, sagt Ambrosius. »Weil ich glaube, wir sind gleich da. Als ich dich das erste Mal gesehen habe, egal, ob ich die Hobelbank renoviert habe oder die Orgelpfeifen, da habe ich gewusst, ich muss dich haben, auch wenn es dem Vinzenz wahnsinnig wehtut. Es war nicht so, dass ich ihm wehtun wollte, es war eher so, dass ich ihm wehtun musste, ich hatte keine andere Wahl, und das tat mir selbst weh, aber nicht so sehr, dass ich auf dich verzichtet hätte. Niemals.«

»Und die anderen Weiber?«, fragt Dorothea.

»Mensch, Doro.« Ambrosius macht eine abwiegelnde Bewegung mit der rechten Hand. »Komm mir doch nicht dauernd mit den anderen Weibern. Das ist etwas anderes.«

»Kann man wohl sagen.«

»Jetzt lass mich halt. Und dann, als Vinzenz wegging, tat er mir ja auch furchtbar leid, aber auch wieder nicht so, dass ich, um ihm das zu ersparen, dich lieber nicht gehabt hätte. So war das. Und jetzt wegen dem Typen ...«

»Zu spät«, sagt Dorothea. »Da vorne halten sie an. Schau. Die geben uns ein Zeichen, dass wir anhalten. Wir sollen wohl bei ihnen mitfahren.«

Das letzte Stück der Strecke fahren sie zu viert im Golf. Die Ente haben sie mitten im Wald stehen lassen. Ambrosius und Dorothea sitzen hinten, und niemand redet. Es scheint in eine völlig andere Richtung als vorhin zu gehen. Teilweise durch Dörfer, die sie schon durchfahren haben, teilweise über neue Wald- und Schleichwege, der Fahrer schaut dauernd auf einen akribisch klein geschriebenen Zettel, den er vorne ans Armaturenbrett geklebt hat. Wegweiser sehen sie keine. Es dauert noch mal eine halbe Stunde; sie können überall zwischen Rothenburg, Ansbach und Bad Windsheim sein.

Dann fahren sie aus einem Wald rechts hinaus auf die Hauptstraße und biegen gleich wieder links in einen Weg ein. Es ist eine Lindenallee. Rechts und links der Bäume erstrecken sich grüne Wiesen, dahinter Wälder. Es nieselt, und aus den Wäldern rollen Nebelbänke heran, die sich in Nebelschwaden auflösen, aus denen sich festere, rundliche Umrisse herauskristallisieren, die sich bei näherer Betrachtung als Schafe erweisen.

Action Painting

Dr. von Rottberg steht am Fenster im Gemäldesaal seines Schlosses und schaut hinaus. Er erwartet Besuch. Draußen auf dem See schlafen zwei Schwäne; ihre Konturen ähneln denen der Schafe, die hinter dem See im Park grasen. Die entfernter gelegenen Bereiche des Parks und der Wald sind von Nebelschwaden eingehüllt. Von irgendwoher kommt das zischende Geräusch der Hacke im Kies. Seine Frau. Kaum hat es aufgehört zu regnen, kommt sie aus ihrer Deckung und jätet schon wieder Unkraut.

Von Rottberg muss sich ebenfalls gleich aus der Deckung wagen, wenn er seinen Plan zu Ende führen will. Bald wird das Auto eintreffen, und die Sache geht in die letzte Runde. In die riskanteste Runde. Solange alles in seiner Hand blieb, war es kein Problem, aber sobald andere Leute beteiligt sind, muss man alle vorstellbaren Varianten durchgehen. Unvorhergesehenes darf es nicht geben. Von Rottberg glaubt, es existiert keine Möglichkeit, auf die er nicht gekommen ist.

Dass er seine Deckung jetzt aufgeben muss, hat unvermeidbare Konsequenzen. Von Rottberg ist siebzig. Wenn es hochkommt, hat er noch um die zwanzig Jahre zu leben. Diese zwanzig Jahre will er wohlhabend und anerkannt verbringen. Nicht nur so wohlhabend und anerkannt wie jetzt, sondern noch wohlhabender und anerkannter. Denn von Rottberg ist ein Mikrokosmos der kapitalistischen Volkswirtschaft: Nur im Wachstum liegt die Kraft. Und das ist nur mit diesem Chaoten Siebenhaar zu erreichen. Leider. Mit dem Talent von diesem Siebenhaar kann er seinen

Reichtum enorm vermehren, und mit seiner eigenen Klugheit und Expertise vermag er seinen Ruhm so zu zementieren, dass er beides, Reichtum und Ruhm, bis zu seinem Tod genießen kann. Was danach passiert, ob ihm irgendwann irgendwer auf die Schliche kommt, spielt für ihn keine Rolle. Von Rottberg glaubt nicht an ein Leben nach dem Tod, und er hat keine Kinder, die an seiner posthumen Demontage leiden würden. Und wenn er welche hätte, wäre es ihm auch egal.

Aber ein Plan ist nur so tragfähig wie seine schwächste Stelle, das muss man ganz klar sehen. Und das ist Siebenhaar. Es ist jammerschade, dass von Rottberg auf ein solch unzuverlässiges Instrument wie ihn angewiesen ist. Aber wenn man Pläne macht, muss man auch die unangenehmsten Ausgänge in Betracht ziehen, und wenn man nicht bereit ist, auch für diese eine Lösung zu finden, braucht man gar nicht erst mit dem Planen anzufangen.

Der unangenehmste Ausgang wäre, dass dieser Trottel Siebenhaar sich aller Logik verweigert und nicht mitspielt. Vielleicht verspricht er von Rottberg sogar, niemandem etwas zu erzählen. Vielleicht hält er das sogar zwei, drei Jahre durch. Aber irgendwann erzählt er es doch jemandem, und langsam, tröpfchenweise, kommt es heraus. Und von Rottbergs Wachstumskurve erleidet einen Börsencrash, fällt rapide nach unten, und er beendet seine Tage nicht reich und anerkannt, sondern arm und verachtet. Das kann er auf keinen Fall zulassen. Nein, er muss zur letzten Konsequenz bereit sein. Samo ist auch bereit dazu; das hat er mit ihm gestern besprochen. Und die letzte Konsequenz sieht so aus: Für vierzigtausend Euro wird Samo beide umbringen, in einen Häcksler stecken und im See verstreuen. Fünfzig wollte er zuerst haben, aber von Rottberg ist ja nicht auf der

Metzelsuppe dahergeschwommen. Es ist also klar: Sobald von Rottberg sich zu erkennen gibt, muss Siebenhaar bei seinem Plan mitspielen. Oder mit seiner Frau sterben.

Trotzdem beunruhigt ihn irgendetwas. Es lässt ihn nicht los; das Gefühl, dass er etwas übersehen hat. Irgendeine Kleinigkeit, irgendein Detail im ganzen Bild, aber etwas von großer Bedeutung. Nur was?

Da kommen sie.

Der Regen hört auf. Der Golf fährt in eine Rechtskurve, vor der sich die Lindenallee ausweitet, um eine breite Parkanlage zu umrunden, auf der wieder Schafe grasen. Am Ende des Parks laufen die Baumreihen wieder zusammen; die letzten Linden stehen wie Wächter links und rechts vor einem Schloss. Es ist ein barocker Quader, altrosa gestrichen, mit Mansardenwalmdach; im Unterbau drei Stockwerke und im Dach drei weitere, die zwei obersten mit Gauben, wie schläfrige Augen, die das Gelände argwöhnisch überwachen. Der Weg um den Park holt weit nach rechts aus und führt innerhalb der säumenden Linden in einer großen Kurve zum Schloss. Der Himmel hellt sich auf, sein Blau und die weißen Wolken spiegeln sich in einem See rechts von den Linden. Nun fährt der Golf auf die Schlossseite zu, und Ambrosius und Dorothea können sehen, dass das Schloss im See steht und über eine dreibogige Steinbrücke mit dem Ufer verbunden ist. Bei einer kleinen, gekiesten Ausbuchtung des asphaltierten Weges kurz vor der Brücke fährt der Golf rechts ran und hält.

Zu viert steigen sie aus, die Paare jeweils von dem Auto getrennt: der Fahrer und Ambrosius links vom Golf, seine Begleiterin und Dorothea rechts davon. Ihre Schritte knirschen im Kies.

»Jetzt weiß ich, woher ich Sie kenne«, sagt Dorothea zu der jungen Frau im Ledermantel. »Sie waren doch auch in Kronach. Sie haben gefilmt.«

»Genau«, sagt die Frau. »War sehr lustig, Ihr Auftritt.«

»Aber der Film hat wohl nichts genützt«, sagt Ambrosius.

Sie schaut ihn mit schräg gelegtem Kopf über das Autodach an und lächelt süß. »Dafür war der in Rothenburg eins a.«

»Na ja«, sagt Ambrosius. »Zumindest ein toller Hauptdarsteller.« Er deutet zu dem Fahrer, der neben ihm steht. »Den kenne ich auch. Das ist das Arschloch, das mich in Nürnberg überfallen hat.«

Dieser spuckt auf den Boden, knapp an Ambrosius' Füßen vorbei, und zieht sein Hoodie über den Kopf. »Selber Arschloch«, sagt er. »Das.«

»Na, gut«, sagt die junge Frau. »Jetzt, wo wir uns alle kennen, kann es ja weitergehen.«

»Wir kennen Sie nicht«, sagt Dorothea. »Wie ist Ihr Name?«

Die Frau winkt ab. »Namen spielen hier keine Rolle.«

Der Fahrer läuft vorneweg über den Kies. Die anderen drei folgen ihm. Rechts von ihnen erstreckt sich der See bis zum bewaldeten Ufer auf der gegenüberliegenden Seite. Dahinter erhebt sich eine Kirchturmspitze aus den Nebelschwaden, und noch weiter hinten rollen die ersten Wellen des Steigerwaldes heran.

»Hier kann man es schon aushalten«, sagt Ambrosius.

Keiner antwortet ihm.

»Hoffentlich schaffen wir es noch rechtzeitig zur nächsten Führung«, legt er nach, aber außer seiner Stimme hört man nur das Knirschen ihrer Schritte im Kies. »Dann halt nicht.«

Kurz vor der Brücke kniet eine Frau auf dem Boden und jätet mit einer spitzen Hacke Unkraut. Der Kapuzenmann und die Frau im Ledermantel gehen wortlos an ihr vorbei. Ambrosius sagt: »Grüß Gott.« Die Frau sagt nichts, schaut nicht einmal hoch; am Scheitel wächst ein breiter grauer Streifen in ihrem braun gefärbten Haar nach.

»Hallo?«, spricht Ambrosius ihren Hinterkopf im Vorbeigehen an. »Ist das ein Kloster? Gilt hier das Schweigegelübde?«

»Sei still«, sagt Dorothea.

»Das ist es ja«, sagt Ambrosius.

»Ein Gutes hat es hier«, sagt Dorothea und schaut sich um. »Es ist alles auf einer Ebene.«

Der Kapuzenmann läuft voraus über die Brücke. Sie hat einen Unterbau aus Steinen, und die Handführung ist aus dicken Holzbohlen. Im See schwimmen Enten und Schwäne. Die geschwungene Barockeingangstür aus polierter Eiche steht offen. Der Mann geht direkt hinein und verschwindet nach rechts; seine Begleiterin folgt ihm; Ambrosius und Dorothea eilen hinterher. Sie kommen in eine dunkle Eingangshalle mit einem Treppenaufgang aus Eichenholz in der Mitte, der sich auf halber Höhe zum ersten Stockwerk nach links und rechts teilt. Steinböden, mit dicken Teppichen ausgelegt, Jagdtrophäen an den Wänden.

Dorothea und Ambrosius folgen den beiden in einen Saal, der die ganze rechte Schlossseite einnimmt. Drei hohe Außenwände, die rechte Längsseite mit vier Fenstern, die vordere und die hintere mit jeweils zwei, zwischen den Fenstern hängen Bilder. Der Saal ist eine Gemäldegalerie. Von der barocken Stuckdecke hängen Leisten, an denen Spotlichter befestigt sind, die auf die Bilder strahlen. Gewienerte Holzdielen am Boden, in der Mitte ein riesiger Perserteppich.

Am ersten Fenster vorne rechts steht ein Mann mit einer gedrungenen Figur. Die Hände hält er hinter dem Rücken, und er trägt einen Sakko aus schottischem Tweed, darunter einen beigen Pulli mit V-Ausschnitt, ein kariertes Hemd, eine schräg gestreifte Krawatte, eine braune Stoffhose und braune Brogues. Der Gesamteindruck, verstärkt durch einen Prinz-Charles-Haarschnitt, ist der von englischem Landadel.

Also auch eine Fälschung, denkt sich Dorothea.

Seine Mundwinkel zeigen nach oben, aber wenn das ein Lächeln sein soll, dann wirkt es wie abgelegt, vergessen, wie ausgesperrt; ein hinausgeworfener Hund vor einer verschlossenen Haustür.

Sein Sakko ist wohl von der Stange; ist viel zu lang, hat wegen der breiten Schultern fast Mantellänge. Die Proportionen seiner Silhouette gegen das Licht lassen ihn wie eine Spielzeugfigur aussehen. Er geht auf die junge Frau zu, gibt ihr die Hand und legt seine Linke noch mal obendrauf, als wollte er einen Vogel lebend gefangen nehmen.

»Grüß Gott, die Dame«, sagt er mit der brummelnden Stimme, die Ambrosius vom Telefon her kennt.

»Grüß Gott, Herr ...«

»Namen brauchen wir momentan nicht«, sagt er.

»Genau«, sagt Ambrosius. »Haben wir schon geklärt. Namen spielen hier keine Rolle.«

Die Augen des Mannes blitzen aus ihren Höhlen weit hinter den buschigen Brauen kurz in Ambrosius' Richtung. Dann schaut er wieder die junge Dame an. »Wir reden später, ja?«

Er hat ihre Hand die ganze Zeit gehalten, jetzt lässt er sie los und wendet sich Ambrosius und Dorothea zu. »Sie hätten Ihre Frau nicht in die Sache mit hineinziehen sollen.«

»Jetzt sagen Sie schon, was Sie wollen«, sagt Dorothea.

»Ich bin mir sicher, dass wir uns einig werden«, sagt der Mann. »Das hätten wir schon vor drei Tagen haben können, und diese wilde Jagd durch Franken wäre Ihnen erspart geblieben.«

»Ach, hat uns eigentlich ganz gut gefallen«, sagt Ambrosius.

»Stimmt«, sagt Dorothea. »Bis auf den Schluss.«

Der Mann dreht sich zu dem kleinen Typen in der Kapuzenjacke. »Wartest du mit der jungen Dame in der Bibliothek gegenüber? Wir kommen dann dazu.«

»Also«, sagt der Mann, sobald die zwei den Saal verlassen haben, und klatscht entschlossen in die Hände. »Ich bin Dr. von Rottberg, und das hier ist Schloss Weihersbach.«

»Dr. von Rottberg«, sagt Ambrosius, »der Name sagt mir was. August von Rottberg.«

Von Rottberg schaut ihn erwartungsvoll an.

»Klar«, sagt Ambrosius. »Von Ihnen habe ich schon gehört. Sie sind der Kunstbeauftragte der Bayerischen Regierung. Und Sie geben doch die eine Zeitschrift heraus, die ...«

Von Rottberg nickt. »*Alte Meister*. Ganz genau.«

»Was ist er?«, fragt Dorothea. »Ein Verbrecher ist er. Sie sind das gleiche Arschloch wie der Typ da draußen. Sie haben ihn auf meinen Mann angesetzt. Er hätte ihn umbringen können.«

Von Rottberg breitet die Hände aus. »Lassen wir doch die Anschuldigungen. Das bringt uns auch nicht weiter. Ich erkläre Ihnen lieber, wie ich mir unsere Zusammenarbeit vorstelle, ja? Kommen Sie mit. Sehen Sie die Bilder hier ...«

Er geht ein paar Schritte an der linken Seite des Raumes entlang und bleibt vor dem ersten Bild stehen. »Na?«

Es zeigt einen knienden Mann mit nacktem Oberkörper auf einer Waldlichtung, der ein Kruzifix hält.

»Aha«, sagt Ambrosius. »Von Adam Elsheimer. *Der Heilige Dingsbums in der Wildnis.*«

»*Hieronymus*«, sagt von Rottberg. »Korrekt.«

»Ist das das Original?«, fragt Ambrosius.

»Natürlich«, sagt von Rottberg. »Hier hängen nur Originale.« Er geht zum nächsten Bild. Es zeigt ein Treffen halbnackter Frauen und Männer, über denen einige fette Putten in der Luft herumschwirren.

»Ja«, sagt Ambrosius. »Kenne ich auch. Johannes Rottenhammer. *Hochzeit von Neptun und* …« Er schnippt mit den Fingern.

»*Amphitrite.*« Von Rottberg nickt anerkennend und geht ein Bild weiter.

»Na, das ist ja der vom alten 50-Mark-Schein«, sagt Ambrosius. »Barthel Beham. Tolles Bild. *Bildnis eines Schiedsrichters*. Schau dir den Gesichtsausdruck an, Doro.«

Dorothea schaut stattdessen Ambrosius' Gesichtsausdruck an. Begeisterung. Als hätte er völlig vergessen, was dieser Mann ihm angetan hat.

»Und das hier?« Von Rottberg steht vor dem Porträt eines glatt rasierten Mannes mit einer Kieferpartie wie ein Schneepflug.

Ambrosius schüttelt den Kopf. »Nee. Muss ich passen.«

»War auf dem alten 500-Mark-Schein«, hilft von Rottberg nach.

»Dann kennen wir ihn sowieso nicht«, sagt Dorothea. »Was soll das hier?«

»*Bildnis eines bartlosen Mannes* ist das«, sagt von Rottberg.

Ambrosius nickt. »Ach ja, freilich. Von Hans Maler.«

Es geht weiter im Uhrzeigersinn. *Gnom, Eisenbahn betrachtend* von Carl Spitzweg, *Bathseba im Bade* von Hans

Memling, *Bildnis der Afra Rehm* von Christoph Amberger, *Die große Fichte* von Albrecht Altdorfer.

Ambrosius' Begeisterung hat sich von Bild zu Bild gesteigert; Dorotheas Genervtheit ebenso.

»Nicht schlecht«, sagt von Rottberg. »Sechs von neun.«

»Ha«, sagt Ambrosius. »Mündlich war ich immer gut.«

Von Rottberg und Ambrosius stehen nebeneinander und betrachten das letzte Bild; ein Porträt von Cosmas Damian Asam in einem Umhang seines Bruders Egid Quirin Asam. Gerade haben sie sich über den besonderen roten Ton ausgetauscht; auf Fuchsia haben sie sich geeinigt.

Dorothea steht hinter Ambrosius und kann ihre Wut kaum noch bändigen. Wie leicht Ambrosius sich einwickeln lässt, wenn man ihn bauchpinselt! Sie versetzt ihm einen Tritt in die Kniekehle, und als Ambrosius sich umdreht, schüttelt sie den Kopf und verdreht die Augen. Merkt er denn nicht, dass der seltsame Typ sich nur einschleimen will? Hat er vergessen, dass sein Handlanger ihn fast umgebracht hätte?

Von Rottberg macht eine ausladende Geste. »Was schätzen Sie, was die Bilder hier im Saal wert sind?«

»Mmh«, sagt Ambrosius. »Ungefähr eine halbe Million, würde ich sagen.«

»Gut geschätzt. Kommt natürlich immer darauf an, was Sie dafür kriegen. Aber ja, eine halbe Million, das kommt hin. Und das sind eben Peanuts, wie es der Vorstandssprecher der Deutschen Bank einmal ausdrückte. Weil die hier …«, er vollführt noch einmal die gleiche, weit ausholende Geste, »alle in der zweiten Liga spielen. B-Promis, wenn Sie so wollen.« Jetzt schaut er aus, als ob er sich auf sein Lächeln besonnen hätte und ihm wirklich innewohnt. »Wissen Sie, was das Interessanteste in diesem Saal ist?«

»Sagen Sie schon«, sagt Dorothea.

»Das Interessanteste in diesem Saal sind die leeren Plätze zwischen den Bildern. Sie sind für die A-Promis. Für die Premier League, sozusagen. Dürer, Cranach, Grünewald. Sie sollen gefüllt werden, diese leeren Plätze. Nicht überstürzt. Schön langsam, fast unmerklich. Alle paar Jahre ein neues altes Bild. Seriös. Nach eingehenden Begutachtungen.«

»Von Ihnen«, sagt Dorothea.

Von Rottberg zuckt einmal mit den Schultern. »Selbstverständlich von mir. Von wem denn sonst? Und jetzt will ich Ihnen noch einen Raum zeigen. Kommen Sie mit.« Er durchschreitet noch einmal den gesamten Saal; Ambrosius und Dorothea folgen ihm. Am Ende links befindet sich eine Tür, die er aufmacht. Sie führt in einen Nebenraum, an dessen rechter Wand nur ein einziges Bild hängt. Es ist *Blick auf Barbaresco*. Von Ambrosius Siebenhaar. Ein Farbmassengemälde. Wogende Weinberge, rote Dächer, Kirchturmspitzen, Haselnusssträucher.

»Das hier soll der Siebenhaar-Saal werden«, sagt von Rottberg.

In von Rottbergs Bibliothek sitzt Luana im mittleren der drei Ledersessel gegenüber der Ledercouch in der Mitte und tippt in ihr Smartphone. Samo geht mit wippenden Schritten auf und ab, schlägt mit der geballten rechten Faust in die linke Handfläche, strafft die Schulter, schaut sich in der Bibliothek um. So viele Bücher. Alt und mit Ledereinbänden. Wie viele Schuhe hätte man daraus machen können.

»Hat er die alle gelesen?«, fragt er.

Luana zuckt mit den Schultern und tippt weiter auf ihrem Smartphone herum.

Über ihren Kopf hinweg sieht Samo durch das offene Fenster die alte Frau von vorhin draußen am Ufer. Das heißt, er sieht eigentlich nur ihren Kopf, sporadisch, wie er sich auf und ab bewegt wie eine Erdölpumpe bei Ballsh, und er hört, wie sie wieder Unkraut im Kies jätet. *Zisch-zisch. Zisch-zisch.*

Vielleicht sind die Bücher gar nicht echt. Vielleicht sind die Rücken bloß als Attrappe in die Regale hineingestellt. Er holt einen Band heraus. *Grand Larousse encyclopédique 1.* Er ist schwer, geht bis nach hinten und ist voller Papierseiten. Also doch echt. Davon gibt es noch neun andere Bände, und die sind nicht einmal auf Deutsch. Kann man damit Geld machen? Wahrscheinlich nicht. Samo zieht seine Kapuze nach hinten, dann zieht er sie wieder vor.

»Was bist du denn so nervös?«, fragt Luana. Sie hat die Beine übereinandergeschlagen und balanciert das Smartphone auf ihrem rechten Oberschenkel. Schöne Beine. Warum kann sie nicht mal ein Kleid tragen?

»Ich bin nicht nervös«, sagt Samo. Aber er *ist* nervös. Kein Wunder. Dieses Herumgefahre in der Pampa macht ihn nervös. Und Luana macht ihn nervös. Nicht nur, dass eine Frau ihm sagt, was er zu tun hat, obwohl ... das auch. Aber wieso versucht sie dauernd herauszufinden, wie der von Rottberg heißt? Wieso weiß sie das nicht schon? Und nicht nur Luana und die Pampa machen ihn nervös. So, wie er den alten Hippie und seine fette Schlampe kennt, machen die nicht mit bei von Rottbergs Plan. Und dann? Ja, dann muss Samo sie umbringen. Erschießen muss er sie, das Messer ist erstens nicht schnell genug, und zweitens ist dann die Sauerei zu groß. Mehr Blut. Deswegen geht er so auf und ab. Um sich in Stimmung zu bringen, um sich aufzuputschen. Die Pistole hat er in seinen Hosenbund links unter dem Sweatshirt gesteckt. Es ist eine Glock 26, bestückt mit zehn Patronen. Genug, auch wenn der erste Schuss nicht ausreicht. Samo greift danach, um zu prüfen, dass die Pistole fest sitzt, aber nicht zu fest. Ja, sie hält und lässt sich locker herausziehen.

Es ist alles mit von Rottberg abgesprochen. Wenn der sagt: »Nimm ihnen ihre Handys weg«, dann ist das das Signal. Dann geht es los. Erst den Mann. Samo wird auf den alten Hippie zugehen, als ob er ihm sein Handy wegnehmen will, im letzten Moment wird er die Pistole ziehen und ihm in den Kopf schießen. Dann die Frau. Aber das Erschießen allein ist es auch nicht, was Samo zusätzlich zur Pampa und zu Luana nervös macht. Das hat er schon ein paarmal gemacht. In Albanien, wenn irgendein *handikapi* seine Drogenlieferung nicht bezahlen konnte. Oder wenn ein *gomar*, ein Esel, im Laboratorium die Droge zu sehr streckte. Da schaut man, dass man nah genug an den Typen rankommt, und peng! in den Kopf. Aber in Albanien hat man dann einfach die Leiche im Wald verscharrt oder im Meer versenkt. Hier in Deutschland machen die Leute ein Riesengedöns mit Müll. Braune Tonne, blaue Tonne, gelbe Tonne, graue Tonne und so weiter. Und so ist es anscheinend mit Leichen auch. Der von Rottberg will, dass Samo die Leichen in einen Häcksler steckt und dann die Reste im See versenkt. Das ist es, was Samo nervös macht. Der Dreck. Er hat keine Wechselkleidung dabei. Das kleinste Stück Fleisch oder Knochen auf seinem schönen Givenchy Dragon Hoodie, und du kriegst den Gestank nie mehr raus.

Die Tür geht auf, und die fette Schlampe, der alte Hippie und von Rottberg kommen herein.

Der Hippie und die Schlampe sitzen auf der breiten Ledercouch, von Rottberg, Luana und Samo in den drei Ledersesseln im Halbkreis gegenüber, sodass die Hippiefrau und Samo relativ nah beieinander sitzen.

»Wissen Sie, ich könnte Sie auch einfach erpressen«, dröhnt von Rottberg mit seiner tiefen Stimme. Er labert schon seit einer Ewigkeit, und Samo ist kurz davor einzuschlafen. »Ohne Gegenleistung.« Er hält die Hände gefaltet, breitet sie einmal aus und führt sie wieder zusammen, wie ein Imam. »Ich habe alles, was ich dazu brauche. Ich könnte sagen: ›Sie machen das, was ich Ihnen sage, sonst mache ich Sie fertig.‹ Aber das will ich ja nicht. Ich will Sie ja fördern. Und ich will Sie auf meiner Seite haben. Verstehen Sie das denn nicht?«

Samo wischt mit der Hand über seine Hose und dreht seine Ferse hin und her, um die Sohlen seiner Sneakers zu betrachten. Wie lange soll das hier denn noch dauern? Er merkt, wie aufrecht Luana in ihrem Sessel sitzt und wie aufmerksam, fast ungeduldig sie das Geschehen verfolgt. War bestimmt ein *budalla* in der Schule, ein Streber.

»Darf ich mal für Sie zusammenfassen?«, unterbricht sie Dr. von Rottberg.

»Bitte sehr.«

»Der Herr hier ...«, fängt sie an.

»Dr. von Rottberg«, sagt der Hippie.

So. Jetzt weißt du, wie er heißt, denkt sich Samo.

»Danke. Also: Herr Dr. von Rottberg«, fährt Luana fort, »bietet Ihnen eine fünfzigprozentige Beteiligung an den Preisen, die er für Werke erzielt, die Sie ohne die Mitwisserschaft irgendwelcher Personen außerhalb dieses Zimmers fertigstellen und die er durch seine Expertisen für Sie in verschiedenen Galerien und Museen unterbringen kann. Diese Werke sollen den Originalwerken führender Renaissance- und Barockkünstler nachempfunden sein und als

Gemälde aus deren Werkstatt gelten können. Sie werden vorzugsweise in diesem Schloss ausgestellt. Außerdem wird hier ein Raum eingerichtet, der sich ausschließlich Ihrem Werk widmet, bestückt mit Ihren Bildern, zum regulären Preis von Dr. von Rottberg gekauft.« Sie wendet sich an Dr. von Rottberg. »Ist das so richtig?«

»Ganz genau.« Er tätschelt ihr Knie. »Sehr schön gesagt. Und jetzt wird es interessant.« Er schaut den Hippie an. »Sind Sie dabei?«

»Nein«, sagt dieser. »Habe ich doch schon gesagt. Und Sie können mich nicht erpressen. Jedenfalls nicht mehr als ich Sie.«

»Jetzt bin ich wirklich gespannt«, sagt von Rottberg.

»Sie können mich auffliegen lassen, Sie können das Video von mir im Archiv veröffentlichen, aber dann lasse ich Sie ebenfalls auffliegen. Ich sage aus, dass Sie krumme Geschäfte mit Fälschungen von mir machen wollten. Dann sind Sie genauso ruiniert wie ich.«

Also nein. Scheiße, jetzt wird es doch matschig. Samo schaut zu von Rottberg. Der stützt sein Kinn in die Hand und seinen Ellbogen auf den Oberschenkel und betrachtet den Hippie wie ein Bild, von dem er sich nicht sicher ist, ob es echt ist. Samo versucht, von Rottbergs Aufmerksamkeit zu gewinnen. Jetzt?

Aber von Rottberg schaut nicht her. »Wie wollen Sie das beweisen?«, fragt er. »Rein interessehalber.«

»Damit.« Der Hippie klatscht mit der Hand auf seine Hosentasche. »Ich habe alles mit meinem Handy aufgenommen«, sagt er.

Die fette Schlampe räuspert sich.

Dr. von Rottberg lehnt sich in seinem Sessel zurück.

»Ich mache Ihnen einen Vorschlag«, erklärt der Hippie.

»Meine Frau und ich gehen jetzt hier raus, und wir tun alle so, als ob es die letzten zwei Tage ...«

»Drei Tage«, sagt die Schlampe.

»... als ob es die letzten drei Tage nicht gegeben hätte. Ich höre nie mehr etwas von Ihnen, und Sie hören nie mehr etwas von mir. Sie bauen Ihre Galerie hier weiter aus, ohne mein Zutun ...«

»Und ohne den Siebenhaar-Saal«, sagt die Schlampe.

Der Hippie nickt. »Und ich mache meine Sachen ebenfalls weiter.«

»So«, sagt Dr. von Rottberg. Er schüttelt den Kopf. »Haben Sie wirklich geglaubt, ich hätte nicht ins Kalkül gezogen, dass Sie unser Gespräch aufnehmen könnten? Ich habe jede mögliche Variante dieses Gesprächs durchdacht. Glauben Sie mir, es gibt nichts, auf das ich im Vorfeld nicht gekommen wäre. Sie ahnen ja nicht, wie genau ich alles geplant habe. Wissen Sie, wer dafür gesorgt hat, dass Ihr falscher Hase ins Dürer-Haus kommt? Ich. Wissen Sie, wer Ihre Bewerbung für die Ausgestaltung der Innenkuppel des Nürnberger Bahnhofs befürwortet hat? Ich. Wissen Sie, wer Sie für die Ausstellung beim Würth vorgeschlagen hat? Ich. Und wissen Sie, wer damals schon dafür gesorgt hat, dass der bayerische Staat die lächerlich hohe Summe von dreißigtausend Mark für Ihr stümperhaft zusammengeschustertes Skizzenbuch von Kandinsky bezahlt hat? Ebenfalls ich.« Er hebt die Hände von den Armlehnen seines Sessels und lässt sie wieder fallen.

Oh Mann, denkt sich Samo. Bringen wir es hinter uns.

Von Rottberg setzt noch einmal an. »Sie haben keine Wahl. Es ist nicht so, dass ich Ihren Ruf ruinieren will, wenn Sie nicht auf mein Angebot eingehen. Es wird keine öffentliche Schlammschlacht geben, die erweisen soll, wer von uns zweien der größere Verbrecher ist. Diese Möglichkeit besteht nicht. Ich lasse Sie hier nicht rausspazieren, damit Sie mich dann in den Dreck ziehen. Sie kommen nicht ins Gefängnis, Sie kommen gar nicht mehr lebend von diesem Gelände. Und Ihre Frau auch nicht. Der junge Mann hier ist Experte im Verschwindenlassen von Menschen, stimmt's?«

»Gar kein Problem, Chef«, sagt Samo, und zupft einen Fussel von seiner Hose. Jetzt wird es endlich ernst.

»Sie haben keine Wahl«, wiederholt von Rottberg. »Sie machen mit, oder Sie beide verschwinden von heute auf morgen.«

»Das ist doch eine Wahl«, sagt der Hippie. »Aber ich nehme Ihnen das nicht ab. Das ist doch viel zu riskant. Die Polizei wird nach uns suchen.«

»Ein gewisses Risiko ist dabei«, dröhnt von Rottberg. »Aber ein vertretbares. Die Polizei wird Sie suchen, ja. Aber nicht hier. Ich habe es mir gut überlegt, dieses Risiko nehme ich in Kauf. Ich habe sowieso schon viel aufs Spiel gesetzt. Sie glauben doch nicht, dass Sie die Ersten wären, die auf der Strecke bleiben. Den Pettkus haben Sie ja gekannt? Das war auch der junge Mann hier.«

Samo zieht seine Kapuze zurück. »Nicht nur das«, sagt er und lacht. Er schaut dem alten Hippie genau in die Augen. Er will sehen, wie er reagiert. Er will ihn aus dem Gleichgewicht bringen, bevor er zuschlägt. Das funktioniert immer am besten. »Deinen Bruder in Schweiz habe ich auch aufgeschlitzt. Wie Schwein. Hast du nicht gewusst, oder?«

Der alte Hippie wird ganz still.

Samo grinst ihn an.

»Keiner weiß, wo Sie gerade sind«, sagt von Rottberg. »Niemand hat Sie herfahren sehen. Ihr Auto steht meilenweit weg und wird ebenfalls verschwinden. Also, was ist? Sind Sie nun dabei?«

Der Hippie schaut zu seiner Frau.

Sie schüttelt den Kopf.

»Nimm ihnen ihre Handys ab«, sagt von Rottberg.

Endlich. Jetzt cool bleiben, sich nichts anmerken lassen. Ingenieur auf Reise. Samo steht auf, streckt die linke Hand aus, um das Handy entgegenzunehmen, und greift mit seiner rechten Hand in den Hosenbund, als er an der Schlampe vorbeiläuft. Es ist ein schönes, beruhigendes Gefühl, der warme geriffelte Griff in seiner Handfläche, ganz, als ob er dahingehört. Haut auf Metall. Jetzt nicht zu schnell die Pistole ziehen, erst in letzter Minute, wenn der Hippie sein Handy überreicht. Die Überraschung ist das Wichtigste. Der alte Schlaffi greift schon in seine Hosentasche ...

»Deinen Bruder in Schweiz habe ich auch aufgeschlitzt. Wie Schwein. Hast du nicht gewusst, oder?«

Vinzenz.

Ambrosius sagt nichts, er wird ganz still, aber Dorothea merkt, wie er sich anspannt und seine rechte Hand ins Leder krallt. Dann kriecht die Hand langsam zu seiner rechten Hosentasche. Da wird ihr klar, warum er so tut, als ob er ein Handy hätte. Er hat kein Handy, aber er hat ein Teppichmesser.

Der Kapuzenmann läuft an ihr vorbei auf Ambrosius zu. Seine linke Hand hat er ausgestreckt, und mit seiner rechten greift er in seinen Hosenbund. In dem Moment weiß sie, was der Kapuzenmann vorhat, was Ambrosius vorhat, und sie weiß aus über vierzig Jahren Ehe, wie sie ihrem Mann helfen kann. In Dorotheas wallender Hülle steckt noch die Flinkheit des Mädchens, das durch die ganze Fränkische

Schweiz geradelt ist und das trittsicher über den Druidenhain gelaufen ist, ohne jemals in einen Spalt zu stolpern.

Sie stellt dem Kapuzenmann ein Bein. Das ist etwas, das man nicht verlernt: genau den richtigen Zeitpunkt zu erwischen, wenn ein Fuß in der Luft schwebt, kurz bevor er den Boden berührt. Schnell und zielgenau tappt sie mit ihrem rechten Fuß gegen seinen linken, als er noch in der Luft ist. Er schlägt sich dann selbst mit seinem linken Fuß auf sein rechtes Schienbein und fällt auf die Knie. Seine rechte Hand greift immer noch in den Hosenbund, mit der linken stützt er sich am Boden ab. Dorothea greift nach seiner Kapuze, dabei schießt ein stechender Schmerz ihren rechten Oberarm hoch, und zieht die Kapuze zurück, sodass sein Kopf nach hinten gebogen wird und sein Hals freiliegt.

Ambrosius ist nun ganz der Action-Painter. Der Griff nach dem Teppichmesser ist bereits Teil seines Ausfallschrittes nach rechts, seine Schultern und Arme sind eins, es ist wie bei einem besonders ausgreifenden, groben Strich mit der ganzen Hand bei der Farbmassenmalerei; eine Furche in einem Acker, eine Welle im Meer. Er schlitzt dem Kapuzenmann mit dem Teppichmesser den Hals unterhalb des Kehlkopfes auf. Der erste Blutstrahl besudelt den Hoodie des Kapuzenmanns und platscht auf seine Jeans, er stöhnt, hält sich den Hals, japst nach Luft, fällt auf die rechte Seite zu Boden.

Ambrosius dreht sich zu von Rottberg.

Immer wieder hat Luana geübt, wie man in sich schnell und undurchsichtig entwickelnden Situationen einen kühlen Kopf behält und wann man eingreifen muss. Den Zeitpunkt hat sie hier verpasst, den ganzen Vormittag über hat sie schon das Gefühl, nicht mehr Herrin der Lage zu sein. Aber jetzt muss sie eingreifen, das ist klar. Sie zieht ihre Pistole und richtet sie auf Ambrosius.

»Halt«, sagt sie. »Es reicht. Lassen Sie das Messer fallen.«

Sie sieht, wie Ambrosius die Schritte zu von Rottberg abmisst.

Drei wären es.

Er bleibt kurz stehen, dann macht er einen.

Luana nimmt die Pistole nach unten und schießt ihm ins Knie. Ambrosius knickt um und fällt über den noch röchelnden Samo.

»Ambro!«, schreit Dorothea.

Dann richtet Luana die Pistole auf von Rottbergs Kopf, sie ist ganz nah dran, sodass sie den Fassonschnitt oberhalb seines linken Ohres berührt. »Kripo Nürnberg«, sagt sie. »Es ist aus.«

»Wie bitte?«, sagt von Rottberg.

Luana klopft mit der Mündung der Pistole auf seine Schläfe. »Ich bin von der Polizei«, sagt sie und winkt Dorothea mit der linken Hand herbei, ohne von Rottberg aus den Augen zu lassen. »Kommen Sie, Dorothea, kommen Sie, schnell! Halten Sie die Pistole!«

Dorothea bleibt sitzen. »Verdammt, Doro, was wartest denn, steh auf!«, ruft Ambrosius.

Luana erhebt sich vom Sessel, geht vorne um von Rottberg herum, immer noch auf ihn zielend. Dorothea kommt und übernimmt die Pistole.

»Wenn er sich bewegt, drücken Sie ab«, sagt Luana. Sie holt ihr Handy heraus und gibt knappe Anweisungen. »Alle anrücken. Schnell. Und schickt einen Krankenwagen her. Es ist was schiefgegangen. Wir haben hier zwei Verletzte, einer davon schwer.«

Dorothea hält die Pistole auf von Rottberg. Luana geht in die Knie, schiebt Ambrosius weg und versucht, ihre Hand auf die klaffende Wunde an Samos Hals zu pressen. Warmes Blut pumpt über ihre Hände. Samo zittert am ganzen Körper und macht verzweifelte, röchelnde Geräusche, wie ein Riesenfisch, der an Land gezogen wurde. Aus seinem Mund gurgelt Blut, er hustet. Seine weit aufgerissenen Augen schauen Luana flehend an.

Die Tür geht auf, die Frau vom Seeufer erscheint und blickt stumm ins Zimmer.

»Alles in Ordnung, Mutti«, sagt Dr. von Rottberg. »Geh wieder in den Garten.«

Er sitzt ganz still in seinem Sessel, mit beiden Händen auf den Armlehnen, und das Lächeln sitzt ebenfalls immer noch ganz still in seinen Mundwinkeln; etwas, das die Flut hochgeschwemmt und die Ebbe zurückgelassen hat. Das also war es, das Detail im großen Bild, das er übersehen hat: das Teppichmesser.

Dann rumpeln schwere Schritte über die Brücke, die alte Frau im Türrahmen wird auf die Seite geschoben, und vermummte Figuren in schwarzen Uniformen stürmen, mit Maschinengewehren im Anschlag, ins Zimmer.

Fünfter Teil

Hochzeit in Shkodra von Kolë Idromeno

Ein schlechter Tausch

Eine Stunde später. Wieder ziehen dunkle, regenschwangere Wolken auf. Der Rasen vor dem Schloss ist durchfurcht von den Reifen der Polizeiautos und Krankenwagen, die vorgefahren sind. Sie haben ein abstraktes Bild von braunen Wirbeln im nassen Grün hinterlassen. Zwei silber-blaue Minivans und ein BMW der Polizei, zwei orange-weiße Sanitätsautos und ein Notarztwagen stehen im Park; dazwischen grasen Schafe. Quakende Funksprüche vermengen sich mit dem Blöken der Schafe.

Luana Kelmendi, sechsunddreißig, ledig, steht vor den offenen Hecktüren des einen Krankenwagens. Zwei Sanitäter und der Notarzt, alle drei in ihren einst weißen, nun blutbefleckten Kitteln, verstauen mit knappen, routinierten Bewegungen Rettungsgeräte. Unter der grünen Decke auf der Pritsche lugen zwei blutbesudelte Sneakers hervor. *Balmain* ist darauf zu lesen.

Der Notarzt, ein kleiner, dicklicher Mann, steigt hinten aus und bleibt bei Luana stehen. »War nichts mehr zu machen.«

»Hab ich mir schon gedacht«, sagt sie. »War klar.«

Er nickt. »Es war nicht nur der Kehlkopf«, ergänzt er. »Auch die Halsschlagader war durchtrennt. Keine Chance. Zu keinem Zeitpunkt. Jetzt muss ich nach dem anderen schauen.«

Luana dreht sich weg und läuft über den nassen Rasen zum BMW. *Was wird aus Samos teuren Kleidern?*, denkt sie und schüttelt den Kopf über ihre sinnlosen Überlegungen. Sie ist verdeckte Ermittlerin bei der Drogenfahndung.

Seit einigen Monaten hat man sie mit ihrem Team auf den Krasniqi-Clan in Lörrach angesetzt. Samos Handy haben sie über einen langen Zeitraum abgehört, aber nur das eine, nicht das zweite, mit dem er von Rottberg kontaktierte. Erst vor drei Tagen sind sie auf diese Kunstfälschergeschichte gestoßen. Sie wussten, dass Samo den Siebenhaars hinterherfuhr, aber nichts von Dr. von Rottberg. Die Chance, Luana einzuschleusen, hat sich ergeben, als Samo Verstärkung aus Nürnberg angefordert hat. Den Mann, der ihn unterstützen sollte, haben sie kurz vor Kronach abgefangen und gleich in Haft genommen, und Luana musste schnell in die Materie eintauchen, in der Hoffnung, dass sie dadurch auch bei der Drogenfahndung weiterkämen. Alles klappte erstaunlich gut, sogar das fingierte Telefonat zwischen Samo und Klement, das ihr albanischer Kollege bei der Kripo anstelle des Clanchefs geführt hat. So nah waren sie dran. Und jetzt, mit Samos Tod, hat die Kunstfälschung alles andere vermasselt, jetzt werden sie diesen verdammten Drogenring in Lörrach nicht ausheben können, ganz im Gegenteil, die sind nun gewarnt und wissen, dass die Polizei ihnen auf der Spur ist. Klement, dieses Arschloch, wird untertauchen, und der Clan wird einfach neue Äste wachsen lassen und andere, noch unbekannte Verästelungen aktivieren, von denen die Fahnder nicht den Hauch einer Ahnung haben und lange brauchen werden, um ihnen auf die Spur zu kommen. Dass diese Fälschergeschichte aufgedeckt worden ist, ist aus Luanas Sicht ein schlechter Tausch. An Fälschungen sterben nicht jedes Jahr Dutzende von jungen Leuten in Nürnberg.

Es fängt wieder an zu regnen. Einige Schafe stehen kauend im Gras auf ihrem Weg zu dem BMW. Luana hat keine Lust, einen Umweg zu machen und patscht einem von ihnen auf den nassen, wolligen Rücken. Es blökt und weicht aus.

Auf der Fahrerseite des BMW sitzt ihr Partner Jakob Müller, der große, rothaarige Polizist, der Samo und sie bei Kronach und Ambrosius und Dorothea in Sommerhausen kontrolliert hat. Er telefoniert gerade. Als Luana das Auto von vorne umrundet, beendet er das Gespräch und legt das Smartphone weg. Sie steigt ein und lässt sich auf den Beifahrersitz fallen.

»Gibt es irgendwelche Nachrichten aus Betzenstein?«, fragt sie.

»Das war gerade die Polizei aus Pegnitz«, sagt Jakob. »Der Mann ist leider tot. Der Bruder. Sie haben seine Leiche auf dem Bauernhof gefunden. Es muss fürchterlich zugegangen sein.«

Luana holt tief Luft und lässt sie wieder entweichen. »Scheiße«, sagt sie. »Ich war mir nicht sicher, ob der Samo nicht vielleicht bloß angibt.«

»Ja«, sagt Jakob. »Das glauben offenbar die Siebenhaars auch. Oder hoffen es zumindest.«

Sie sitzen eine Weile und schweigen.

»Das war's wohl mit dem Ermittlungserfolg gegen den Drogenring«, sagt Jakob.

Luana seufzt. »Sieht so aus.«

Jakob deutet an Luana vorbei zum Fenster hinaus. »Schau dir die Frau an. Es ist unglaublich.« Vor der Brücke zum Schloss hackt Frau von Rottberg, inzwischen wieder auf allen vieren, Unkraut. Sie hat einen Regenhut auf und einen Mantel angezogen.

»›Mutti‹ hat er zu ihr gesagt«, sagt Luana. »Dabei ist sie seine Frau. Und die beiden haben gar keine Kinder. Verstehst du das?«

»Wir konnten sie kaum davon abhalten, den riesigen Blutfleck im Arbeitszimmer aufzuwischen.«

Luana schüttelt den Kopf. »Da hat sie was zu tun, wenn sie den ganzen Dreck wegputzen will, den ihr Mann hinterlässt.« Sie holt wieder tief Luft. »Hätten wir die Aktion heute früh doch noch abblasen sollen, Jakob?«

»Den Bruder hätten wir nicht retten können«, sagt Jakob.

»Aber den Samo.«

»Samo muss dir nicht leidtun.«

»Tut er aber«, sagt Luana. »Das ist es ja. Ich weiß, wo der herkommt. Ich bin auch Albanerin, aber ich konnte einen anderen Weg gehen. Samo war sicher ein ganz brutaler, rücksichtsloser Kerl. Aber ich glaube nicht, dass ihm andere Wege offenstanden. Im Gegensatz zu den beiden da drüben. Ich meine den Siebenhaar und den von Rottberg. Ich verstehe sie nicht. Sie hatten alle Chancen. Ich frage mich, was aus Samo geworden wäre, wenn er ihre Chancen gehabt hätte.«

»Hey, Luana, nimm es nicht persönlich. Du kannst nichts dafür. Das war trotzdem ein richtiger Scheißkerl.«

»Ja, ja, ich weiß.«

»Was passiert jetzt mit dem Siebenhaar?«, fragt Jakob.

»Was meinst du?«

»Na ja, kommt darauf an. Was seine Fälschergeschichten angeht, können wir ihm eigentlich nur die Zerstörung eines Buches und den Diebstahl eines anderen Buches aus einer Bibliothek nachweisen. Das wird ja normalerweise nicht mit Gefängnis bestraft.«

»Gott sei Dank«, sagt Jakob. »Ich habe immer noch *Perry Rhodan – Die dritte Macht* daheim. Im August 1981 aus der Bücherei in Kronach ausgeliehen und nie zurückgebracht.«

Luana lacht müde. »Bleibt der Mord an Samo. Strafmildernd dürfte sein, dass der Samo kurz zuvor gesagt hat, er hätte Siebenhaars Bruder getötet, das kann ich bezeugen. Und als Samo starb, hatte er eine Pistole in der Hand. Wenn es für Siebenhaar ersichtlich war, dass Samo ihn erschießen wollte, dann wäre es Notwehr, nicht Mord, und die Sache würde noch mal ganz anders aussehen. Wenn man mich vor Gericht fragt, werde ich sagen, ich habe es nicht gesehen, weil er mir in dem Moment den Rücken zugedreht hatte, was ja auch stimmt. Es wird dann auf die Aussagen der beiden Siebenhaars ankommen.«

»Und was wird aus dem von Rottberg?«, fragt Jakob.

»Ach, der kommt ganz sicher hinter Gitter. Er hat die Siebenhaars mit dem Tod bedroht, auch das kann ich bezeugen. Er wollte den Siebenhaar zu einem Verbrechen, nämlich zu Kunstfälschung, anstiften. Und er hat Samo angeheuert, der den Bruder von Siebenhaar umgebracht hat, das können wir beweisen. Er wird wahrscheinlich wegen Beihilfe zum Mord oder Anstiftung zum versuchten Mord angeklagt, oder beides, und sein gesellschaftlicher Ruin dürfte besiegelt sein. Das wird ihn schlimmer treffen als alles andere, nach alldem, was ich heute von ihm gehört habe.«

»Das war schlau von dir, alles noch mal zusammenzufassen und mit dem Smartphone aufzunehmen. Das können wir so vor Gericht verwenden.«

»Wenigstens das habe ich richtig gemacht. Der von Rottberg ist das größte Arschloch in der ganzen Geschichte. Oder sollte ich sagen ›der größte Arschloch‹?«

Jakob schaut etwas verdutzt. Luana spricht perfekt Deutsch. »Was?«

»Ach, nichts«, sagt sie. »Riskant, wie du da in Kronach eingegriffen hast.«

»Ja, ich weiß. Ich habe befürchtet, er könnte dich schon enttarnt haben, und wollte auf Nummer sicher gehen.«

»Lieb von dir«, sagt Luana.

»Soll ich es den Siebenhaars sagen? Mit dem Bruder?«

»Nee. Mach ich selber. Danke, Jakob.«

»Sehen wir uns heute Abend?«

Luana legt ihre Hand auf seine. »Ja, bitte.«

Sie steigt wieder aus dem BMW und geht hinüber zum zweiten Krankenwagen. Es regnet stärker. Sie tritt in eine der matschigen Furchen, die die Autos ins Gras gezogen haben, rutscht aus und kann sich gerade noch fangen. Das wär's jetzt gewesen, vor der versammelten Zuschauerschaft von Polizisten, Ärzten, Patienten und Verbrechern eine Bauchlandung im Matsch hinzulegen. Nur derjenige, dem es am meisten Freude bereitet hätte, wenn Luana von oben bis unten mit Schlamm bedeckt gewesen wäre, hätte den Anblick gar nicht mehr genießen können: Samo.

Ihr Weg führt sie am Minivan vorbei, in dem Dr. von Rottberg sitzt, bewacht von zwei Polizisten. Sie nickt ihm zu. Er schaut zu ihr heraus, mit einem eingefrorenen Lächeln, das völlig ausdruckslos wirkt. Tja, war halt doch nicht so eine Freude, mich kennenzulernen, denkt Luana. Sie läuft weiter, dorthin, wo die Siebenhaars auf Nachricht aus Betzenstein warten.

Luana hatte schon einmal in ihrem Leben mit Kunstfälschung zu tun. In der Wohnung ihrer Familie in Tirana hing ein Bild, *Dasma Shkodrane*, Hochzeit in Shkodra. Darauf waren feierlich gekleidete Hochzeitsgäste vor einem typischen Stadthaus zu sehen, und *Gjyshe Yeta*, Luanas Oma, dachte sich Geschichten zu jedem Gast aus und erzählte sie ihrer Enkelin. Luanas Vater hatte das Bild in den Sechzigerjahren gekauft. Angeblich war es das Original von Kolë

Idromeno, einem der berühmtesten albanischen Maler des 19. Jahrhunderts. Luanas Vater kaufte das Bild als Altersversicherung, er gab sein ganzes erspartes Geld dafür aus, damit die Familie in schlechten Zeiten etwas Sicherheit hätte. Und die schlechten Zeiten kamen auch, in den Neunzigerjahren nach der Wende. Als er das Bild verkaufen wollte, entpuppte es sich als Fälschung, und die Kelmendis waren völlig verarmt. Sie hatten nur noch das Geld, um für Luana die Reise nach Deutschland zu finanzieren.

Am zweiten Krankenwagen steht die Seitentür offen; der Notarzt kommt ihr entgegen. Sie treffen sich auf halbem Wege.

»Wie sieht es mit dem Knie von Siebenhaar aus?«, fragt Luana.

»Ich hab's geschient«, sagt der Arzt. »Und ihm eine Spritze gegen die Schmerzen gegeben. Er muss gleich operiert werden. Danach wird er wieder laufen können, denke ich.« Er wiegt bedächtig den Kopf. »Also, wahrscheinlich.«

»Er geht nicht ran«, sagt Dorothea. Sie sitzt auf einem Stuhl neben der Pritsche, auf der Ambrosius liegt, und versucht immer wieder, Vinzenz anzurufen.

»Probier es noch mal«, sagt Ambrosius. »Er ist bestimmt nur irgendwohin gefahren und hat sein Smartphone zu Hause liegen lassen. Irgendwann muss er ja heimkommen.«

Dorothea drückt wieder auf Vinzenz' Nummer und hört das Telefon klingeln. Durch die offene Seitentür sieht sie, wie sich die kleine Polizistin über die nasse Wiese nähert. Sie schaut nach unten, als ob es das Wichtigste auf der Welt wäre, wo sie ihre Füße hinsetzt.

Ambrosius richtet sich stöhnend auf. »Da kommt sie«, sagt er. »Die weiß bestimmt etwas über Vinz.«

Ja, sie weiß etwas, denkt sich Dorothea. Lauf langsamer, Mädchen. Bleib stehen mit deinem Wissen. Weil noch kann Dorothea sich vorstellen, wie sie heute Abend, wenn sie und Ambro wieder zu Hause sind, die Kinder anruft und lachend von ihrem Ausflug erzählt. Noch kann sie sich vorstellen, wie sie dann Elly anruft und fragt, wie es ihr geht, und sie vielleicht für ein paar Tage zu ihnen nach Burgbernbach einlädt. Aber die junge Frau bleibt nicht stehen, sie kommt immer näher. Jetzt ist sie nur noch ein paar Schritte weg. Sie schaut her, zu Dorothea und Ambrosius. Sie sagt noch nichts, aber in ihrem Gesicht ist zu lesen, was sie nicht sagt. Sie erreicht das Auto, lehnt sich an den Türrahmen und räuspert sich. Bevor sie spricht, bevor alles nie mehr sein wird, wie es war, nimmt Doro Ambros Hand.

»Thea«, sagt er.